LA VILLE QUI AVAIT PEUR D'UNE ENFANT

ALICE HOFFMAN

LA VILLE
QUI AVAIT PEUR
D'UNE ENFANT

roman

traduit de l'américain par Bernadette Lacroix

ÉDITIONS ROBERT LAFFONT
PARIS

Titre original : AT RISK

© Alice Hoffman 1988

Traduction française : Éditions Robert Laffont, S.A., Paris, 1988

ISBN 2-221-05649-3
(édition originale :
ISBN 0-399-13367-4 G.P. Putnam's Sons, New York)

1.

Il y a une guêpe dans la cuisine. Étourdie par la chaleur du matin, attirée par l'odeur de la confiture d'abricots, elle tourne au-dessus des enfants. Partout dans la ville, les pelouses vertes et les massifs de rhododendrons sont recouverts d'un voile de lumière jaune; il suffit de cligner des yeux pour le voir. Il y aura un orage avant la tombée de la nuit avec de ces gouttes de pluie si froides. Alors, dans les cours et sur le marais, les oiseaux se seront envolés. Où vont les oiseaux quand il pleut? Comment peuvent-ils disparaître aussi complètement? Déjà, dans le marronnier, les moineaux s'agitent. Ils ne se laissent pas plus abuser par cette pure lumière jaune que par ce dernier éclat de chaleur du mois d'août.

– Regarde son abdomen, dit Charlie. Il est plein d'œufs.

C'est de la guêpe qu'il parle.

Amanda se couvre la tête d'un torchon. Elle a onze ans – trois de plus que son frère.

– Fais-la sortir d'ici! dit-elle. Tue-la, et tout de suite.

– Pas question, répond Charlie, collectionneur

de spécimens et grand amateur de tout ce qui est légèrement répugnant : grenouilles, insectes dans des bouteilles, ailes de chauve-souris, mille-pattes. D'ailleurs, je n'ai pas d'ordres à recevoir de quelqu'un qui porte encore un appareil dentaire.

– Maman! hurle Amanda.

La guêpe, effarouchée, s'envole au plafond.

– Ouah, super! grogne Charlie.

Il tente une manœuvre pour déloger la guêpe : debout sur la chaise, il tend à bout de bras le pot de confiture.

– Tu es vraiment écœurant! s'écrie Amanda. Maman!

Du jardin, Polly Farrell, leur mère, a suivi la dispute des enfants. Elle a dû apprendre, non sans mal, à se débrancher pour ne pas entendre leurs chamailleries; sinon elle passerait le plus clair de son temps à faire l'arbitre. Ce n'est pas qu'elle s'intéresse beaucoup plus à son jardin, mais cette année les campagnols ont manifestement jeté leur dévolu sur cette parcelle négligée. A la quincaillerie, Matt Larsen lui a conseillé d'enterrer des bâtons de dynamite sous ses légumes, parce que l'odeur de soufre chasse les campagnols. Mais Polly ne supportait pas l'idée que ses légumes puissent pousser au-dessus d'explosifs, et elle a préféré ficher en terre, autour de chaque plante, de ces allumettes de cuisine qui ont un bout bleu... ce qui n'a pas empêché des pieds de brocoli entiers, ni toutes ses carottes et laitues, de disparaître sous terre. Mais les campagnols ont épargné les courgettes, dont les plants ont poussé comme des fous. Alors, Polly en a mis dans tous les plats, des courgettes. Seulement maintenant, malgré tout le mal qu'elle se donne pour les dissimuler, les enfants les repèrent tout de suite. Hier soir elle en a fait frire, en essayant de les faire passer pour des rondelles d'oignon, mais Charlie a aussitôt découvert les courgettes sous la pâte à beignets. Amanda, elle, vient de faire le vœu de ne plus rien manger de vert, jamais.

Polly ramasse deux grosses courgettes qu'elle cache sous sa chemise de coton blanc. Ce soir, elle les hachera très fin, pour en truffer un pain de viande. Il faut bien en faire quelque chose : tous ces tendres surgeons verts envahissent le grillage qui clôture le jardin, et même son mari, Ivan, qui mangerait à peu près n'importe quoi, au beurre, brûlé, pas très frais, même Ivan commence à se plaindre et à fouiller le réfrigérateur à la recherche de boîtes de haricots verts et de jardinière à l'italienne. Polly s'essuie les mains sur son jean délavé, puis elle pousse la contre-porte, se précipite à l'office et dissimule sa cueillette derrière une rangée de boîtes de céréales.

— Maman! c'est grave pour de vrai, appelle Amanda.

Polly rajuste sa chemise et pénètre dans la cuisine. Elle enlève le torchon de la tête d'Amanda, dont les cheveux blonds se dressent sur son crâne comme de pâles rayons. D'un geste rapide, Polly tâte le front d'Amanda qui traîne un rhume depuis le mois de juin. Elle dit qu'elle n'a plus mal à la gorge, mais elle a toujours le front chaud.

— Je veux que tu prennes du Tylénol, dit Polly. Tout de suite.

— Charlie a une guêpe, ici, répond Amanda.

Polly regarde au plafond.

9

– Charlie! s'exclame-t-elle en le faisant descendre de la chaise.

– Ce n'est pas moi qui l'ai fait entrer dans la maison, proteste Charlie. Elle est venue toute seule. Et de toute façon, dit-il à sa sœur, elle a le droit de vivre ici autant que toi.

Polly, qui est allergique aux piqûres d'abeille, fait quelques pas vers le seuil, au cas où la guêpe foncerait sur elle.

– Ivan, appelle-t-elle, une guêpe!

– Une quoi? demande la voix de son mari.

Amanda et Charlie se regardent, en étouffant une envie de rire : leur père n'entend que ce qu'il veut. Leur mère n'arrête pas de le lui reprocher.

– Très drôle, dit Polly aux enfants. Une guêpe! crie-t-elle.

– Une femelle! hurle Charlie. Elle a bien mille millions d'œufs dans son abdomen. Puis se tournant vers sa mère, d'un air un peu confus : Ça devrait le faire venir, explique-t-il.

Ivan entre à son tour dans la cuisine, et les fait tous sortir. Il est grand, et il a cette allure qui le fait ressembler à une cigogne quand il court. Pour Polly, Ivan est toujours aussi jeune que quand ils se sont connus... Pourtant, il a eu trente-huit ans en mars dernier. Quels que soient ses griefs contre lui, et elle en a souvent – surtout parce que Ivan est de plus en plus distrait et qu'assez bizarrement il semble s'être éloigné d'elle –, Polly aime toujours son allure, et d'autant plus qu'elle sait qu'il n'y fait pas attention. C'est avec des tricots usés et des « 501 » pas lavés qu'il se sent le plus heureux; et si Polly ne le lui rappelait pas, il ne se ferait jamais couper les cheveux.

— Votre héros s'approche de la guêpe, prévient Ivan.

— Oh ouais! crient les enfants joyeusement.

— Elle est juste au-dessus de toi! dit Polly.

Les enfants passent la tête dans la cuisine et se mettent à trépigner : leur père s'est saisi d'une passoire qui traînait sur le plan de travail, et s'en est coiffé.

— Mesure de protection, clame Ivan à travers les trous de la passoire.

Puis il ouvre les fenêtres et la porte de derrière, roule un journal en cylindre et grimpe sur une chaise. Il agite le journal en direction de la guêpe. Mais il ne la vise pas vraiment. En tout cas, Polly en est sûre : il ne veut pas lui faire de mal.

— Ivan, dit Polly fraîchement — à ce moment, elle n'aime plus du tout son allure —, tu sais que je suis allergique. Tue-la, c'est tout.

Ivan s'est débarrassé de la passoire. Maintenant, il peut voir la guêpe. Pour ne pas se cogner au plafond, il doit se courber.

— Tu veux essayer? suggère-t-il.

Elle ne répond pas et va chercher ses clefs de voiture.

Le mois d'août tire à sa fin, et c'est très bien comme ça. Ils ont passé l'été ensemble, et il y a déjà un bon moment qu'ils se tapent tous sur le système. La maison est imprégnée d'une atmosphère d'insatisfaction : les journées ont été trop chaudes et trop longues, ce qui n'a fait que multiplier les occasions de conflit. Ivan, qui est astronome, partage son temps entre ses recherches personnelles et son enseignement. A l'institut, dont il est un des fondateurs, il encadre un séminaire destiné à des étudiants de troisième cycle. Cet été, il n'a pas donné de cours; il s'est consacré à son intervention au séminaire qui aura lieu en Floride dans quelques semaines. Il n'est pas satisfait de sa conférence, qu'il n'a cessé de reprendre, mais il dit qu'il n'a pas d'inspiration. Et puis il se sent plutôt contrarié d'être un des derniers sur la liste des intervenants : il parlera très tard, et à ce moment-là la plupart des autres astronomes auront déjà quitté la Floride. Polly n'est pas davantage satisfaite de son travail à elle : ça la tracasse. Elle travaille à ce que les enfants ont baptisé « le projet Casper ». En fait, elle photographie les séances d'un médium du coin, en collaboration avec un écrivain, son amie Betsy Stafford, dont elle a déjà illustré deux livres en tant que photographe.

Mais le plus mécontent de tous, c'est Charlie. Pendant les deux derniers mois il s'est appliqué à se rendre encore plus détestable que d'habitude, moyennant des doses insoutenables de télévision et l'installation dans le sous-sol de la maison d'une collection de bestioles — surtout ces abominables mulots que Polly entend couiner toute la nuit. Charlie se plaint que ses parents préfèrent Amanda et le traitent en bébé; et la seule personne dont il supporte la compagnie, c'est son meilleur ami, Severin, le fils de Betsy Stafford. Mais chaque fois que les garçons sont ensemble — c'est-à-dire tout le temps —, ils n'arrêtent pas de faire des bêtises — comme de pister une mouffette à travers bois, ou d'aller à vélo jusqu'au centre piétonnier à l'heure de plus grande circulation. Ce qui montre bien que

Polly et Ivan ont tout à fait raison de ne pas octroyer de privilège à Charlie.

Amanda est la seule à s'être fixé cet été un objectif véritable. En dehors de la gymnastique, plus rien ne compte pour elle. L'année dernière encore elle n'était qu'une débutante consciente de ses faiblesses ; maintenant, c'est l'une des meilleures élèves du camp de gymnastique organisé par l'école primaire. Amanda ne peut pas traverser un parking sans faire de l'équilibre entre les bordures jaunes. Dans le jardin, la balançoire du saule a été remplacée par une barre de bois. Polly n'arrive pas à se faire à l'idée que cette enfant qui s'élance aux barres avec une grâce aérienne est sa fille. Mais c'est comme ça : d'une manière ou d'une autre, sans que Polly s'en soit aperçue, Amanda a développé sa propre personnalité. Quand elle regarde sa fille pendant les compétitions, Polly éprouve cette sensation de « main froide » décrite par Laurel Smith, le médium qu'elle a photographié. Dans ces moments-là, Amanda n'est plus l'enfant que Polly couvre la nuit d'une couverture supplémentaire, la petite fille qui laisse traîner son justaucorps par terre et qu'il faut presque supplier pour l'emmener chez l'orthodontiste. Non. C'est une créature pour laquelle Polly ne connaît pas de nom, immatérielle, toute en scintillements lumineux.

— Tu aurais préféré que papa se fasse piquer plutôt que de tuer cette guêpe stupide, jette Amanda à Charlie une fois que tout est fini et qu'on a mis la main sur les clefs de voiture, les sacs à dos et ceux de gymnastique.

Amanda se retourne vers Ivan. Elle a l'air préoccupé – un air que Polly a souvent remarqué chez elle ces temps-ci, et qui la rend folle. Amanda s'intéresse soudain aux sentiments de son père et à ce qu'il pense. Quand il parle, elle l'écoute. Mais quand c'est Polly qui parle, elle met en marche son walkman. Et ça ne fait que commencer; Polly le sait bien. Quand Amanda aura quatorze ans, Polly pourra s'estimer heureuse si sa fille lui adresse encore la parole. Quant à l'écouter... Polly ne se rappelle que trop bien comment elle avait coupé la communication avec sa propre mère, Claire. Dans son souvenir, c'est toujours comme si elle avait eu deux mères : un être chaleureux qu'elle aimait toucher, et dont elle recherchait le contact, et une autre créature, faible, décevante, que Polly découvrit à treize ans. Bien sûr, les circonstances étaient différentes : à cette époque, Claire avait déjà déçu Polly. Mais Polly n'avait jamais, en rien, modifié son jugement d'adolescente sur Claire; et maintenant, ça la tourmentait.

Amanda était une enfant facile, le genre de petite fille qui vient se percher sur vos genoux et à qui il n'est pas nécessaire de dire de donner la main pour traverser la rue. Mais tôt ou tard, il faudra bien qu'elle déteste sa mère, et tout ce que Polly peut espérer c'est que leur rupture ne sera que provisoire et qu'elle ne causera pas de dommage irréparable.

Ivan fait sortir les enfants par la porte de devant. Au même moment, Polly remet en place, d'un coup de talon, la marche cassée du porche. La maison est blanche avec des volets noirs; le plafond du porche est d'un bleu tendre, comme si une frange du ciel de midi avait été prise dans le bois. Avec ses fenêtres ovales sur les paliers et ses larges planchers en pente douce, c'est le genre de maison dont Polly a rêvé pendant toute son enfance. Mais pour Charlie et Amanda, elle n'a rien d'extraordinaire, au contraire. Ils claquent les portes et se plaignent des courants d'air : leur idée d'une chouette maison, c'est quelque chose de moderne, avec des lignes nettes, des lucarnes, des greniers et la télévision par câble.

— Franchement, tu me dégoûtes, dit Amanda à son frère.

— Je sais, répond Charlie avec un grand sourire.

A l'origine, c'est pour les enfants que Polly et Ivan sont venus de Boston au Cap Anne. Mais en réalité, ils sont plus attachés à cet endroit que leurs enfants. Et pas seulement à la maison, mais aussi à la ville. Morrow a un passé terrible, auquel les enfants ne s'intéressent pas du tout, une histoire dissimulée derrière les façades blanches des maisons de capitaines au long cours, la grand-place herbeuse entourée de boutiques, et les excursionnistes qui viennent l'été de Boston pour passer la journée à Morrow, sur les plages immenses et lisses. Bien sûr, rien ne permet d'affirmer que deux sorcières aient vraiment été noyées dans la pièce d'eau qui occupe le centre de la place — c'est d'ailleurs une légende dont plus d'une petite ville du Massachusetts pourrait se prévaloir. Mais ce qui a presque fait de Morrow une ville fantôme, c'est l'épidémie de tuberculose qui a sévi pendant les années vingt. Des familles entières mouraient dans

15

une seule pièce, perdant leurs enfants les uns après les autres ; les femmes s'enfermaient dans les greniers pour ne pas contaminer leurs maris. Pendant des décennies, personne ne s'était plus intéressé aux maisons des capitaines ni aux cottages estivaux. Et pourtant, depuis longtemps déjà, on avait oublié la raison de cet abandon. Ce n'est que dans les années soixante que de nouveaux arrivants, des gens de Boston qui ignoraient tout de l'épidémie, se mirent à acheter des maisons pour trois fois rien. Certains des restaurants végétariens et des boutiques d'artisanat qu'ils ont ouverts alors existent toujours : ils ont seulement augmenté leurs prix. La Direction des Écoles a commencé à recruter des diplômés de Harvard. Quelques années plus tard, ils se seraient engagés dans les affaires ou auraient poursuivi des études de droit ; mais en 1965, ils se sentaient attirés par ce genre de petite ville où on peut laisser son chien en liberté et où on passe l'été à ramasser des praires et des coups de soleil. Et à l'époque où Polly et Ivan cherchaient une maison, le district scolaire de Morrow avait été classé parmi les dix meilleurs de l'État, ce qui avait suffi à les déterminer.

Bien sûr, les enfants leur répètent souvent qu'ils quitteront la ville quand ils auront dix-huit ans. Amanda veut vivre à Manhattan, et Charlie hésite entre l'Alaska et la Californie.

– Parfait. Vas-y, je te paierai le billet d'avion, leur répond Ivan dans les moments de dispute où ils affirment d'un air mauvais qu'ils comptent mettre des milliers de kilomètres entre eux et leurs parents dès qu'ils seront libres de faire ce qui leur plaît.

Mais quand les enfants sont au lit, que Polly et

Ivan sont assis sous le porche et que les vers luisants s'allument dans les buissons, ils se surprennent à souhaiter que le temps s'arrête et qu'ils puissent garder avec eux pour toujours Amanda et Charlie. C'est impossible, et pourtant...

— Pas de Laurel Smith aujourd'hui? demande Ivan à Polly, alors qu'elle fait monter les enfants dans la Blazer.

— Ne te moque pas de Laurel, dit Polly à Ivan.

Elle est appuyée contre la portière ouverte de la voiture, et ce n'est qu'à cet instant qu'elle se rappelle son rendez-vous au garage, cet après-midi, pour faire changer les amortisseurs.

— J'en étais sûr! dit Ivan. Tu te laisses avoir par ses boniments. Tu es si influençable...

— Je ne le suis pas, répond Polly.

Cet été, Polly a fait couper ses longs cheveux : leur masse sombre a laissé la place à un dégradé plus court, censé s'harmoniser avec son trente-sixième anniversaire à venir. Résultat : elle a l'air aussi jeune que certaines des étudiantes de l'Institut.

— Et si nous les mettions dans un taxi et que nous rentrions nous coucher? murmure Ivan.

Polly le regarde avec une espèce de grimace incrédule.

— Tu trouves bien du temps pour Laurel Smith...

— C'est du travail, répond Polly, agacée.

— Maman, s'impatiente Amanda, je ne veux pas arriver la dernière!

— Elle ne veut pas arriver la dernière, répète Polly à Ivan, ravie de couper court à une conver-

17

sation au terme de laquelle elle se serait fatalement fait accuser par Ivan de ce dont il est le plus coupable : consacrer trop de temps à son travail.

– C'est un sort pire que la mort, soupire Ivan.

Il embrasse Polly, et Polly l'embrasse elle aussi. Mais avant qu'il ait pu se reculer, elle lui a mordu la lèvre.

– C'est pour ta méchanceté à propos de mon boulot! lance-t-elle en montant en voiture.

– Je n'ai pas été méchant, proteste Ivan. Puis il se penche pour embrasser Amanda, fait le tour de la Blazer et se penche par la fenêtre du côté de Charlie. C'est seulement que je ne suis pas emballé par Laurel Smith, dit-il sur un ton de plaisanterie.

Les enfants laissent échapper un ricanement.

– Papa, c'était pathétique! dit Charlie.

– Laissez-moi partir d'ici, réplique celui-ci. Je m'en vais, là où on m'apprécie.

– Ah oui? dit Polly avec une grimace – elle sait à quel point Ivan s'est peu senti apprécié ces temps-ci. Et, c'est où, ça?

Du fond de la voiture, Amanda intervient :

– Maman, tu dois vraiment discuter?

Ivan et Polly se regardent fixement. L'un a l'air amusé, l'autre pas.

Ivan grimace et monte dans sa voiture, la vieille Karmann Ghia dont il refuse de se débarrasser. Il enfile l'allée en marche arrière en leur faisant de petits signes. Dès qu'il est parti, Polly prend ses lunettes de soleil et démarre en direction de Cheshire School. A côté d'elle, Charlie est assis, tristement. Comme toujours, c'est contre son gré qu'il les accompagne. A son avis, Severin mis à part, tous les gens ne sont que des casse-pieds. Tout en descendant l'allée à reculons, Polly jette un œil sur Amanda dans le rétroviseur : elle a un visage pensif, indéchiffrable. Amanda est toujours distante avant les compétitions et elle dissimule alors sa nervosité sous un calme surnaturel – à tel point que, pour se faire entendre, Polly doit tout lui répéter deux fois.

Aujourd'hui, Polly va manquer une séance médiumnique, mais ça en vaut la peine. Depuis le mois de juin, elle photographie ces séances que Laurel Smith, le médium, appelle des « interprétations ». Et depuis juin, pas un seul esprit n'a été révélé par la pellicule. Polly a essayé des vitesses d'obturation plus lentes et des films plus sensibles, elle est passée de la couleur au noir et blanc. Certaines photos sont remarquables mais sans la moindre trace d'esprit. Sur plusieurs d'entre elles, Laurel Smith, qui a plusieurs années de moins que Polly, est méconnaissable. Il y a une photo sur laquelle elle a l'air d'une vieille femme au teint sombre, et une autre sur laquelle on dirait une enfant, avec sa lourde chevelure claire déployée et comme ruisselante d'eau. Mais la photo qui intrigue le plus Polly a été prise pendant une de ces séances au cours desquelles Laurel est entrée en contact avec le mari d'une de ses clientes, mort dans un accident d'auto. Sur cette photo, Laurel Smith a le front barré par une longue cicatrice. Indubitablement.

Polly a même dit à Betsy Stafford :

– Ou bien c'est une sacrée comédienne, ou bien il se passe vraiment quelque chose ici.

Betsy, bien plus cynique que Polly, lui a répondu en souriant :

— Un peu de patience, et tu liras mon livre qui te donnera la réponse.

Même au vu d'un certain nombre de photos, Betsy a toujours refusé de croire que Laurel pourrait être autre chose qu'un charlatan. Elle disait avec insistance :

— Prenons Laurel pour ce qu'elle est, dit-elle toujours. Une toquée.

Il n'empêche : Polly est reconnaissante envers Betsy, parce que c'est elle qui a brisé son indécision à une époque où elle ne savait pas si elle deviendrait photographe professionnelle. Et pour ça, elle ne la remercierait jamais assez. Les deux femmes s'étaient rencontrées par l'intermédiaire de leurs fils, qui fréquentaient le même jardin d'enfants. C'est à ce moment-là qu'elles avaient travaillé ensemble pour la première fois; il s'agissait d'un livre d'activités d'éveil pour enfants d'âge pré-scolaire.

Charlie et Severin sont inséparables, mais la relation entre leurs mères reste, volontairement, professionnelle. Pourtant, Polly connaît, par le canal de Charlie, toutes sortes de détails curieux et intimes sur la vie de Betsy, dont elle n'en aurait jamais rien su autrement. Par exemple, Betsy permet qu'on mange au petit déjeuner ces céréales sucrées dont Polly réprouve l'usage. Elle a aussi appris que Frank, le mari de Betsy, un avocat qui va tous les jours travailler à Boston, rentre rarement à la maison avant neuf heures. Elle sait même que, quand lui et Betsy se disputent, ils ne prennent pas la peine de fermer la porte de leur chambre. Et quand ils s'engueulent, ils jurent très fort. Ça aussi, c'est Charlie qui le lui a appris.

Polly admet être le partenaire passif. C'est Betsy qui rédige les projets et négocie les contrats. Ce n'est qu'ensuite qu'elle fait appel à Polly. Alors, après tout, ça n'est peut-être même pas une association, sauf que ça en a l'air. Ça a même été confirmé par leur dernier livre, une étude fouillée sur les diverses façons dont on peut être confronté à la mort. D'elle-même, Polly n'aurait jamais choisi un sujet comme celui-là. D'ailleurs, elle avait presque refusé d'y participer. Mais les honoraires étaient trop tentants : assez pour payer les camps de gymnastique, les frais d'orthodontie et pour plusieurs années de cages à hamsters. Après sa première photo de mourant, Polly avait passé une heure à vomir au bord de la route, et plus tard elle ne s'était jamais habituée à ces séances, que ce fût à l'hôpital, à l'hospice ou chez les gens. Deux seulement des personnes qu'elle a photographiées ne sont pas encore mortes – une femme âgée atteinte d'un cancer, et un jeune homme de Boston qui a à la base du crâne une tumeur inopérable. Tous les deux lui écrivent de temps en temps et elle leur répond. Mais jamais elle n'ouvre ce livre grâce auquel, pourtant, elle a pu cesser définitivement de photographier anniversaires et mariages.

Avec le livre sur Laurel Smith elles étaient supposées se distraire. Ce devait être un livre plus léger, qui se proposait de remettre gentiment les pendules à l'heure. Mais ce n'est pas comme ça que ça s'est passé. Laurel ressemble davantage à une bibliothécaire qu'à un médium, et en dehors des séances elle a un comportement des plus raisonnables. Elle a de longs cheveux blonds, comme Amanda, et des yeux gris très enfoncés. Elle ne se maquille jamais, et Polly ne l'a jamais vue porter d'autres bijoux que deux bagues : une petite perle sertie d'or et un anneau fin en argent. Ses clients semblent disposés à payer ce qu'il faut pour entrer en contact avec les esprits de ceux qui leur manquent, mais, malgré cela, Laurel ne change pas ses tarifs. Quel que soit l'état des finances du client, elle demande invariablement deux cents dollars par séance. A l'insu de Laurel, Betsy a enquêté sur son passé, et elle a découvert que ses parents lui avaient laissé une petite rente. Ce n'est pas pour ça que Betsy lui prêterait la moindre générosité pour autant. Polly, elle, est moins catégorique. Dans la petite maison de Laurel, il est arrivé qu'elle se surprenne à croire à un au-delà. Elle avoue être influencée par la force de persuasion des clients de Laurel, qui croient tous, avec l'énergie du désespoir, qu'il est possible d'entrer en contact avec n'importe lequel des êtres qu'ils ont aimés et perdus. Et puis il y a l'endroit lui-même : l'agitation des roseaux et des martinets sur le marais, la façon dont la lumière tombe sur la perle qui la retient, au doigt de Laurel.

Le temps que Polly arrive à l'école primaire et qu'elle range la voiture sur le parking, la chaleur a commencé à monter de l'asphalte en vagues serpentantes. Les vitres du gymnase paraissent sombres et enfumées, de sorte qu'on le dirait vide ; mais ce n'est qu'une illusion. En fait, les fenêtres ont été traitées de manière à filtrer la lumière : de l'autre côté de la vitre, on peut voir que les parents commencent à remplir le gymnase. Polly sait qu'elle n'empêchera pas Amanda de devenir adolescente. En tout cas, elle est heureuse que le collège et le lycée soient de l'autre côté de la ville; pendant encore un an, Amanda sera tenue à l'écart de ces élèves-là.

Amanda descend de voiture, portant son sac de gymnastique en vinyle rose, comme une professionnelle; elle le balance en haut de son bras et semble à peine remarquer son poids. Des mèches de cheveux se sont échappées de l'élastique qui retient sa queue-de-cheval. C'est la dernière rencontre de l'été, et Amanda pense avant tout à ses trois meilleures disciplines : exercices au sol, barres asymétriques et cheval d'arçons. Dans son sac, elle a sa cassette, *Hungry like the Wolf* de Duran Duran, prête à démarrer. Amanda transpire trop : la chaleur l'incommode, à moins qu'elle n'ait davantage le trac qu'elle l'aurait cru. Ce matin, ses draps étaient trempés de sueur. Elle veut à tout prix remporter cette compétition, même si elle ne parle plus des jeux Olympiques parce que ça rend idiots des gens comme ses parents qui affichent dans ces cas-là des airs condescendants. Elle sait que des centaines d'autres filles rêvent d'aller au Texas et d'avoir Bela Karola comme entraîneur. Amanda n'en demande pas tant. Tout ce qu'elle veut, c'est une audition. Et s'il lui dit qu'elle n'est pas assez bonne, il faudra bien qu'elle l'accepte.

Mais, bien sûr, la vérité est tout autre : elle ne peut pas s'imaginer qu'il lui dise une chose pareille.

– Tu vas leur faire un effet du tonnerre! dit Polly en atteignant la porte de l'école.

Elle serre Amanda très fort dans ses bras, et quand celle-ci s'échappe en courant vers les ves-

tiaires, Polly et Charlie se dirigent vers le gymnase.
Tout en progressant entre les gradins, Charlie
continue à lire; il ne regarde pas où il va, et ça
rend Polly folle. Mais elle a appris à s'abstenir de
réprimander ses enfants, ou à le faire le moins
possible – avec l'espoir qu'alors ce sera un peu plus
efficace – sait-on jamais...

Quand ils ont trouvé une place sur les gradins,
Charlie se débarrasse de son sac à dos et s'assied.
Il ouvre son sac et en sort encore un de ses livres
sur les dinosaures. Charlie est un vrai fan du tyrannosaure : il en connaît la mesure des dents et les
endroits précis où les paléontologues ont recueilli
ses restes. En fait, Charlie ressemble beaucoup à
son père au même âge. Et Ivan a coutume de dire
qu'on reconnaît infailliblement un scientifique en
herbe au fait qu'il emporte des livres partout où il
va, pour éviter d'avoir à s'ennuyer dans la compagnie des autres.

– Polly, j'entends dire des drôles de choses à ton
sujet.

C'est Fran, la mère d'Evelyn Crowley. Les Crowley habitent la même rue que les Farrell, juste en
face de chez eux. Et Evelyn est l'une des meilleures
gymnastes de l'école, surtout aux barres asymétriques, au-dessus desquelles elle lance son petit
corps avec une énergie furieuse. Fran s'assied à
côté de Polly.

– Le surnaturel...? demande Fran.

La température extérieure oscille autour de
33 degrés, mais à l'intérieur du gymnase il fait
facilement cinq degrés de plus, et la compétition

n'a même pas encore commencé. Polly espère que Fran comprendra que si elle a la figure rouge c'est à cause de la chaleur, et pas parce qu'elle est embarrassée.

— Si tu parles de mes photos de Laurel Smith, c'est bien ça, dit Polly, plus froidement qu'elle ne l'aurait voulu. C'est terriblement occulte, ajoute-t-elle avec un rire.

— Ah! comme j'aurais aimé me donner à quelque chose aussi pleinement que ces filles quand j'avais leur âge, soupire Fran au moment où s'ouvrent les portes des vestiaires.

— C'est peut-être seulement des imbéciles, suggère Charlie sans lever les yeux de son livre.

Il y a des années que Polly et Fran sont amies — ce qui suffit sans doute à expliquer pourquoi Amanda et Evelyn ne peuvent pas se supporter. En tout cas, Polly ne relève même pas le fait que Charlie s'est montré grossier à l'égard de Fran; elle ne se soucie pas davantage du fait qu'il s'intéresse manifestement plus à des races éteintes de reptiles qu'au succès de sa sœur. Les filles ont commencé à sortir des vestiaires, en rangs. Polly est nerveuse, c'est plus fort qu'elle. Quinze des gymnastes sont dans le même cours qu'Amanda, et quinze autres viennent d'une école de Gloucester. Dans leurs justaucorps, les filles ont l'air gauche et semblent gênées par les regards attendris des spectateurs. Amanda est facilement repérable : avec son mètre cinquante-sept, c'est l'une des plus grandes. Certaines sourient quand elles repèrent un de leurs parents dans le public; mais Amanda, qui ne cesse de penser à son appareil dentaire, garde la bouche soigneusement fermée. Polly sait qu'Amanda aimerait ne plus grandir, car plus une gymnaste est petite, plus elle a des chances de faire carrière. Au cheval d'arçons, Amanda passe la deuxième; et elle a une telle aisance, de la puissance, vraiment, et de la grâce. Polly applaudit si fort qu'elle en a mal aux mains.

— Tu vas la gêner, maman, lui dit Charlie.

A la poutre, Amanda est moins sûre d'elle, mais certainement meilleure que la plupart. Une fille malchanceuse fait une mauvaise chute dès le début de son enchaînement : elle s'est tordu une cheville, et doit abandonner. Même Charlie lève les yeux quand elle quitte le gymnase, vacillante et en larmes. Polly est soulagée parce que ce n'est pas sa fille mais celle de quelqu'un d'autre qui est tombée. Quand même, elle se rend compte qu'elle affiche un comportement théâtral. Elle s'aperçoit qu'elle a les poings serrés. A travers la fenêtre la plus haute du gymnase passe un carré de lumière qui se reflète sur le parquet astiqué. Amanda a maintenant fini son enchaînement aux barres asymétriques, et Polly desserre les poings. Jusqu'ici, c'est Amanda qui a obtenu la meilleure note. Peu après elle s'assied à côté d'une pile de paillasses, et l'entraîneur s'agenouille à côté d'elle. Polly s'inquiète : qu'est-ce qui ne va pas? Mais presque aussitôt Amanda s'est relevée et elle a rejoint son équipe en attendant de se produire dans sa dernière performance, les exercices au sol — sa spécialité.

— Nos filles sont fantastiques, dit Fran à Polly, qui est bien de son avis.

Et si c'était elle le juge, elle aurait du mal à départager les deux. D'ailleurs, c'est peut-être pour ça que Fran et elle arrivent à s'asseoir l'une à côté de l'autre pendant les compétitions. Tout le long des gradins, d'autres mères, et quelques pères sont exclusivement occupés à regarder leurs propres filles.

Charlie a relevé les genoux; ça lui fait une table pour son livre. Ses cheveux, coupés court, sont humides de transpiration. Polly pense reconnaître un dessin d'hadrosaure. Elle a appris à identifier la plupart des dinosaures; elle sait lesquels étaient des carnivores féroces et lesquels ne mangeaient que les plantes des marais. Elle aimerait prendre Charlie dans le creux de son bras. Mais elle sait qu'il en serait mortifié, aussi se contente-t-elle de poser la main sur son genou. Charlie lève les yeux vers elle; il n'a pas compris son geste, il est prêt à s'en aller. A ce moment précis, ils entendent les premières mesures de *Hungry like the Wolf*. Charlie fait une grimace.

— Est-ce que tu ne peux pas laisser ce livre? murmure Polly.

— Non, réplique Charlie, je ne peux pas.

Il a déjà lu ce livre des douzaines de fois, mais il y prend toujours autant d'intérêt. De temps à autre, ses lèvres remuent pendant qu'il lit; et Polly sait alors qu'il est en train d'apprendre des passages par cœur. Souvent, quand elle le regarde, elle le revoit tout petit, occupé à compter solennellement des cailloux ou des perles, heureux d'observer une araignée tissant sa toile. Son premier mot, au bord d'une mare, n'a pas été « maman » ni « papa », mais « coin-coin ».

Amanda entame son enchaînement par une figure en cerceau, suivie de deux sauts arrière avec réception sur les mains et d'une bascule arrière.

Polly ne pratique guère l'athlétisme, mais elle nage, et elle ressent ce truc bizarre qui fait froid à la base du cou et donne la chair de poule. Les pieds d'Amanda touchent à peine le tapis de sol. Elle fait une pirouette avant, se pose sur une main et effectue une roue complète. Il y a des applaudissements dispersés. Les filles de l'équipe adverse la regardent attentivement : sa performance est inouïe, et tout le monde le sait. Polly a les yeux brûlants. Quand Amanda a fini, elle fait une révérence avec beaucoup de grâce. Et Polly, qui se fiche de gêner qui que ce soit, se lève brusquement et applaudit.

— Pas mal, admet Charlie en marmonnant tandis que Polly se rassied.

Polly esquisse une grimace et lui donne une bourrade. Quand on annonce qu'Amanda vient de réaliser la meilleure performance, Polly se lève encore pour applaudir. Plus bas, sur les gradins, d'autres parents se sont levés, et pour voir Amanda, Polly doit tendre le cou. Amanda est d'un tel calme qu'on ne devinerait jamais qu'elle vient de gagner. Elle s'incline, puis quitte très vite la piste comme si, une fois le score annoncé, elle n'éprouvait plus aucun intérêt pour la gymnastique.

— Elle méritait de gagner, dit la mère d'Evelyn à Polly.

— Elles sont toutes fantastiques, répond Polly avec beaucoup plus de générosité dans la voix qu'elle n'en ressent en réalité.

Polly pousse Charlie vers la porte, et lui dit qu'elle le retrouvera à la voiture. Sur la piste, elle salue plusieurs parents et s'arrête le temps de serrer la main de l'entraîneur.

28

— Vous les avez fait travailler très dur, Jack, c'est formidable!

— Vous pouvez être fière d'elle, lui répond Jack Eagan.

— Je le suis, dit Polly, ravie.

— Elle s'est parfaitement bien ressaisie après son mauvais début, ajoute l'entraîneur.

Polly, qui n'avait rien remarqué, sourit d'un air entendu et se dirige vers les vestiaires. Ce soir, pour fêter l'événement, ils emmèneront Amanda au restaurant, peut-être chez Dexter, qui sert de fabuleuses praires sautées et des fritures. Polly va téléphoner en douce à Ivan pour qu'il s'arrête quelque part en rentrant à la maison et achète des fleurs : Amanda a travaillé dur, et après toutes ces épreuves elle mérite d'être traitée en championne.

Les vestiaires sentent légèrement le moisi; on entend le cliquetis des portes métalliques. Ici, les gymnastes ressemblent bien davantage aux petites filles qu'elles sont en réalité. En apercevant Polly l'une d'elles cache vivement sa petite poitrine, nue et plate. Polly longe les couloirs, à la recherche d'Amanda. Mais c'est sur Evelyn Crowley qu'elle tombe.

— Tu as fait des enchaînements superbes, dit-elle à Evelyn.

Evelyn sourit, mais Polly voit bien qu'elle est déçue.

— Je ne me suis pas assez entraînée, répond Evelyn.

— Tu as vu Amanda?

Evelyn hausse les épaules : à cet instant précis, Amanda est sans doute la dernière personne qu'elle ait envie de voir.

– Elle est peut-être dans les douches, suggère Evelyn.

Polly se dirige vers le fond des vestiaires. Elle reconnaît le sac d'Amanda, fermé, suspendu à l'intérieur d'une armoire restée ouverte. Dans le sac, il y a des barrettes, une brosse à cheveux et un collier de minuscules perles de plastique, comme des graines : c'est le porte-bonheur qu'Amanda porte toujours avant les compétitions.

Toutes les douches fonctionnent, et Polly entend le murmure des petites filles. Pour Polly, la décision est prise : ce soir ils mangeront des praires sautées. En rentrant à la maison ils iront s'asseoir dehors, sous la véranda, pour regarder les derniers vers luisants. Ils écouteront le chœur des grenouilles, celles du bras de rivière marécageux qui entoure Morrow et celles de la maison de l'aquarium où Charlie garde aussi un crapaud-buffle. Il a juré que c'était le dernier spécimen qu'il ramènerait à la maison, mais de la même manière qu'il jure que c'est pour lui une question de vie ou de mort que d'enregistrer la fréquence horaire des coassements en fonction des conditions météorologiques. Polly réussira peut-être à convaincre Amanda de renoncer à son entraînement pour une journée. Dans ce cas, demain elle l'emmènera à la plage avec elle – Amanda et elle, rien qu'elles deux. Quand ils étaient petits, Polly avait du mal à partager équitablement son temps entre les enfants. Charlie et Amanda voulaient des choses si différentes qu'il était inévitable de contrarier l'un des deux. Et, quelle que fût sa façon de s'y prendre, Polly se sentait déchirée. Quoi qu'elle fît, elle avait l'impression d'en décevoir un, et ça la tourmentait. Mais maintenant,

30

les choses ont changé : les enfants préfèrent être avec leurs amis, et Polly dispose d'heures entières pour elle-même. Elle y pense souvent quand sa mère l'appelle de New York, mais ça ne l'empêche jamais de couper net la conversation et de toujours raccrocher la première.

— Hé, Polly! lance une voix aiguë.

Polly se retourne. C'est Jessie Eagan, la meilleure amie d'Amanda, la fille de l'entraîneur. Jessie est une bonne gymnaste, mais pas aussi passionnée qu'Amanda. C'est peut-être d'ailleurs pour ça qu'elle peut se réjouir pour Amanda sans éprouver de jalousie. Il est d'ailleurs dommage que Jessie ne soit pas plus sérieuse, car elle a un corps de gymnaste parfait : elle ne mesure qu'un mètre trente-sept, et elle est étonnamment légère. Elle a des cheveux bruns, coupés court, et des yeux dorés. Elle et Amanda sont toutes les deux amoureuses du chanteur d'un groupe de rock qu'elles appellent par son prénom, Brian, comme si elles le connaissaient tout à fait bien.

— Amanda a été fantastique, dit Jessie. Même mon père le dit.

Et l'entraîneur n'est pas enclin à exagérer les compliments.

— Viens dîner au restaurant avec nous ce soir, dit Polly.

— Je ne peux pas, dit Jessie tristement. Ne me dis pas que vous allez manger des praires parce que moi, je serai coincée chez ma tante et qu'on n'y mangera rien d'intéressant.

Polly embrasse Jessie avant de se diriger vers les

douches. Elle doit se retenir de rire quand elle voit que l'une des filles a gardé son soutien-gorge sous la douche. En fait, elle est assez surprise de voir une fille de onze ou douze ans avec un soutien-gorge. Le bruit des douches est tel qu'on se croirait sous l'eau. La pièce, sans fenêtre, est revêtue de carreaux de céramique verte. Dans l'une des cabines, Polly aperçoit une main, accrochée au mur extérieur. Elle se précipite.

Amanda est pliée en deux; ses cheveux blonds paraissent verts. Elle vomit dans la douche, tout le corps entier secoué de spasmes. Une serviette dont elle avait tenté de s'envelopper est tombée par terre, trempée. L'eau coule toujours. Polly se sent littéralement glacée. C'est peut-être à cause de toute cette eau, des céramiques, de la nuance verte des lumières fluorescentes. Elle pose ses mains sur les épaules d'Amanda et essaie de la soutenir. Amanda ne semble pas s'apercevoir que sa mère est là. Elle continue à vomir jusqu'à ce qu'elle n'ait plus rien à rendre que de la bile jaune. Quand elle s'arrête enfin, elle est si faible que Polly a du mal à la soutenir.

– Ça va aller, lui dit Polly.

– Je ne me sens pas bien, répond Amanda.

Elle est trop excitée, pense Polly. Elle a subi une pression trop forte. Elle pose la paume de sa main sur le front d'Amanda, et elle se rend compte que sa fille a de la fièvre, beaucoup de fièvre. Polly se penche vers les robinets, elle ferme celui d'eau chaude, puis elle prend de l'eau froide dans le creux de la main et en baigne la figure d'Amanda. Toutes les deux se regardent. Amanda est appuyée sur Polly, dont les vêtements sont trempés.

32

– J'ai froid, dit Amanda.

Elle est encore plus chaude que tout à l'heure.

Polly traîne Amanda hors de la douche, l'assied sur un banc, l'entoure d'une serviette. Puis elle court à l'armoire, y prend le sac de gymnastique rose, revient en courant et habille sa fille aussi vite qu'elle en est capable. Amanda se sent lourde, complètement molle.

– Aïe! dit-elle tandis que Polly tente de lui faire enfiler un short.

Polly touche légèrement le derrière du genou; la jointure est enflée. Elle finit d'habiller Amanda et l'aide à se lever.

– Ça ira mieux demain matin, lui dit Polly.

C'est ce qu'elle dit aux enfants chaque fois qu'ils sont malades, et ils la croient toujours. Mais cette fois, Polly se trompe. Juste après la tombée de la nuit il pleuvra, sans que ce soit un soulagement. Et le lendemain matin, le dernier jour d'août, le plus chaud de l'été, Amanda continuera de frissonner sous deux couvertures de coton.

2.

Laurel Smith a un vice : le café crème. Il lui suffit d'en respirer l'odeur pour qu'elle se pourlèche à la manière d'un chat. Elle prend la cafetière en verre et se verse du café, pour la deuxième fois, dans une chope jaune — un de ces récipients de faïence tout à fait ordinaires, mais avec une anse exactement de la bonne taille. La marée est basse, et les aigrettes, dehors, dans le marais, s'approchent davantage du cottage. Il n'y a pas de grillage aux fenêtres; et quand Laurel prend son café, elle ouvre toujours la fenêtre pour écouter les oiseaux, même si ensuite elle doit endurer les piqûres des moustiques.

Elle a oublié de donner à manger à Stella. Stella est une chatte noire, assez étrange. A vrai dire, on croirait plutôt un chien. Si on lui lance une balle, elle la rapporte. Elle vous accompagne en promenade. L'eau ne l'effraie pas, et il paraît qu'elle s'est même jetée dans le marais à la poursuite d'un canard ou d'une oie du Canada qui devait faire deux fois sa taille. Laurel va à l'office chercher un paquet de Brekkies, et Stella la suit tout en se frottant contre son kimono blanc. Dehors, il fait une chaleur torride, mais derrière la petite maison, il y a de grands pins qui la gardent fraîche en permanence. Laurel sent le linoléum délicieusement frais sous ses pieds. Elle prend un œuf, remplit d'eau une casserole émaillée bleue et met le tout à bouillir. Elle a eu autrefois un mari qui la disait incapable de faire cuire un œuf. Il se trompait.

Il se trompait souvent, d'ailleurs Laurel ne s'était pas fait épouser par ruse. C'est de lui-même qu'il était tombé amoureux d'elle. Il avait choisi d'ignorer sa timidité et à quel point elle était mal à l'aise avec les gens, même avec lui. Il l'accusait de tant de choses qu'elle ne se rappelait même pas la liste de ses griefs. Il y a tout de même une chose dont elle se souvient : c'est qu'il lui répétait souvent qu'elle était amoureuse de la mort. Et c'est là-dessus qu'il se trompait le plus. Laurel est terrifiée par la mort, et elle l'a toujours été. Quand un bébé pleure, c'est un râle d'agonie qu'elle entend. Les branches des bouleaux blancs lui font penser à des têtes de mort. Elle ne supporte pas la vue de la terre fraîchement retournée même un minuscule coin de pelouse de banlieue où l'on s'apprête à planter un rhododendron.

Elle n'a jamais désiré recevoir de message. Ça lui est arrivé, comme ça, à l'âge de douze ans. Ça a commencé par ce qu'elle a cru être un rêve. Elle rêvait qu'elle marchait dans un long couloir qui devenait plus étroit au fur et à mesure qu'elle avançait. Et les murs et le plafond penchaient jusqu'au point où le couloir se changeait en tunnel. Elle s'arrêtait. Elle avait très froid et elle apercevait au loin sa grand-mère qui tombait. La grand-mère de

Laurel portait une robe de soie bleue et un grand collier de perles, et elle tombait en avant, comme si le tunnel filait à la verticale, en ligne droite du ciel sur la terre. Il n'y avait plus de pesanteur et tous les chemins n'étaient que de longues spirales circulaires.

Le matin, on avait appris par un coup de téléphone la mort de la grand-mère de Laurel. Elle était allée à un mariage et avait fait une chute; elle avait eu une attaque et n'avait pas repris connaissance. Laurel reçut plusieurs autres messages de sa grand-mère; elle était terrifiée, mais elle n'en dit rien à personne. Elle recevait ces messages dans des rêves qui devenaient de plus en plus précis, comme si quelqu'un avait essayé de lui prouver quelque chose. Elle rêva que sa grand-mère remontait la pendule à carillon de sa cuisine. Le lendemain la pendule arrivait, expédiée par avion. Elle rêva aussi que sa grand-mère la conduisait à un ange qui avait les ailes repliées contre le corps; et quand ses parents l'emmenèrent au cimetière, l'ange était là, sculpté sur la pierre tombale de la grand-mère.

Quand elle eut treize ans, les messages se mirent à lui venir pendant ses promenades; et désormais, ils lui étaient adressés par des gens qu'elle n'avait jamais vus. Pendant les cours de maths, elle fermait les yeux et entendait la voix d'une enfant morte à la naissance – la sœur d'une de ses camarades. Elle redoutait le froid et la moiteur de ses mains chaque fois qu'elle était au contact de quelqu'un qui avait récemment subi un deuil. D'autres filles de son âge avaient en tête des couleurs de rouge à lèvres et des samedis soir, mais Laurel, elle, ne pouvait s'empêcher de penser à la brièveté de la vie humaine. Ses rêves nocturnes étaient des cauchemars peuplés de cimetières, de silence et de lunes blanches et pleines.

A dix-sept ans Laurel fit un immense effort sur elle-même et, en s'aidant de Valium, elle réussit presque à cesser de penser à la mort. Elle termina ses études au lycée et entreprit des études supérieures. Elle se maria à vingt-deux ans. Au début, son mari ne faisait pas attention à ses habitudes étranges. Il ne s'en préoccupa que lorsqu'il découvrit qu'elle se cachait dans les placards pendant les orages, quand elle refusa de sortir de la maison pendant trois semaines après que leur chat eut été écrasé par une voiture, et quand elle fut incapable de l'accompagner à l'enterrement de son père. C'est vrai, il avait des raisons de se plaindre. Tout ce qu'elle faisait, Laurel ne le faisait qu'à contrecœur. Elle était incapable de venir à bout d'une lessive, de sorte que son mari partait travailler avec des vêtements humides sur le dos. Les dîners surgelés qu'elle cuisait restaient toujours glacés au centre. Et elle continuait à recevoir des messages, mais embrouillés, comme s'il y avait eu des interférences ; et elle avait en permanence de sourds maux de tête. Mais ce que Laurel ne comprit jamais, c'est pourquoi son mari eut l'air si surpris quand il découvrit tous ses défauts et se mit à les répertorier.

Après le divorce, elle emménagea dans le cottage de Morrow et commença ses séances. Au début, les messages lui parvenaient très clairement. Mais depuis quelque temps, elle s'était mise à tricher.

C'est si facile : ses clients lui fournissent sur eux-mêmes un tas d'informations ; tout ce qui lui reste à faire, c'est de cerner leurs sujets de préoccupation... Aujourd'hui, à onze heures, elle attend une nouvelle cliente. Ce n'est pas une bonne heure pour une séance. La tombée de la nuit est bien meilleure ou, à la rigueur, la fin de l'après-midi. Mais le mari de cette femme n'aime pas qu'elle se rende à de telles séances, et il sera de retour à la maison à deux heures, après sa partie de golf...

Laurel fait son lit, prend sa douche et passe une chemise blanche et une jupe portefeuille en toile de jean. Elle brosse ses cheveux longs – sa seule vanité, comme le café est son seul vice. Sur les rayons de sa bibliothèque figurent essentiellement des livres de cuisine et des romans. Quelques policiers aussi, mais cachés. Rien sur l'occultisme. Laurel évite les rencontres psychiques. Elle a toujours un mouvement de recul quand elle lit des choses sur les pêcheurs du marais qui tiennent des réunions publiques en présence de centaines de sympathisants. Dans sa petite maison il n'y a ni bougies, ni boules de cristal, ni paniers remplis d'herbes. Son mobilier, surtout d'osier et de chêne, provient de ventes aux enchères ou a été acheté d'occasion. Sa dernière acquisition, à laquelle elle tient tout spécialement, est une grande lampe de cuivre avec un abat-jour de soie rose, qu'elle a payée trop cher. Et bien qu'elle ait eu l'intention de l'installer près de la fenêtre, derrière le canapé d'osier, elle l'a finalement remisée dans un coin sombre de sa chambre. Elle n'a pas compris pourquoi elle avait fait ça, jusqu'à ce que cette femme photographe qui avait l'habitude de venir découvre la lampe et, enthousiasmée, demande s'il était possible de la placer près de la table à laquelle Laurel s'installe pour les séances. De cette façon, la lampe figurerait sur tous les clichés. Mais Laurel avait refusé en disant que la lampe la déconcentrerait. C'est ainsi qu'elle comprit subitement qu'elle n'aurait jamais dû l'acheter : la soie rose et la mort ne vont pas ensemble.

C'est le dernier jour d'août ; et le dernier jour de chaque mois Laurel se sent terriblement déprimée. Elle se rappelle avoir rêvé de son enfance. Pourtant, elle n'en rêve plus du tout. Elle a le sommeil vide et profond, comme si elle n'avait de rêves que le jour. Dans moins d'une heure, Betsy, à laquelle Laurel pense toujours comme à sa « patronne à poigne » depuis qu'elle a réussi à la convaincre d'être le sujet de son livre, arrivera avec Polly, la photographe. Comme c'est bête! Laurel a oublié d'avertir de leur présence sa nouvelle cliente. Et cette personne est si nerveuse et réservée qu'elle pourrait bien déguerpir à la seule vue d'un appareil photo. Et avec cette chaleur, il sera déjà bien assez difficile de se concentrer sur une séance.

Dehors la lumière du soleil est épaisse, comme une épée faite d'abeilles jaunes. Autrefois, Laurel n'avait aucune difficulté à résister à cette sorte de lumière. Elle pense même n'avoir jamais prêté attention à la lumière du soleil avant son installation ici, au voisinage du marais. Sur le plan de travail de la cuisine, elle fend la coquille brune de l'œuf qu'elle a fait durcir, et elle le mange debout. Elle est agitée. Il y a quelque chose qui cloche.

39

Laurel fait sortir le chat et puis, sans raison, le suit sur la plate-forme de bois. Cette terrasse, accolée à la maison, est construite sur pilotis au-dessus du marais. La nuit, Laurel entend le remue-ménage des crabes dans les trous qu'ils s'aménagent dans le sous-sol détrempé de la maison. Ce sous-sol est souvent inondé quand la lune est pleine, à marée haute. Une fois, elle a même trouvé une étoile de mer dans l'escalier de la cave. Laurel s'appuie à la balustrade; elle sent le soleil transpercer sa blouse de coton et lui caresser les jambes. Avant de venir ici, Laurel Smith n'avait jamais vu de martin-pêcheur; elle ne faisait même pas la différence entre un cardinal et un roitelet. Dans quelques minutes à peine, Betsy Stafford et la nouvelle cliente vont remonter l'allée de terre au volant de leurs voitures. Mais Polly ne sera pas là pour photographier la séance. C'est sans importance; il n'y aura rien à photographier, et Laurel Smith le sait. Elle sent une pression sur son front, comme si une main la poussait.

Au-dessus du marais, deux aigrettes prennent leur envol et s'éloignent à tire-d'aile, comme si un danger les menaçait.

3.

Charlie se fait du pain perdu. Il laisse le bol dans lequel il a battu les œufs sur la paillasse et la poêle à frire brûlée sur le réchaud. Que c'est assommant, l'été! Mais il n'aime pas davantage l'idée de la rentrée scolaire. Encore dix jours de liberté. Aujourd'hui, avec Severin, il ira à la mare – en cachette, parce que leurs mères pensent que c'est trop loin pour qu'ils y aillent à vélo chercher des spécimens. Severin et lui ont une théorie : non seulement le sucre ne peut pas vous faire de mal, mais il vous fait du bien; ils se préparent donc à réaliser une expérience qui l'établira de manière définitive. Ça doit se passer dans la cave, chez Severin – personne n'y va jamais. Le sac à dos de Charlie est boursouflé par les bocaux à conserve qu'il a chipés à l'office. Il espère que sa mère ne remarquera pas leur disparition avant le printemps prochain quand elle fera de la confiture de fraises. Une fois l'expérience terminée, Charlie pourra peut-être libérer les tritons et remettre les pots à leur place, de sorte que sa mère ne saura jamais qu'il y a eu des amphibiens dedans. Charlie rit beaucoup, rien qu'à imaginer ce que sa mère pourrait trouver sur les planches :

confiture de fraises, tritons à l'orange, concombres confits, petites grenouilles vertes au vinaigre.

Par contre, si Charlie devait attraper ce qu'a sa sœur et être privé de sa dernière semaine de liberté, il se ferait hara-kiri! Il a un million de choses à faire pendant ces dix jours. Il est occupé à verser du sirop sur son pain perdu quand la porte claque : Ivan est déjà allé à la pharmacie avant de repartir pour son Institut.

– Salut, mon pote! lance-t-il à Charlie. Il jette un œil au pain perdu. Ça a l'air bon!

Polly était à l'étage; elle descend aussitôt. Elle vient de passer tout le corps d'Amanda à l'alcool – c'est ce que le médecin lui a dit de faire quand elle l'a appelé à l'heure des consultations téléphoniques.

– Est-ce que tu as le Tylénol et l'Énergétic? demande-t-elle à Ivan.

Ivan montre le Tylénol.

– Il n'y a pas d'Énergétic chez Larsen, dit-il.

– Tu n'as essayé que chez lui? s'écrie Polly, furieuse. Un seul fichu magasin!

Charlie se sent gêné pour son père; lui aussi, a tendance à oublier les choses, surtout quand il fait des commissions.

– J'y retourne, dit Ivan.

Polly sait qu'il est censé préparer ce séminaire qui va avoir lieu en Floride. Il voulait aller au travail de bonne heure, il avait l'intention d'essayer de réviser son texte une fois de plus.

– Ne t'en fais pas, dit Polly, j'y vais. Elle se tourne vers Charlie. Toi!

– Je n'ai rien fait, proteste vivement Charlie.

– Tu restes avec Amanda, lui dit Polly.

42

– Je ne peux pas, grogne Charlie. Severin attend.

– Il attendra, rétorque Polly.

Polly saute sur ses clefs de voiture. Charlie et Ivan échangent un regard coupable.

– Elle va se calmer, dit Ivan.

Puis il prend son sac à dos et emboîte le pas à Polly : il espère la rejoindre dans l'allée et se faire pardonner. Charlie finit son pain perdu, puis il monte au premier chercher le filet dont Severin et lui vont avoir besoin. La porte de la chambre d'Amanda est ouverte. La pièce est dans l'obscurité. Les stores sont tirés. Charlie s'arrête sur le pas de la porte et jette un œil à l'intérieur de la pièce.

– Salut, dit Amanda de dessous ses couvertures.

Charlie entre dans la chambre et allume la lumière sur la table de nuit.

– Maman est vraiment obsédée : il faut que tout soit dans le noir quand quelqu'un est malade !

– Ouais, répond Amanda.

– Je vais chercher mon filet, lui dit Charlie, qui se sent mal à l'aise de parler à Amanda pour de vrai, au lieu de la taquiner. Severin et moi, on va chercher des échantillons.

– Bonne chance, dit Amanda.

Elle chuchote : elle a vraiment très mal à la gorge. Elle n'a jamais eu aussi mal que ça ; en tout cas, elle ne s'en souvient pas. Elle a froid, malgré toutes les couvertures empilées sur son lit. C'est pire que quand elle a eu la varicelle et qu'elle ne pouvait pas s'asseoir ni même aller aux cabinets. C'est même pire que quand elle avait pleuré toute la nuit parce que sa peau la démangeait.

– Eh bien, vas-y, dit Amanda à Charlie.

43

Elle a si mal à la gorge qu'elle pourrait bien se mettre à pleurer, et elle ne veut pas que Charlie la voie.

— Il faut que je reste avec toi, lui dit-il. C'est maman, ajoute-t-il sur un ton d'excuse.

— Oh! dit Amanda, qui a très bien compris.

Sa mère a fait la même chose avec elle, la forçant à passer son temps avec Charlie quand il était malade, alors qu'elle avait mille autres choses plus intéressantes à faire.

Charlie s'assied sur une chaise près du lit.

— Tu veux que je te mette une cassette? demande-t-il. Duran Duran?

Amanda ne veut pas, elle a mal à la tête. Dehors, autour du pâté de maisons, ils entendent jouer des enfants.

— Juste une chose, ajoute Charlie. Ne souffle pas tes microbes par ici. Il n'y a plus que dix jours avant la prison.

Amanda sourit. Elle, elle a hâte de retourner à l'école : tout l'été, elle a attendu de passer en sixième. Et comme Helen Cross a fini le primaire et qu'Evelyn Crowley se laisse aller, Amanda sera la meilleure gymnaste de l'équipe.

Charlie s'assoit à côté d'elle. Mais il pense aux crabes des Moluques. S'il va à vélo par le chemin le plus long, en faisant le tour du marais, il pourrait bien en trouver tout en allant à la rencontre de Severin. Les crabes des Moluques sont pour lui un objet de fascination perpétuelle – du seul fait qu'ils étaient là avant les dinosaures. Il n'arrive pas à comprendre que personne n'ait réussi à découvrir comment ils ont pu survivre. Charlie a déjà une demi-heure de retard, et à l'heure qu'il est, Severin

44

doit être furieux contre lui. Mais sa mère lui fait tout le temps des choses comme ça, à Amanda aussi d'ailleurs. Elle ne comprend pas qu'ils puissent avoir des rendez-vous ou des coups de téléphone, elle oublie qu'ils ont leurs vies à eux.

— Je pourrais te rapporter un triton, dit-il à Amanda. Tu pourrais le garder dans un terrarium.

Amanda s'est endormie. Elle est cramponnée à la couverture dont leur mère les couvre toujours quand ils sont malades. C'est une couverture en patchwork, bleu et blanc, avec une bordure d'étoiles et quelques carrés rouges au centre. Autrefois, ils croyaient que c'était cette couverture qui les faisait aller mieux; et quand ils étaient malades tous les deux en même temps, ils se battaient pour l'avoir. Charlie se lève, et il éteint la lampe de chevet. Il se rassied sur la chaise, les mains sur les genoux. Il se surprend à compter les minutes en attendant que sa mère revienne. Dans le noir, il voit les étoiles blanches sur le bord de la couverture; elles sont même encore plus blanches que des os.

Au bout de vingt-quatre heures, la fièvre n'est toujours pas tombée, et Polly l'emmène chez Ed Reardon, leur pédiatre depuis sept ans − en fait depuis qu'ils se sont installés à Morrow. Il fait un prélèvement dans la gorge d'Amanda, prend sa température, examine ses oreilles et, comme il craint une déficience globulaire, il prescrit des examens sanguins. Le laboratoire livrera les résultats le lendemain ou le surlendemain : en attendant il faut continuer le Tylénol. Il faut aussi qu'Amanda reste au lit, bien qu'elle se rebiffe et prétende qu'elle se sent beaucoup mieux.

Au cours des semaines précédentes, Ed Reardon a vu à peu près une douzaine d'enfants atteints d'un virus qui se manifestait par une forte fièvre et des vomissements. Il se dit une fois de plus qu'il ferait bien de prendre un associé ou en tout cas quelqu'un pour assurer le travail de secrétariat. Demain, il est en congé, et ce ne sera pas du luxe. Il sait qu'il devrait passer plus de temps à son cabinet et en consacrer moins à chaque patient individuellement. C'est son comptable qui le lui a dit. Mais ce n'est pas pour examiner le plus de corps possible à l'heure qu'Ed a choisi la pédiatrie. Lui-même a trois enfants, un garçon de deux ans et deux filles, de cinq et huit ans.

— Ce n'est pas juste, dit Amanda en se rhabillant.

— Ça l'ennuie pour son entraînement, explique Polly. La gymnastique.

— Ne t'en fais pas, dit Ed Reardon à Amanda. Rien qu'à te regarder, je suis sûr que tu es bien meilleure que Mary Lou Retton.

Amanda baisse la tête. Mais Polly sait qu'elle est contente.

— Merci, dit-elle à Ed, pendant qu'Amanda est allée aux toilettes pour laisser un échantillon d'urine. Elle a déjà l'air beaucoup mieux.

Ce qu'elle ne dit pas, c'est qu'Ed l'a rassurée elle aussi. Les fortes fièvres la rendent folle de peur. Ivan pense qu'elle a des réactions excessives. Mais Ed Reardon, lui, l'écoute et il semble avoir confiance en ses instincts.

— C'est une fille formidable, dit Ed.

— Vous dites ça à toutes les mères, sourit-elle.

– Absolument pas. Et je vous parie dix contre un que sa fièvre sera tombée d'ici demain matin.

Pendant la nuit, en effet, la fièvre d'Amanda est tombée, et à l'heure du petit déjeuner elle a une température normale. Mais elle est encore trop fatiguée pour faire autre chose que s'installer sur le canapé et regarder la télévision – ce qui convient tout à fait à Charlie, parce qu'elle aurait bien été capable de vouloir venir avec lui à la mare. Elle veut toujours aller se baigner, et elle n'a pas assez de patience pour chercher des spécimens.

Hier, Charlie et Severin ont rempli tous les bocaux de tritons. Et le soir, ils ont opéré en douce, dans le sous-sol, chez Severin. Ils ont donné de l'eau sucrée à la moitié des tritons. Le groupe de contrôle a été mis à la laitue et à l'eau. Mais ils ont encore à vérifier quelque chose. Charlie, lui, est convaincu que la tortue a une largeur d'au moins quatre-vingt-dix centimètres.

– Foutaise! dit Severin.

Il est à plat ventre, les deux mains dans l'eau froide, les genoux et les pieds nus enduits de poussière. Il a amené son chien, un golden retriever baptisé Félix, qu'il faut garder en laisse pour l'empêcher de se ruer dans l'eau.

– Dans une mare aussi petite, aucune tortue n'arriverait à être aussi grosse.

– C'est un mutant, suggère Charlie. Peut-être que quelqu'un a balancé ici des déchets radioactifs.

– Oh! ouais, bien sûr! rétorque Severin qui imite le ton de voix cynique de sa mère. Et il ajoute : C'est celui qui a survécu, c'est toujours le plus gros!

47

– On va voir! dit Charlie. On n'a qu'à rester assis ici. Toute la journée, s'il le faut.

Charlie fouille dans son sac à dos et il en sort deux boîtes de soda à l'orange et deux Toblerone. Severin se cale le dos et prend un soda. Il le décapsule bruyamment.

– Chut! murmure Charlie, agacé.

Severin fronce le nez et avale goulûment son soda à l'orange.

Il fait chaud et Charlie retire son T-shirt marqué « Red Socks ». S'ils ne devaient pas attendre la tortue, il plongerait aussitôt dans la mare. Mais il se contente d'appuyer la boîte fraîche de soda contre sa peau nue. Des libellules bleues frisent la surface de l'eau. A travers les arbres, on aperçoit une nouvelle cité; mais on ne s'en douterait pas. Des petites biches viennent toujours aux mares et aux marais de Morrow; et, pourvu qu'on se tienne parfaitement tranquille, on peut les voir au crépuscule.

– Quand on pense que des tyrannosaures se baladaient peut-être par ici!... dit Severin songeur, et qu'ils ont peut-être attaqué un brontosaure juste là où on est maintenant...

Charlie ouvre sa boîte de soda et boit à grands traits. Il ne prend même pas la peine d'expliquer à Severin qu'il y a un écart de quatre-vingts millions d'années entre les tyrannosaures et les brontosaures, ni que nulle part dans les environs de Morrow on n'en a trouvé de fossile. Charlie s'est bien assez fait traiter de Monsieur Je-sais-tout comme ça pour savoir quand fermer son bec.

Severin s'assied et prend une barre de chocolat. Il met ses pieds dans l'eau; surprises, de petites grenouilles plongent.

— Tu crois que nos mères vont devenir riches avec ce bouquin qu'elles sont en train de faire? demande Severin.

Félix est assis en face de lui, la langue pendante, attendant qu'un peu de chocolat dégringole. Severin finit d'avaler sa friandise et fourre dans sa poche l'emballage chiffonné.

— Ça sera peut-être un best-seller. Peut-être qu'on sera tous millionnaires. Mon vieux, mon père va en devenir dingue! Il dit toujours à ma mère qu'elle ferait mieux d'aller se chercher un vrai boulot.

— Ma mère n'a pas parlé de millionnaires, dit Charlie.

— Tu sais ce que j'achèterais? dit Severin. D'abord une moto, et après un yacht.

Charlie aime bien être avec Severin, parce qu'il n'a pas besoin de parler. Même quand il pose une question, Severin ne s'attend pas nécessairement à ce qu'on lui réponde. C'est comme ça depuis qu'ils avaient trois ans, au jardin d'enfants où Severin avait traîné son petit lit contre celui de Charlie; ça y était: ils étaient amis. Et pour ce qui le concerne, Charlie n'éprouvera jamais le besoin d'un autre ami tant qu'il aura Severin.

— Tu le manges, ton Toblerone? demande Severin.

Charlie en a pris une bouchée, mais il tend le reste à Severin. Il fait trop chaud pour manger du chocolat, de toute façon.

— Si je pouvais vivre sur un yacht, continue Severin, tout en croquant le bâton de chocolat de Charlie, je n'irais jamais à l'école. Je ferais de la plongée pour pêcher des étoiles de mer. Je ne rangerais jamais mes vêtements dans le placard, parce qu'il n'y aurait pas de placard.

– Le seul truc qu'il y aurait à manger, ça serait des spaghetti, dit Charlie.

– D'accord. Et à boire, soda à l'orange et Cacdac.

Un martin-pêcheur survole la mare. Charlie file un coup de pied à Severin. Severin opine et consigne les faits dans le cahier réservé à cet effet.

– Sur le yacht, il y aurait une piscine, murmure Severin.

– Avec un de ces toboggans en spirale, chuchote Charlie en écho.

Au beau milieu de l'eau, on entend un plouf, comme si le martin-pêcheur avait lâché une pierre dans la mare. Charlie plisse les paupières, il voit la pierre qui bouge. De nouveau, il file un coup de pied à Severin qui, aussitôt, regarde dans la direction du martin-pêcheur.

– J'ai vu, dit-il.

A cette distance on dirait une planche de bois moussue, peut-être un baril vide. Sauf que, maintenant, Charlie peut le voir de ses yeux. Du reste, il n'a pas osé dire ce qu'il pense à Severin. C'est tellement irrationnel, tellement antiscientifique... Il n'empêche : il n'est pas tout à fait impossible qu'ils aient mis la main sur un cryptodire, une de ces espèces de tortues qui florissaient pendant le trias, à la même époque que les dinosaures, il y a deux cent trente millions d'années. Et quand il y pense, il ne lui semble pas vraiment impensable que ce soit vrai – puisque les tortues des temps modernes lui sont toutes apparentées et qu'elles n'ont presque pas évolué.

L'eau jaillit en éclaboussements autour de la

chose. Charlie file encore un coup de pied à Severin, très fort, et celui-ci se retourne vers lui :

– Aïe!

De la tête, Charlie désigne la mare, et Severin suit son regard. La tortue se rapproche.

– Bon Dieu de merde! murmure Severin.

– La voilà! chuchote Charlie.

Severin se met à écrire vigoureusement dans son journal. Charlie observe la manœuvre de la tortue qui s'approche encore, avant de faire demi-tour et de plonger.

– Personne ne nous croira, dit Severin.

– Qu'est-ce que ça peut bien faire! s'exclame Charlie. On sait ce qu'on a vu; et c'est ce qui compte.

Ils restent là encore deux heures. Ils ont renoncé au déjeuner. Mais la tortue ne revient pas à la surface ou, si elle le fait, c'est cachée par les algues. A la fin de la journée ils reprennent leurs bicyclettes sans enthousiasme et rentrent chez Severin. A la différence de beaucoup d'autres maisons de Morrow, pour la plupart peintes en blanc avec des volets noirs ou verts, la maison de Severin est bleue avec des fenêtres et des portes jaunes. Tout le long de la véranda sont suspendues des plantes en pot, fuchsias et géraniums-lierres de couleur rose. Ils laissent le chien dehors et rentrent dans la cuisine. Ils entendent Betsy qui tape vigoureusement à la machine. Ils filent, se saisissant au passage d'un pot de beurre de cacahuètes, d'une miche de pain, de quatre barres de chocolat et d'un paquet de sucre. Et avant que Betsy ait pu les entendre, ils ont déjà dégringolé l'escalier du sous-sol. Parce que, souvent, Betsy veut leur parler de choses sérieuses, alors que tout ce qu'ils veulent, c'est qu'on leur fiche la paix, pour pouvoir nourrir tranquillement le rat blanc de Severin ou regarder *Star Trek* à la télé.

En bas, dans le sous-sol, Severin confectionne les sandwiches pendant que Charlie prépare de l'eau sucrée pour les tritons. Quant à la tortue, c'est une découverte tellement insensée qu'ils n'osent même pas en parler. C'est quelque chose qu'aucun de leurs parents ne pourrait comprendre. D'ailleurs, il n'est pas nécessaire de tout le temps parler. On peut s'asseoir l'un contre l'autre sur de vieux tabourets de bois et engouffrer deux sandwiches au beurre de cacahuètes et deux barres de chocolat chacun, sans éprouver le besoin de se dire un seul mot. Les tritons nourris à l'eau sucrée ont l'air en forme, bien plus dynamiques que ceux du groupe de contrôle. Charlie prend des notes dans leur journal; Severin étale un peu de beurre de cacahuètes sur le couvercle du pot qu'il tend à Cyrus, le rat.

Ils ne remontent l'escalier que quand Betsy les appelle pour dîner. En fait, c'est Severin qu'elle appelle, mais quand elle voit Charlie, elle ajoute une assiette.

— Ta mère sait-elle que tu es ici? lui demande-t-elle, tandis que Severin referme le pot de beurre de cacahuètes et va le ranger dans le placard.

— Elle doit bien s'en douter, répond Charlie.

Betsy désigne le téléphone du doigt. Charlie appelle chez lui. Il déteste parler au téléphone; il n'a jamais compris ce qu'Amanda et Jessie Eagan pouvaient bien trouver à se dire pendant des heures entières.

— Dis-lui que tu dors ici, lui souffle Severin.

— Demande-le-lui, corrige Betsy.

Charlie fait un compromis et dit à sa mère :

— C'est d'accord pour que je dorme ici.

Ce n'est pas vraiment une question, et Charlie sait bien que sa mère ne l'embêtera pas : chaque fois que lui ou Amanda sont malades, Polly a vraiment la tête ailleurs et elle accorde n'importe quoi à celui qui n'est pas malade.

— Message reçu, dit Charlie en raccrochant le téléphone.

— Fin de communication, ajoute Severin.

Ils s'assoient tous les deux à table et attendent que Betsy serve.

— Et si vous donniez un coup de main? intervient Frank, le père de Severin, en entrant dans la cuisine.

Pour leur demander d'aider, le père de Severin est très fort. Mais Charlie a bien remarqué que Frank ne fait jamais grand-chose lui-même.

— On a eu une journée épuisante, dit Severin à son père.

— Vraiment?

— Oh! là là! oui, intervient Charlie. Une journée mammouth.

— Une journée de cryptodire, ajoute Severin, et lui et Charlie sont pris de fou rire.

Frank fait la grimace devant les lasagnes réchauffées que sert Betsy.

— Désolée, jette-t-elle, j'ai travaillé.

Betsy et Frank vont se disputer ce soir; les garçons en sont sûrs. Ils se disputent toujours à propos de n'importe quoi, et Charlie pense que pour eux, c'est comme regarder la télévision. Mais ça ne le dérange pas et puis il sera plus facile à Severin d'obtenir la permission de dormir avec Charlie sous la tente qu'ils ont installée dans le jardin derrière la maison – c'est le seul moyen d'être un peu tranquilles. A neuf heures, Frank et Betsy sont déjà dans leur chambre. Ils crient. Severin et Charlie se sont installés sous la tente avec un sac de couchage, deux couvertures, les cinq barres de chocolat qui restent, une lampe-torche et un bidon de jus de canneberge.

Ils ont fait ça tout l'été, jusqu'à deux fois par semaine, et chaque fois Charlie montrait à Severin toutes les constellations qu'Ivan lui avait expliquées – Orion avec sa ceinture blanche, le Verseau avec sa cruche à eau lumineuse... Mais ce soir, le ciel est si beau, si noir et si plein d'étoiles, que les garçons se tiennent en silence l'un contre l'autre. C'est presque comme s'ils avaient oublié tout ce qu'ils savent, que les étoiles sont faites de gaz et qu'elles sont plus grosses que la Terre. Ils sont là, sous cette immense coupe noire parsemée d'un million de points lumineux. Ce ne sont que des enfants, et peut-être ne devraient-ils pas être dehors tout seuls. Et si un météore dégringolait sur la terre et écrasait leur tente; et si Sirius tombait du ciel... Ils rentrent en rampant à l'intérieur de la tente, et décident de garder la lumière allumée toute la nuit. Ils font aussi rentrer le chien dans la tente avec eux – il ronfle, mais tant pis – et ils se serrent l'un contre l'autre, dos à dos.

Il fait chaud, même à minuit, et les deux garçons dorment mal, mais au réveil ni l'un ni l'autre n'admet avoir eu peur. Ils rentrent dans la maison sans un regard pour le petit déjeuner que Betsy leur a préparé avant de monter dans son bureau, et engouffrent chacun deux tartelettes surgelées.

– Il ne faut parler de la tortue à personne jusqu'à ce qu'on puisse donner une preuve, dit Charlie.

– Absolument, approuve Severin.

Charlie sait qu'une photo serait la meilleure preuve de l'existence de la tortue. Mais ce qu'il ne sait pas, c'est comment se procurer un appareil. Jamais sa mère ne le laissera toucher à son Minolta – pour elle, ça vaut de l'or. Et ça fait des siècles qu'il ne sait plus où est passé le Polaroïd.

Charlie doit être rentré chez lui pour midi : il restera avec Amanda, il sera son valet de chambre, il lui apportera du Tylénol et du jus de fruits. Pendant ce temps-là, sa mère pourra aller faire remplacer les amortisseurs de la Blazer. Severin le raccompagne jusqu'à la moitié du chemin. Ils s'arrêtent à l'endroit habituel, au coin d'Ash Street et de Chestnut Street.

– Je ferais mieux de filer à la maison, dit Severin, parce que si je range ma chambre mon père me donnera peut-être un nouveau ballon de foot.

Charlie approuve de la tête et pousse sa bicyclette sur le trottoir.

– A demain, lui dit Severin.

Il tourne son vélo en sens inverse et se met à pédaler.

– Hé! crie-t-il à Charlie qui ne lui a pas dit au revoir, *adios*!

– *Adios*, répond Charlie.

Charlie pédale dur tout le reste du chemin. Le vent est chaud, mais c'est quand même bon.

Cet après-midi-là, la chaleur a encore augmenté. Dans la ferme-zoo des Pearson, où Ed Reardon et sa femme, Mary, ont emmené les enfants, la poussière se soulève en vagues épaisses qui imprègnent leurs cheveux et leurs vêtements. C'est Mary qui a mis le pain dur dans la boîte à pain pour les canards et les oies; mais quand ils arrivent dans le coin des animaux apprivoisés elle déclare tout à coup :

— Vas-y avec eux.

Puis elle se dirige de l'autre côté et va s'écrouler sur un banc à l'ombre.

Les filles d'Ed réclament des pièces de vingt-cinq *cents :* comme ça elles pourront donner le biberon aux bébés lamas. Will, le fils d'Ed, titube sur ses petites jambes; il a peur des chèvres naines qui sont accourues tout autour d'eux, les flairant et les poussant, en quête d'un morceau de pain.

— Elles ne peuvent pas te faire de mal, dit Ed à son fils.

Juste pour montrer à Will que les chèvres sont tout à fait gentilles, Ed en approche une qu'il caresse sur le crâne et qui lui retourne un coup de tête. Il prend Will dans ses bras : comme ça il pourra donner du pain aux chèvres sans risque d'être piétiné. A l'ombre, Mary déboutonne largement sa chemise et s'évente de la main. Ed la regarde, surpris, puis il comprend ce qu'il voit : à cette distance, Mary a l'air insatisfaite. Le bonheur leur a été facile : ils n'ont pas eu à se battre pour y arriver. Mais depuis quelque temps, il y a souvent des silences entre eux, et ces vides lui donnent des doutes au sujet de ce bonheur. Bien sûr, il peut raconter à Mary les choses qui lui pèsent, comme hier soir, à propos de la déficience en globules blancs d'Amanda Farrell. Il a décidé de faire procéder à toute une série d'examens; si leur résultat est positif, ce sera un épouvantable désastre. Mais Mary n'avait pas répondu ni réagi. Est-ce qu'elle ne l'écoute plus? Est-ce qu'elle l'a tellement entendu parler de ses patients qu'elle débranche carrément quand il se lance là-dessus?

– Ça va? lui demande-t-il, au moment où les enfants, qui en ont assez des animaux apprivoisés, se préparent à grimper sur le petit manège et dans les autos tamponneuses.

– Bien sûr, ça va, dit Mary.

Elle prend le petit Will sur ses genoux et tâte ses couches pour voir s'il a besoin d'être changé : il n'y a qu'une semaine qu'il est propre, et il a fait une petite régression.

Le bip du récepteur d'Ed se déclenche; il étend le bras pour l'arrêter.

– On te retrouvera au manège, lance Mary.

– Désolé, dit Ed.

C'est toujours ce qu'il dit dans ces cas-là.

– Oh! j'ai l'habitude, répond Mary.

Une fois de plus, sa réponse étonne Ed. Quelquefois, il se dit même que c'est à lui qu'elle en veut que les autres soient malades et que cela lui sert d'excuse pour s'éloigner de sa propre famille.

Ed se promet de faire vite et d'être de retour avant que les enfants n'aient quitté le manège. Mais il lui faut d'abord trouver une cabine téléphonique. Il finit par en repérer une derrière la buvette. Il est trois heures, l'heure de la sieste, et dans la ferme-zoo tous les enfants sont grincheux, ils refusent de marcher, réclament des glaces, les parents s'énervent.

C'est le laboratoire qui veut lui parler personnellement. Il doit se faire les poches pour y trouver de la monnaie; mais il a donné toutes ses pièces de vingt-cinq *cents* à ses filles. Le téléphone, dans ses mains, est trop froid; mais tandis qu'il compose le numéro du laboratoire sur le cadran, les touches lui collent au doigt. Il sait que quelque chose ne va pas, il le sent à la façon dont l'air est secoué par des craquements de chaleur. Il éprouve une espèce de vertige, avant même qu'on lui dise qu'Amanda Farrell, qu'il a suivie depuis sa varicelle, ses otites, qu'il a vaccinée, à qui il a réparé un bras et fait subir une appendicectomie, est séropositive au virus du SIDA. Ed Reardon est diplômé de la faculté de médecine de Harvard, il a fait son internat et son stage à l'Hôpital des Enfants de Boston et il a ouvert son cabinet il y a douze ans. Et c'est cet homme-là qui s'assied à même le sol, derrière la buvette qui débite de la limonade et du pop-corn. Et il ne bougera pas avant un long moment.

La soirée est tranquille, le chœur des sauterelles qui a résonné dans les airs pendant tout l'été s'est tu. A minuit, la chaleur tombe d'un seul coup et une fine frange de nuages laiteux forme un anneau autour de la lune.

Ivan aime cette fraîcheur. Cette nuit-là, il dort particulièrement bien, et le lendemain matin il arrive à son bureau avant neuf heures. L'institut est installé dans une petite maison, juste en face de la grand-place, un cercle herbeux entouré de

58

lys à floraison tardive. C'était autrefois un pâturage communal. Plus loin, dans le marais, près de la plage de Red Slipper, se trouve la construction en forme de dôme qui abrite le télescope. Charlie trouve simplement normal d'avoir accès au télescope géant – il le considère comme quelque chose de banal; mais Ivan se rappelle avoir amené son fils ici alors qu'il n'avait que deux ans, et il se souvient de l'expression de son visage quand le plafond s'était ouvert pour révéler le ciel.

Ivan a encore beaucoup de choses à mettre au point avant la conférence de Miami. Sa spécialité, c'est la supernova et, justement, on vient d'en observer une. En fait, l'événement a eu lieu il y a cent soixante-dix mille ans, mais ce n'est que maintenant qu'on a pu la voir, au-dessus de l'Amérique du Sud. Ivan ne peut s'empêcher de songer que, s'il était affilié au M.I.T. ou à Stanford, il serait au Chili en ce moment... au lieu de se contenter d'une information de deuxième main. Ivan déteste de se sentir insatisfait, et ça le ronge. A l'institut il y a quatre astronomes, cinq étudiants de troisième cycle et deux secrétaires. Il a toujours aimé l'intimité et l'intensité de l'atmosphère qui y règnent, mais aujourd'hui il se demande s'il ne s'est pas contenté d'une situation médiocre.

Adolescent, Ivan avait l'air d'être un garçon aimable, au caractère égal; mais il ne l'était pas. Dès l'âge de dix ans, il s'était fixé deux objectifs : il serait un scientifique, et il quitterait le New Jersey et sa famille. Aujourd'hui encore, il considère que son admission au M.I.T. a été sa planche de salut. Ses deux parents sont morts; mais ses sœurs, Ilene et Nathalie, vivent toujours à Fairlawn. Elles se voient tous les week-ends; et Nat et sa famille habitent la grande maison de briques dans laquelle ils ont grandi. Ivan sait qu'elles parlent de lui : il a surpris une de leurs réflexions dans la cuisine de la vieille maison, juste après l'enterrement de son père. En réalité, c'est de Polly qu'elles parlaient, parce qu'elle n'était pas maquillée et qu'elle ne portait pas d'autre bijou que son alliance – mais ça aurait pu, tout aussi bien, être une attaque directe contre Ivan. Bref, si Ivan et ses sœurs avaient grandi dans la même maison, ils avaient toujours vécu dans des mondes différents.

La preuve, c'est qu'elles ne comprennent toujours pas comment Ivan gagne sa vie ni pourquoi. Comment est-il possible qu'elles aient hérité du même matériel génétique et qu'elles soient si différentes de lui? Pour Ivan, le mystère reste entier; davantage c'est même une plus grande énigme que celle posée par n'importe quelle galaxie. Et c'est peut-être pour ça que Charlie lui donne tant de satisfactions; ce n'est pas qu'Ivan préfère son fils à sa fille mais Charlie est comme lui : il s'intéresse aux nuages et aux constellations. Il n'entend pas forcément quand on lui dit de ranger sa chambre, mais il est toujours à l'affût du bruit des criquets dans les herbes hautes, et il ne manque jamais de guetter les changements du ciel.

Ivan, ce matin, est le premier arrivé au bureau, avec une tasse de café chaud et un petit pain beurré qu'il a ramassés au passage. Il est en train d'examiner les données enregistrées sur leur ordinateur relié à la NASA, quand le téléphone sonne. C'est sans doute Polly, pense-t-il, qui veut lui rappeler quelque chose qu'il a oublié – ça arrive souvent ces jours-ci. Mais non, à l'autre bout du fil il y a une voix d'homme, qu'il ne reconnaît pas.

– C'est Ed, dit la voix.

– Ed, répète Ivan, et il met un petit moment à se rappeler qu'Ed est le médecin des enfants.

– J'aimerais que vous veniez me voir ce matin, lui dit Ed.

Ivan se demande s'ils doivent de l'argent au Dr Reardon pour la dernière visite des enfants. Il est sûr d'avoir payé ce mois-ci la traite sur la maison, la facture d'électricité; mais il n'est pas capable de se rappeler autre chose.

– Dix heures, ça va? demande Ed.

– Ça m'ennuie, répond Ivan. J'ai un article à finir avant vendredi. Vous n'avez pas demandé à Polly? D'ailleurs, c'est elle qui a le chéquier.

Depuis le début de la matinée, Ed s'était dit qu'il serait plus facile de parler à Ivan seul, sans Polly; il lui semble qu'un scientifique est plus à même de comprendre les hasards du cheminement d'un virus. Mais maintenant, il sait qu'il s'est trompé : nul ne peut accepter les ordres aveugles de la cruauté. Lui-même, d'ailleurs – ou n'importe qui –, est incapable de donner le moindre début d'explication, et pourtant c'est bien ce qu'il doit essayer de faire.

– Dix heures et demie? insiste Ed.

– Voyons, Ed, plaisante Ivan, vous ne trouvez pas que je suis un peu trop vieux pour être de vos patients?

Il y a un silence à l'autre bout du fil. Ivan entend battre son propre cœur.

– Est-ce que ça a quelque chose à voir avec la drogue? demande-t-il soudain, effrayé. Marijuana?

– Non, dit Ed, qui aurait donné cher pour que ça n'ait été que ça. Il faut que je vous voie.

– D'accord, dit Ivan. J'arrive tout de suite.

Au cabinet de Reardon en moins d'un quart d'heure, plus tard, il signale sa présence à l'infirmière, la blonde, qui se précipite dans le bureau du médecin. Se dit-il qu'elle a l'air mal à l'aise? Imagine-t-il quelque panique?

La salle d'attente est bondée. Ivan trouve une petite place sur le canapé, mais il se sent trop grand dans cette pièce. Voilà plus d'un an qu'il n'est pas venu ici, et il ne se rappelle même plus pourquoi c'était parce que désormais c'est Polly qui s'occupe de ça. Dans les premières années ils étaient sans arrêt fourrés ici, soit pour Charlie, soit pour Amanda. Ils avaient surtout des otites. Il ne se passait pas un mois sans otite.

Ed Reardon sort de son bureau, vient droit vers lui et lui serre la main :

– Passons dans mon bureau, dit-il sans lâcher la main d'Ivan.

En apercevant le docteur, une toute petite fille se met à hurler, et sa mère doit la retenir pour qu'elle ne se sauve pas.

– Je vois qu'on vous aime toujours autant, plaisante Ivan.

Ed ouvre la porte de son bureau, il s'écarte pour laisser passer Ivan. Ivan se sent observé tandis qu'il s'assied sur une chaise, face au bureau. Et c'est ça qui lui fait penser qu'il y a quelque chose qui cloche.

Plus tard, en revenant à la maison, il se rangera sur le bord de la route, tout près de cet endroit où il y a ces framboises sauvages que Polly et les enfants aiment venir cueillir tous les étés. Depuis qu'il a quitté le bureau d'Ed Reardon, il n'a pas cessé de pleurer, mais maintenant il se met à hurler. C'est un son terrifiant. Ça lui vient de l'intérieur, de très profond; mais on dirait que ce n'est pas lui qui crie. Ce cri, il l'entend de l'extérieur, comme si c'était la douleur de quelqu'un d'autre. Il se rappelle tous ces matins où il avait hâte de quitter la maison pour aller à l'institut. C'était une époque où il était trop fatigué pour aller voir au milieu de la nuit qui avait pleuré – il y envoyait Polly. C'était l'époque du lait renversé, des dessins animés qui faisaient du vacarme le samedi et des vacances que lui et Polly projetaient rien que pour eux deux, pour échapper à cette vie domestique.

Le hurlement a cessé. Ivan est assis immobile derrière le volant auquel il se cramponne. Une idée lui traverse l'esprit : il pourrait tuer Ed Reardon. C'est lui qui a diagnostiqué l'appendicite d'Amanda. Et c'est pendant son hospitalisation qu'on lui a refilé du sang contaminé. Ça fait cinq ans qu'il perd sa fille, et il n'en savait rien. Toutes les fois qu'il l'a envoyée dans sa chambre parce qu'elle avait été insolente, toutes les compétitions de gymnastique auxquelles il n'a pas assisté, chacune des heures qu'il a passées à regarder des étoiles mortes... pendant tout ce temps-là, il la perdait.

Et maintenant, c'est un jeudi matin, et les merles se posent sur les ronces du bord de la route. Mais il a perdu Amanda.

4.

Ils entendent le bruit de la circulation dehors,
dans la rue. Amanda porte un jean blanc et un T-
shirt imprimé avec des nuages. Ses cheveux sont
tirés en arrière et retenus par deux barrettes en
forme de scotch-terrier. Sur le bureau de ce docteur, il y a un pot plein de boules de gomme, les
plus chères, à la myrtille, au chocolat et à la menthe.
La doctoresse est jolie et Amanda aime bien ses
boucles d'oreilles : des quartiers de lune argentés
qui se balancent chaque fois qu'elle bouge la tête.
   – Sais-tu ce qu'est un virus? demande-t-elle à
Amanda.
   Amanda fait signe que oui. Elle a l'air si sérieux :
comme si elle était en classe, en train d'étudier une
leçon sur laquelle on allait l'interroger. Polly doit
faire un effort pour ne pas regarder sa fille. De
l'autre côté d'Amanda, sur une chaise, Ivan est
aussi immobile qu'une statue. La fenêtre est
ouverte, et pour eux qui sont habitués au calme
de Morrow, les bruits de Boston sont à peine sup-
portables. A Morrow, le vent fait plus de bruit que
n'importe quoi d'autre. En novembre, il arrache
les feuilles des arbres; pendant les nuits de janvier,

il se rue sauvagement dans les cheminées et il brise les longs glaçons bleus accrochés aux gouttières. Il y a longtemps, très longtemps, quand Polly était une petite fille, à New York, elle ne faisait jamais attention au bruit de la circulation. Maintenant, elle n'entend presque que ça, et aussi quelque chose d'autre, qui est recouvert par le vrombissement des moteurs et les klaxons. Elle jurerait qu'elle entend quelqu'un crier.

Polly et Ivan se sont promis de ne pas pleurer devant Amanda, et ils y sont arrivés. Mais quand ils sont seuls, ils craquent d'un seul coup, n'importe quand — en se brossant les dents, en cherchant des chaussettes dans le tiroir d'une commode. Ils ne se demandent pas pourquoi ils ne se sont pas touchés une seule fois depuis ce moment où Ivan a fermé à clef la porte de leur chambre pour dire la vérité à Polly. Ils ne s'interrogent pas non plus sur cet horrible sentiment de culpabilité qu'ils éprouvent tous les deux — comme s'ils avaient pu faire quelque chose pour empêcher ça. Comme s'ils avaient pu être de meilleurs parents.

Hier, avant de parler à Amanda, ils ont envoyé Charlie en autobus à New York, chez les parents de Polly. Ce n'était pas seulement pour le protéger ; c'est que la présence d'un enfant en bonne santé — fût-ce Charlie — n'aurait fait que rendre plus insupportable et plus réel ce qui arrive à Amanda. Bien sûr, ils ont évoqué cent fois la possibilité d'une erreur de diagnostic ; mais quand ils sont couchés dans leur lit, la nuit, sans se toucher, ils savent bien, tous les deux, qu'il n'y a pas d'espoir.

Quand ils ont dit à Amanda ce qu'elle avait, elle

les a regardés avec stupeur, comme s'ils étaient devenus fous :

— Non, avait-elle dit. Je ne suis pas malade.

Ivan lui a parlé de cette transfusion sanguine par laquelle elle avait contracté le virus. Pendant tout ce temps, Amanda n'avait pas cessé de mâcher son chewing-gum en regardant le plafond. Quand son père s'était tu, elle avait soupiré et dit :

— D'accord. Est-ce que je vais manquer l'école longtemps?

— Nous n'en savons rien, avait répondu Ivan.

Le regard qu'Amanda avait alors jeté à son père avait donné la chair de poule à Polly.

— Quoi! avait-elle crié, mais vous devez savoir!

Polly avait essayé de la prendre dans ses bras, mais Amanda avait brusquement quitté la table. Elle était là, debout entre l'évier et le réfrigérateur, un éclair sauvage dans les yeux.

— Je ne peux pas être malade! avait-elle hurlé. Vous ne comprenez donc rien! Je ne peux pas manquer l'école!

Puis elle avait couru s'enfermer dans sa chambre, et ils l'avaient laissée. Ils l'avaient laissée s'asseoir dans le noir et pleurer, et puis écouter une cassette après l'autre. Et quand elle était redescendue, ce soir-là, un peu après neuf heures, ils avaient fait oui de la tête quand elle leur avait dit que si elle avait les yeux bizarres c'était parce qu'elle était fatiguée. Ils s'étaient assis autour de la table de la cuisine, et ils avaient mangé de la glace au chocolat. Mais ils ne s'étaient pas regardés, et ils n'avaient parlé qu'à voix basse. Ils sont devenus comme des somnambules, chacun errant dans son cauchemar, évitant les autres comme si un mot, un baiser risquaient de les précipiter en enfer.

Ce matin, avant leur départ pour Boston, Polly a fait du café très fort. Elle s'en est versé une tasse, mais elle n'a pas pu la boire. La maison était trop tranquille : c'était comme une maison dont vous savez, dans un rêve, qu'elle a un petit truc qui ne va pas, simplement parce que les contours des choses sont mal définis. Polly se dit que, si elle tente de prendre une tasse de café, sa main va traverser le mur; si elle tourne le robinet, elle craint qu'au lieu d'eau il n'en sorte des araignées et des pierres. Ce qui leur arrive, c'est cette sorte de rêve dans lequel ne se produisent que des choses trop terrifiantes pour qu'on arrive à les imaginer. Et ça arrive toujours quand vous avez le dos tourné, et quand vous croyez que tout va bien.

Le téléphone a sonné, et Polly a décroché machinalement. C'est Betsy Stafford qui appelle pour l'engueuler :

– Si tu considères ton boulot de photographe comme un amusement, tu ferais mieux de me le dire! jette Betsy, sans laisser à Polly le temps de répondre quoi que ce soit. Je trouverai quelqu'un d'autre pour travailler avec moi!

Polly n'a même pas reconnu la voix de Betsy et elle s'est éloignée du téléphone, comme en état de choc. Elle se demande qui était cette folle qui s'amuse à donner des coups de fil obscènes.

– On avait rendez-vous hier, et tu n'es pas venue, continue la voix. Tu n'as pas téléphoné, tu ne t'es pas montrée. Rien du tout!

Polly comprend alors qui l'appelle, mais elle ne peut toujours pas parler. Quand elle ouvre la bouche, elle a l'impression que sa langue est en coton. A l'heure à laquelle Polly aurait dû être chez Laurel Smith, elle se trouvait avec Ivan chez Ed Reardon, pour discuter de la série de tests pratiqués à l'Hôpital des Enfants. A deux reprises, Polly a dû retenir Ivan qui était prêt à se jeter sur Ed. Et même quand il a enfin promis d'écouter Ed jusqu'au bout, Ivan tremblait, prêt à exploser. Il avait le regard d'un fou, un fou qui attendrait derrière son volant que vous lui coupiez la priorité sur la route pour sortir son fusil. C'était terrifiant de voir Ivan avec cet air-là, lui qui était l'homme le moins violent que Polly ait jamais connu. Ivan n'est pas fait pour se battre; il se ferait beaucoup trop de souci pour son adversaire. Mais là, dans le bureau du médecin, il ne cessait de faire craquer ses jointures, et il ne regardait personne en face. Il avait déjà dit à Polly que pour lui, c'était clair : on avait assassiné Amanda. Et maintenant il cherche les coupables. Et à supposer qu'il retrouve jamais le donneur du sang reçu par Amanda, il lui briserait le cou, et il resterait longtemps à écouter ses os craquer.

Bien sûr, il ne mettra jamais la main dessus. Mais, dans l'état d'esprit où il est, Ed Reardon vient en second sur sa liste. Ivan n'a pas l'air d'écouter Ed et Polly qui disent qu'il est très important qu'Amanda puisse continuer à aller à l'école. Il fait toujours craquer ses jointures; et puis, sans raison, il se lève brusquement et, regardant Ed en face, il lui crie :

— Espèce d'enfoiré!

Et Polly pense à l'expression de folie qu'elle surprend de plus en plus souvent sur le visage d'Ivan. Elle pense précisément à tout ça pendant que Betsy l'engueule; c'est comme une idée fixe, comme si elle voyait défiler sans cesse cette image d'Ivan.

– Ce matin, à huit heures et demie, tu étais censée être chez moi pour vérifier les dernières épreuves, vient de dire Betsy. Mais, nom d'un chien, qu'est-ce que tu faisais pendant ce temps-là? Le petit déjeuner de tes mômes?

– Amanda est malade, dit seulement Polly.

– Eh bien, alors, appelle-moi! Dis-moi quand on pourra s'y remettre. Fais preuve d'un minimum de professionnalisme. En attendant, Laurel a fait une interprétation surprenante. Sa nouvelle cliente est si coincée qu'elle a été terrassée par l'expérience et que j'ai dû lui donner un Valium.

– Elle est vraiment malade, reprend Polly.

– Qu'est-ce que tu veux dire? Qui est malade.

– Elle a le SIDA, dit Polly. Amanda.

C'est la première fois qu'elle prononce le mot à voix haute. Ça semble un mot impossible, un mot qui ne devrait pas exister.

– Elle a eu une transfusion il y a six ans. Ils disent qu'elle a le SIDA.

A l'autre bout de la ligne, Betsy est restée longtemps silencieuse.

– Oh! mon Dieu. Ce n'est pas possible! finit-elle par dire. Ne pense plus au livre. Laisse tomber jusqu'à ce que tout ça soit fini.

Polly n'a pas aimé le ton sur lequel Betsy a dit ça. Son regard tombe sur ses mains : elles ont l'air vieilles; c'est comme si elle regardait les mains de sa mère.

— D'accord, dit Polly.

— Oh! pour l'amour du ciel, reprend Betsy, j'avais oublié que Charlie devait venir aujourd'hui. Il faut que j'aille acheter des chaussures à Severin. Pour l'école, explique-t-elle. Il lui faut des Nike.

— Charlie est à New York. Nous l'avons envoyé chez mes parents. Nous ne pouvons pas encore lui dire.

— Non, bien sûr, approuve Betsy. Surtout que les choses peuvent se tasser. C'est toujours comme ça. Quand ils ont dit à ma mère qu'elle avait un cancer du sein et qu'il fallait l'opérer d'urgence, elle a refusé tout net; elle a toujours eu l'esprit de contradiction, tu sais. Ils lui donnaient un an au maximum. Eh bien, il y a huit ans de ça. C'est pour te dire à quel point les toubibs sont compétents...

Mais ce médecin de l'Hôpital des Enfants, Helen Shapiro, a l'air de vraiment bien s'y connaître. Elle est spécialiste du SIDA des enfants. Elle sait comment expliquer à Amanda, de manière suffisamment dégagée, ce qu'est ce virus :

— Un système immunitaire, c'est ce qui te maintient en bonne santé, explique Helen Shapiro. C'est comme une armée qui aide à combattre les virus.

— Je ne comprends pas, répond Amanda.

— Eh bien, sans cette armée, ce système immunitaire, le corps a plus de chances d'attraper des maladies. Il n'est pas capable de lutter contre les infections. Le SIDA arrête le fonctionnement du système immunitaire, et à ce moment-là tu peux attraper des maladies que tu n'aurais jamais eues si tu n'étais pas contaminée par le SIDA.

— Oui, je sais, dit Amanda. Ce que je ne

comprends pas, c'est pourquoi les enfants l'attrapent.

Polly n'arrive pas à se maîtriser, quelque chose va lui échapper. Elle tousse pour dissimuler un sanglot. Ivan se retourne de son côté; il a toujours ce même regard étrange, les yeux vides. Il a raconté à Polly qu'une fois il avait vu un chien écrasé sur la nationale 16; quand il était descendu de voiture et qu'il avait vu le sang, il avait eu la sensation que c'était lui qui était vidé, comme s'il n'y avait absolument plus rien à l'intérieur de son corps.

Helen Shapiro se lève et vient vers eux. Elle s'assied sur le bord du bureau et pose ses mains sur les épaules d'Amanda :

— Moi non plus, je ne comprends pas, dit-elle.

Amanda recule violemment, elle a la figure rouge de colère.

— Vous devriez comprendre! Les docteurs doivent comprendre!

— C'est une maladie nouvelle, dit doucement Helen Shapiro. Tous les jours on apprend des choses nouvelles là-dessus.

— Je ne veux plus parler de ça, s'obstine Amanda.

Puis, se tournant vers sa mère, elle ajoute :

— Je ne veux pas rester ici plus longtemps.

— Très bien, répond Polly.

D'ailleurs, pourquoi faudrait-il qu'Amanda reste ici? Elle a déjà été examinée par une équipe encadrée par le Dr Shapiro. Ils lui ont trouvé deux petites lésions dans la bouche et à la base de la langue. Et ils sont d'accord avec l'observation d'Ed Reardon : ses glandes et ganglions lymphatiques sont enflés, et ses muscles sont enflammés. Il n'a pas été nécessaire de dire à Polly qu'Amanda avait perdu presque cinq kilos : sa fille flotte dans ses vêtements.

Auparavant, le jean blanc que porte Amanda était si serré que Polly devait l'aider à tirer la fermeture Éclair. Et maintenant, le pantalon est retenu par une ceinture tressée bleue.

— Je vais travailler avec ton docteur, celui que tu as chez toi, dit Helen Shapiro.

— C'est rassurant! ricane Ivan.

Helen Shapiro écrit son numéro de téléphone sur un bloc-notes jaune, déchire la feuille de papier et la tend à Polly :

— Si vous avez des questions à me poser, appelez-moi quand vous voulez. J'espère que vous le ferez.

— Vous croyez pouvoir répondre à nos questions? rétorque Ivan.

— Il faut que vous compreniez que ça n'est la faute de personne, dit Helen Shapiro.

Ivan détourne son regard. Le médecin se tourne vers Polly.

— Vous le savez bien, insiste-t-elle.

— Je sais, répond Polly.

Elle n'en veut pas à Ed Reardon pour avoir diagnostiqué l'appendicite d'Amanda. En fait, Ed la réconforte, et elle lui téléphone maintenant plusieurs fois par jour.

Mais comment se fait-il qu'elle ait toujours l'impression que quelqu'un ou quelque chose doive être tenu pour responsable?

En sortant dans le hall, Polly passe un bras autour des épaules d'Amanda. Elles se dirigent vers l'ascenseur, marchant derrière Ivan. Et Polly se rappelle que ça la rendait quasi folle quand elle sortait avec Ivan pour un rendez-vous et qu'il marchait si vite qu'elle devait tricoter derrière. Mais au fur et à mesure que les années avaient passé, Ivan avait ralenti son pas, et il n'y a plus que les enfants qui sont quelquefois obligés de courir derrière lui.

– Sortons d'ici, dit Ivan quand ils arrivent à l'ascenseur. On va aller manger une pizza dans le North End.

Amanda regarde par terre et éclate en sanglots.

– Mon chou, lui dit Polly.

Mais Amanda se détourne d'elle, et Polly lance un regard noir à Ivan.

– Quelle idée! Génial, vraiment, siffle-t-elle.

Sans lui prêter attention, Ivan se penche sur Amanda pour lui murmurer :

– Qu'est-ce que tu en dis? Si on allait tout simplement à la maison?

– Ouais, grogne-t-elle d'une grosse voix.

Polly presse le bouton d'appel de l'ascenseur. Ils ne vont pas pouvoir garder plus longtemps Charlie à l'écart de tout ça. Ça va envahir leurs vies. Mais Polly ne peut vraiment pas lui annoncer ça elle-même, et elle a peur de le demander à Ivan, elle a peur de ce qu'il pourrait dire à un petit garçon. Il faudra qu'elle demande à son père.

– Je n'aurais pas dû être aussi méchante avec cette doctoresse, dit Amanda.

Elle a une petite voix, comme toujours quand elle vient de pleurer.

– Je ne crois pas qu'elle y ait fait attention, lui répond Polly.

Polly pense que si l'ascenseur n'arrive pas bientôt elle va fondre. Il fait beaucoup trop chaud dans cet hôpital; et puis on entend en permanence des bruits métalliques, des roues qui grincent, des mécaniques, des bassins et les plateaux-repas qui s'entrechoquent sur les chariots étincelants. Elle fera tout son possible pour empêcher qu'Amanda soit hospitalisée ici.

– Je n'aurais vraiment pas dû lui parler comme ça, insiste Amanda. Je dois être gentille avec elle.

Ils sont debout, devant l'ascenseur. Polly se tourne vers elle. Elles se font face.

– Tu n'as pas à être gentille avec qui que ce soit si tu ne le veux pas, lui dit-elle.

– Je crois que ça serait mieux, répond Amanda. Si je veux qu'elle me guérisse...

Les portes s'ouvrent et Amanda pénètre la première dans l'ascenseur. Ivan presse le bouton marqué « rez-de-chaussée ». L'ascenseur entame sa descente, et Polly s'autorise un instant d'espoir vertigineux. Elle se penche vers Ivan, parce qu'il lui a manqué ; et tandis qu'ils dégringolent tous les deux dans l'espace, ils se prennent les mains et ne se lâchent pas avant d'avoir atteint le rez-de-chaussée.

Cette nuit-là, Amanda se rend compte qu'elle a peur du noir. Elle allume la lampe dans son placard et laisse la porte ouverte. Elle allume aussi la lampe de son bureau, puis se met au lit. Mais elle ne peut pas fermer les yeux. Les choses ont un air bizarre. Les ceintures accrochées dans son placard ressemblent à des serpents noirs. Et ses vieux animaux en peluche, sur la planche au-dessus de sa commode, on dirait que leurs yeux tournent dans leurs têtes.

Amanda se force à rester au lit et à garder la tête sur l'oreiller. Elle essaie un vieux truc que sa mère lui a montré une fois, quand elle était petite et qu'elle faisait souvent des cauchemars. Elle ne va penser qu'aux choses qu'elle aime ; elle va faire une liste de cent choses superbes et, avec un peu de chance, elle sera endormie avant d'avoir fini.

Bientôt, il sera impossible de dormir la fenêtre ouverte, sauf pendant ces quelques nuits miraculeuses de l'été indien, quand la lune est orange et l'air d'une trompeuse chaleur. Mais, pour le moment, c'est encore l'été, du moins sur le calendrier. Et c'est bon de penser à des tartes aux pommes, à des bracelets de bohémienne en argent, à des peignoirs de bain en soie rose, ceux avec de la dentelle, qui sont trop chers. C'est bon de penser aux lapins, dans l'herbe, et à la façon dont son père sourit quand ils rencontrent quelqu'un dans la rue et qu'il dit : « C'est ma fille. » Un jour, elle boira de la bière, elle aura une robe écarlate avec une large ceinture d'argent et des boucles d'oreilles si longues qu'elles lui balaieront les épaules.

Tard cette nuit-là, après minuit, après qu'Amanda s'est endormie et qu'Ivan s'est retourné pour la dernière fois dans son lit et qu'il a fini par s'endormir lui aussi, Polly se lève ; elle enfile une paire de jeans et un vieux T-shirt gris. Elle descend l'escalier sans faire de bruit. Le seul problème, c'est qu'elle ne sait pas où elle va. Toute la vaisselle a été rincée et mise dans le lave-vaisselle. Elle n'a aucune envie d'une tasse de thé. Debout dans la cuisine, dans le noir, Polly entend le grincement d'une de ces roues placées dans les cages des rongeurs ; et elle se rappelle que Charlie lui a demandé de nourrir ses bestioles. Elle allume la faible lumière de l'escalier et descend au sous-sol. Ça sent les bêtes et la terre. Polly se demande ce que peuvent bien penser les souris en liberté quand elles traversent la maison en filant et se retrouvent dans ce sous-sol où les hamsters de Charlie et ses campagnols se prélassent, le ventre plein, dans des cages bien douillettes.

Les campagnols fixent Polly tandis qu'elle sort leur sac d'aliment. Ils ne sont pas blancs comme les souris vendues dans les boutiques d'animaux, mais petits et bruns avec des yeux noirs. Si l'un d'eux traversait la pièce, on le prendrait pour une ombre, rien de plus.

Ce soir, Charlie dort dans l'ancienne chambre de Polly, que ses parents ont transformée en bureau il y a des années, avec un lit escamotable pour des hôtes éventuels. Polly avait un lit en chêne à balustres que son père, Al, avait trouvé dans un marché aux puces de Long Island. Pendant les week-ends elle le regardait remettre le lit en état, dans le sous-sol de l'immeuble dont il était le gardien. Dans ce sous-sol, il faisait toujours chaud, à cause des canalisations d'eau qui passaient au-dessus de leurs têtes. Al avait pour habitude de laisser la libre disposition du sous-sol à deux ou trois chats à demi sauvages, pour chasser « leurs cousins » les rats; et ses chats, toujours grands et méchants, semblaient tout à fait prêts à régler leur compte aux rats... à supposer qu'il y en ait eu d'assez stupides pour s'aventurer entre leurs pattes. Pour les nourrir, Al chipait des trucs dans la cuisine, des boîtes de thon, du fromage suisse, des ailes de poulet. Il appelait les chats ses « gars », quel que fût leur sexe, et chaque fois qu'il descendait à la cave une gourmandise chipée, il disait toujours à Polly : « Ne parle pas du dîner des gars à ta mère. »

Polly se demande encore si elle aurait dû s'apercevoir que quelque chose n'allait pas entre ses parents; mais ce qui leur arriva prit Al par surprise autant que n'importe qui. Pendant les week-ends d'été, il allait à Long Island, à Blue Point, pêcher à la ligne. Mais un dimanche, il ne rentra pas. Polly se rappelle encore ce que sa mère et elle avaient eu pour le dîner ce soir-là : un pain de viande, des pommes de terre rôties et des flageolets. Pour le dessert, il y avait de la gelée, de cette sorte qu'Al était seul à aimer, celle avec des morceaux d'ananas dedans.

— On va garder le dîner de ton père, avait dit Claire, la mère de Polly.

Claire avait enveloppé l'assiette dans une feuille de papier d'aluminium et l'avait mise dans le réfrigérateur, où elle était restée quatre jours avant de finir à la poubelle. Quand des locataires venaient demander quelque chose, Claire mentait et disait qu'Al était malade, qu'il avait la grippe et qu'il ne pourrait pas réparer ce tuyau ni peindre le hall de l'immeuble avant la semaine suivante. Elle avait noté toutes les réclamations sur un bout de papier jaune qu'elle avait laissé près du téléphone.

— Et s'il ne revient pas? avait demandé Polly à sa mère.

— Nous leur dirons qu'il a toujours la grippe, lui avait répondu Claire.

Quand Polly était couchée, elle entendait sa mère pleurer, mais au matin Claire n'avait jamais un mot contre Al. Elle se comportait comme s'il était parfaitement naturel qu'elles se retrouvent seules toutes les deux pour le petit déjeuner. Une nuit, Polly s'était réveillée brusquement, en sueur. Elle s'était levée. Elle avait la gorge nouée, et quand elle était entrée dans le salon, toutes les lumières étaient allumées, mais l'appartement était vide. Dans la chambre de ses parents, il n'y avait personne, ni dans la cuisine ou dans la salle de bains. Elle était toute seule, ils l'avaient abandonnée tous les deux.

Polly était incapable de rester dans un appartement vide. Elle sentit son cœur qui battait la breloque. Elle mit ses chaussures et enfila un tricot par-dessus sa robe de chambre; elle prit cinq dollars dans une cachette qu'elle connaissait sous l'évier. Elle respirait avec peine; c'est tout juste si elle ne pleurait pas. En tout cas, elle n'allait pas rester là à les attendre, surtout pas après qu'ils l'eurent abandonnée. Toute seule, elle risquait de mourir de faim ou de soif.

Leur appartement était au premier étage; elle serait vite dehors. Elle passerait la deuxième rue vers l'est et elle serait au poste de police. Elle se présenterait comme orpheline, et ils sauraient quoi faire d'elle. Mais une fois dans le hall elle s'aperçut que la porte métallique donnant accès au sous-sol était entrebâillée et que les lumières étaient allumées. Elle se glissa dans l'ouverture de la porte et écouta, parce que après tout ça aurait pu être des voleurs. Mais elle n'entendit qu'un tapotement. Elle ne pensa ni aux cafards ni aux rats et descendit l'escalier dans la direction du bruit.

Accroupie, Claire servait à la cuillère de la nourriture pour chats sur les assiettes ébréchées qu'Al gardait là. Les chats, embusqués dans un coin, l'observaient avec méfiance. Quand elle se rendit compte que quelqu'un la regardait, Claire releva la tête et cligna des yeux.

– Les gars..., expliqua-t-elle.

Le visage de Polly était chaud et mouillé.

– Tu aurais dû les laisser crever de faim, dit Polly à sa mère.

Quand Al revint, neuf jours plus tard, Polly le détestait. Il prétendit avoir rendu visite à un ami, mais Polly savait que c'était à une femme. Elle avait une petite maison à Blue Point, avec une pelouse et une haie d'arbustes à feuilles persistantes. Al y avait amené Polly une fois, et elle l'avait attendu presque une heure dans la voiture; elle avait fini par s'endormir, la joue écrasée sur le tissu râpeux de la banquette.

– Fabuleuse, la pêche à Blue Point! déclara Al quand il rentra.

– Sûrement, dit Claire.

– Je ne pouvais pas rester, continua Al.

– Ah! je vois..., avait répondu Claire.

Et comme c'était l'heure du dîner, elle prit des carottes et des pommes de terre pour les éplucher.

– C'est tout? Tu le reprends? avait jeté Polly à sa mère.

– Ne t'imagine pas que tu comprends toujours les adultes, ce n'est pas vrai, lui avait dit Al.

Polly avait ignoré la remarque de son père et observé sa mère qui cherchait un épluche-légumes dans un tiroir. Elle détestait son père, mais ce qu'elle ressentait à l'égard de Claire était bien pire. Elle ne savait pas comment ça s'appelait, mais c'était de la pitié. Entre elles quelque chose en fut changé pour toujours. Même aujourd'hui, Polly ne peut pas regarder sa mère sans penser à la nuit où son père est revenu à la maison et elle voit ses parents aussi peu que possible.

Ce soir, pourtant, assise chez elle, dans son sous-sol, elle pense à son père avec plus de douceur qu'elle ne l'a fait depuis des années. Elle se rappelle ce qu'il lui a appris : comment changer un joint, comment examiner le dessous d'un tiroir de buffet peint pour savoir si c'est du chêne ou du pin, comment faire pour ne pas avoir peur dans une cave sans lumière ni se laisser effrayer par le bruit de la vapeur dans les tuyaux quand ils mugissent en propulsant la chaleur vers le haut. En ce moment, elle le sait, Charlie dort dans son ancienne chambre à elle, où les ombres projetées sur le mur par les phares des voitures la réconfortaient, comme le font maintenant les lucioles. Et Polly espère que, cette nuit au moins, son fils dort bien.

Le matin, il n'est pas nécessaire de réveiller Charlie ni de l'appeler pour le petit déjeuner. A huit heures il est fin prêt, et c'est l'un des premiers visiteurs à entrer au Muséum d'histoire naturelle. A l'intérieur du musée, il fait bon, un peu frais, même, et le souffle de Charlie embue les vitres tandis qu'il fouille du regard l'intérieur des vitrines de fossiles. Aussi loin qu'il puisse se rappeler, il est venu au Muséum chaque fois qu'il est chez ses grands-parents, qui habitent à cent mètres de là. C'est ce qu'il préfère à New York. D'habitude, son grand-père le laisse se balader tout seul. Aujour-d'hui il l'accompagne partout, mais c'est supportable. Ce n'est pas comme s'il avait été avec sa mère, qui n'aurait pas cessé de parler.

Le grand-père de Charlie aime bien le muséum, son odeur, son obscurité, la façon dont les pas résonnent dans les salles. Charlie vient souvent là pendant les week-ends, ou pendant les vacances scolaires, mais aujourd'hui les salles sont presque vides. Charlie a supplié ses parents de le laisser partir pour New York en autobus; jusqu'à maintenant ils avaient toujours refusé, mais cette fois c'est sa mère qui en a eu l'idée. Il a l'intention d'acheter quelque chose pour Severin à la boutique de souvenirs : ça sera un moyen de s'excuser de ne pas lui avoir téléphoné pour lui dire qu'il ne pourrait pas s'occuper des tritons. Severin n'est jamais allé à New York, et il ne connaît que le musée Peabody à Cambridge. Charlie va sans doute lui rapporter un écusson que sa maman pourra coudre sur sa veste, quelque chose de cool : il en a vu qui brillent dans le noir.

— Regarde donc ces os, dit-il tandis qu'ils vont du brontosaure à l'allosaure.

Et puis, en face du tyrannosaure, il ajoute :

— Quel monstre!

Ils sont au musée depuis un peu plus de deux heures, quand son grand-père dit à Charlie :

— J'ai mal aux pieds. Reposons-nous.

Il reste plein de choses à voir, ils ne sont pas encore arrivés aux mammifères; mais Charlie ne peut quand même pas obliger son grand-père à courir comme lui. La seule chose à laquelle Charlie tienne absolument, c'est à s'arrêter à la boutique de souvenirs. Il y achète pour Severin un écusson avec un tyrannosaure et il en prend un pour lui aussi. Ce n'est pas vraiment pour montrer qu'ils ont un club privé : ils sont bien trop vieux pour ça! C'est seulement un badge qui symbolise leur dévotion à la science. Charlie va payer à la caisse, et va retrouver son grand-père qui l'attend à la porte.

— Est-ce qu'on pourra revenir plus tard? demande Charlie.

Dehors il fait chaud, et après l'obscurité du musée, Charlie et Al sont aveuglés par la lumière du soleil. Une odeur de suie et d'essence les prend à la gorge.

— Peut-être, dit Al qui n'a jamais été un très bon menteur, et ajoute aussitôt : Je ne crois pas.

— Bon, répond Charlie. Et demain? On pourrait y passer toute la journée!

— Allons nous asseoir, dit Al.

Ils cherchent un banc. Al s'assied. Charlie entreprend l'escalade du dossier, mais son grand-père l'arrête.

— Viens là, lui dit-il. A côté de moi.

Charlie s'assied tout contre lui. Al l'entoure de son bras et lui serre les épaules.

— J'ai eu un coup de fil de ta mère, commence-t-il. Demain, je te ramènerai chez toi en voiture.

Charlie le regarde, il se sent trahi. Il est arrivé juste hier soir, tout ça pour deux heures au musée!

— Ce n'est pas juste! s'écrie-t-il.

— Non, fait Al, ce n'est pas juste.

C'est exactement pour cette maison qu'il est impossible de se disputer avec grand-père Al : il est toujours de votre avis.

— Amanda est malade, dit-il. C'est pour ça que je te ramène à la maison.

Charlie porte des baskets ce matin. Subitement, il se rend compte qu'elles sont trop petites : il sent que ça lui rentre dans la chair, au-dessus de l'os de la cheville.

— Malade, comment? demande-t-il.

— C'est très grave, dit Al. C'est un virus qui s'appelle le SIDA.

Charlie se lève et regarde dans la direction du musée.

— Elle l'a attrapé avec une transfusion de sang, reprend Al. C'était avant qu'on sache ce que c'est que le SIDA et qu'on fasse des examens pour savoir si le sang est contaminé.

Charlie se mord la lèvre. Qu'il est bête! Il aurait dû se rendre compte que quelque chose allait de travers quand sa mère l'a laissé venir tout seul à New York. Al vient se mettre tout contre Charlie, derrière lui. Charlie sent le métro en dessous d'eux. Il sent aussi la chaleur qui monte des égouts. Il ne peut pas s'empêcher de se demander s'il n'y a pas eu une erreur.

Peut-être que ça aurait dû être lui.

Cette nuit-là, Charlie a du mal à s'endormir, et il rêve qu'il n'est plus un être humain. Il rêve qu'il y a des étoiles rouges au-dessus de sa tête et des flammes qui jaillissent. La terre tremble, à cause d'un truc enterré très profond. Il pense : « C'est de l'eau » : il peut la sentir. Eau signifie chaleur; il la sent aussi. Il a de la chance d'être vivant : les œufs de ses frères et sœurs étaient plus exposés au froid, ils ont tous gelé.

Il a du mal à se rappeler ce qu'il y avait avant. Comment c'était lorsqu'il suivait la chose qui était comme lui, mais plus grosse, lorsqu'il se nourrissait de ce qu'elle laissait, lorsqu'il avait peur chaque fois qu'il perdait l'odeur de la chose, qui était comme lui mais plus grosse parce qu'il savait que, s'il la perdait, elle ne se retournerait jamais pour le chercher. Parce que si elle se retournait, si elle s'arrêtait, elle mourrait.

Au tout début, il mangea les œufs de ses frères et de ses sœurs – jusqu'à ce qu'il soit capable de suivre la chose qui était comme lui, mais plus grosse. Ils étaient ensemble, jusqu'au moment où la chose ne le laissa plus approcher ses proies et où il se battit furieusement avec elle. Il entendit un rugissement jaillir de sa propre gorge, et il avait si faim qu'il n'aurait jamais lâché prise. La chose qui était comme lui prit la fuite, laissant une flaque de sang derrière elle. Désormais, il était seul et il ne suivrait plus la chose qui était comme lui, parce qu'elle avait cessé d'être plus grosse que lui.

Il en sait assez pour continuer. Quelquefois, il se laisse abuser par la lumière du soleil. Il se couche et la sent s'insinuer dans son corps comme si elle allait pouvoir le nourrir; mais s'il reste trop longtemps sans bouger, c'est le froid qui le tuera. Il arrive qu'il tue ses proies, mais la plupart du temps il se contente de manger ce qu'il trouve – des choses qui ne bougent plus parce qu'elles ont été gelées. Il se casse les ongles à déchirer leurs peaux durcies. Il fouille à l'intérieur de leurs corps pour y trouver quelque chose de chaud, une tanière de chair dans laquelle dormir; mais il ne trouve rien qui lui apporte du confort.

Partout où il va, il y a eu autrefois des marais, avec de l'eau si chaude que la vapeur montait des roseaux. Les choses étaient vivantes. Il y avait de la chaleur, il y avait des choses plus petites à tuer et à manger, et du vert, de l'herbe verte à n'en plus finir. C'était avant lui. Lui, il a toujours eu froid. Il se sent noir à l'intérieur; ses écailles externes tombent et gèlent en arrivant au sol. Il ne regarde plus vers le haut quand il entend des explosions dans le ciel. Il avait l'habitude de courir et de se cacher. Il avait l'habitude de griffer la terre dure et froide. Désormais, il ne fait plus que marcher. Sans arrêt. Il va dans la direction de l'eau. Il cherche quelque chose de chaud. Il n'arrive jamais à manger assez pour remplir son corps immense. Quand il en voit d'autres comme lui, il est prêt au combat, mais il ne veut pas gaspiller ses forces, alors il attend, et souvent les autres le regardent et prennent la fuite.

Tyran Lézard, c'est comme ça qu'on l'appellera. Le roi des tyrannosaures. Mais il n'est pas un tyran du tout; il a du mal à soulever les pattes pour avancer, parce que le froid le prend à la base et remonte. De l'eau. Il la sent. Il continue de suivre la piste, comme jadis il suivait la chose qui était comme lui mais plus grosse. La terre sur laquelle il marche est toujours aussi froide. Accrochée à son dos et à sa queue, une fine couche de glace cliquette; mais quelque part à l'intérieur de lui, il y a encore de la chaleur.

Charlie se réveille avec le jour, terrorisé par les battements de son cœur. Il se met les mains sur la poitrine; à travers son pyjama, il sent sa peau brûlante. Il compte à l'envers à partir de cent, c'est comme ça qu'il empêche son cœur de battre trop vite. Il retombe dans un sommeil sans rêve, et plus tard, quand sa grand-mère le réveille, il est toujours fatigué. Il ne peut pas arrêter de penser à son rêve. Il traîne à la table du petit déjeuner, il regarde la télé jusqu'à midi. Au déjeuner, il traîne encore et il doit se forcer pour avaler deux sandwiches grillés au fromage – pas parce qu'il a faim, mais pour faire passer le temps.

Tard dans l'après-midi, la grand-mère de Charlie coud l'écusson au tyrannosaure sur sa veste en jean, pendant que son grand-père va chercher la glacière et emballe des pommes, du fromage et de la bière pour le voyage. Dans l'appartement, les climatiseurs, qui sont vieux, vrombissent bruyamment. Les housses des sièges de la voiture sont bordées de grandes roses roses. La grand-mère de Charlie ne les accompagne pas à Morrow. Elle sait que Polly a peur qu'elle recraque; Polly ne lui a jamais pardonné de l'avoir déçue; mais c'était il y a si longtemps que Claire a oublié.

Charlie se rend compte que la main de sa grand-mère tremble pendant qu'elle coud l'écusson. Autrefois, elle était couturière chez Bendel, mais ses points ne sont plus aussi fins qu'auparavant. Quand elle en a terminé avec la veste, Charlie lui dit au revoir et l'embrasse.

– N'essaie surtout pas de revenir cette nuit! dit Claire à son mari.

– Je ne suis pas fou! répond Al, en adressant un clin d'œil à Charlie.

Cela fait trente-cinq ans que le grand-père de Charlie est le gardien de l'immeuble. Dans le petit garage en sous-sol, il a un parking à lui, il connaît presque tout le monde dans la maison, en tout cas ceux qui sont là depuis longtemps, et il est capable de réparer à peu près n'importe quoi – du moins réussit-il à en donner l'impression, jusqu'à ce que ça recasse. C'est lui qui a fabriqué la première cage à hamsters de Charlie, en bois et en grillage. Il a plusieurs habitudes étranges : au petit déjeuner il boit de l'eau chaude avec du citron, il refuse de regarder les films tournés après 1952, et quand il quitte Manhattan en voiture, c'est toujours en buvant de la bière. La bière, c'est ce qui sépare la ville de ses tâches incessantes de gardien. Pour lui, jusqu'à hier, c'était ça la liberté. Dès qu'ils ont franchi le pont de Triborough, Al demande à Charlie de lui ouvrir une bouteille de bière.

— C'est aussi bien que ta grand-mère ne vienne pas avec nous, dit Al à Charlie. Elle ne sait pas s'y prendre avec les malades. Elle pense que les docteurs peuvent tout soigner. Je lui dis toujours, elle aurait dû épouser un médecin. Ça te gêne si je fume un cigare?

Charlie ne supporte pas l'odeur du cigare, mais il dit : « Vas-y » et sort un cigare de la boîte à gants. A la maison, son grand-père n'a pas le droit de fumer; quand il veut un cigare, il faut qu'il aille s'asseoir dans le garage. Al tend à Charlie la canette de bière vide, prend le cigare et l'allume.

— Tu crois qu'elle va mourir? demande Charlie.

— Eh bien, mon garçon, dit son grand-père, nous devons tous mourir, n'est-ce pas?

— Ne me parle pas comme à un bébé, coupe Charlie.

— Tu as raison, dit Al. J'oublie toujours que tu es grand. D'après ce que je sais, c'est mal barré.

Il jette un œil sur Charlie pour se faire une idée de sa réaction.

— Tu veux essayer cette bière?

Charlie regarde son grand-père pour voir s'il parle sérieusement. Al a les yeux fixés sur la route. Charlie prend une petite gorgée de bière. Ça le pique, c'est dégoûtant. Il s'essuie la bouche du dos de la main.

– Pas mauvais, dit-il.

Ils prennent l'embranchement de l'autoroute de la Nouvelle-Angleterre. Charlie a l'œil rivé au pare-brise; il imagine le tyrannosaure de son rêve – plus grand que tous les arbres du bord de la route, plus grand que les réverbères et les châteaux d'eau. Le ciel est clair, de ce bleu lumineux des soirs d'été, juste avant la nuit. Charlie imagine des crocs et des griffes, du sang et des os. Il a toujours pensé qu'il était intelligent, et d'un seul coup, il s'aperçoit que la science l'a rendu stupide. Il croyait vraiment qu'avec un peu de temps la science pourrait répondre à toutes les questions; mais elle ne peut pas répondre à celle-là : que faire quand on n'a pas de temps devant soi?

– J'ai fait cette route si souvent, dans les deux sens; je la connais par cœur, dit Al. Tu veux un peu de musique?

– Je ne veux pas aller à la maison, lance Charlie.

– Bien sûr, répond Al.

Ils font le reste du chemin en silence. Sauf que, de temps à autre, Al fredonne de vieilles chansons dont Charlie ne connaît pas les paroles. Des chansons d'amour qu'Al lui-même se rappelle à peine. Quand ils contournent Boston, l'air devient salé. Ils prennent la 95, passent Peabody, Gloucester et Ipswich. A la sortie de Morrow, ils voient trois hérons blancs qui marchent le long de la route. Le grand-père de Charlie allume ses phares, puis il prend une autre bière, chaude depuis longtemps et plus bonne à rien. Il n'y a plus de lucioles, et la nuit tombe un peu plus tôt, maintenant. Ils traversent la ville, dépassent la grand-place et le centre commercial.

– On y est presque, dit Al sourdement.

Ils tournent dans Chestnut Street, passent la moitié d'un pâté de maisons et s'engagent dans l'allée. Ivan est dehors, sous le porche. Peut-être qu'il les attendait; peut-être qu'il prenait l'air. Charlie a peur de regarder son père, mais il le fait quand même. Il a exactement le même air que quand il l'a conduit à l'autobus, sauf que maintenant il a une chemise bleue, des pantalons flottants beiges, des mocassins et pas de chaussettes. Il est debout devant la maison, immobile comme s'il s'était figé sur place. Charlie ouvre sa portière avant même que la voiture s'arrête. Il marche vers son père. Dans le noir, l'écusson sur sa veste se met à briller comme un fragment de météore, cendreux et oublié.

Pendant tout le reste de la soirée, Charlie s'applique à ne parler à personne. Dès que c'est possible, il file dans sa chambre. Quand elle vient le voir, Amanda trouve la lumière éteinte.

– Tu es là? demande-t-elle.

La fenêtre est ouverte, et le store en papier de riz blanc va et vient, heurtant l'appui de fenêtre. Al passe la nuit chez eux; et lui, Polly et Ivan sont dehors, sous le porche où ils boivent de la bière en parlant à voix basse – si basse qu'Amanda est presque sûre que c'est d'elle qu'on parle.

– Je suis là, dit Charlie.

Pour une raison bizarre, il a refusé de se

déshabiller pour se coucher, il n'a même pas enlevé sa veste. Amanda voit l'écusson avec le dinosaure phosphorescent, qui l'aide à se diriger dans le noir. Elle s'assied au bord du lit. Ses yeux ne se sont pas encore habitués à l'obscurité.

– Je parie que tu n'as pas réussi à passer beaucoup de temps au musée, dit Amanda.

– Deux heures, dit Charlie.

– Super, l'écusson.

Maintenant elle voit le visage de son frère.

– Comment te sens-tu? lui demande-t-il avec solennité.

– Ils sont tous fous, dit Amanda. Ça va, c'est la super-forme.

– Ouais, approuve Charlie en vitesse.

– J'aurais préféré aller à New York plutôt que dans cet hôpital dégueulasse, dit Amanda.

C'est vrai, pense Charlie, elle a toujours voulu vivre à New York.

– Tu n'as rencontré personne de célèbre? demande-t-elle.

Elle est obsédée par les gens célèbres; elle a déjà vu George Burns, James Taylor, Sting et Carol Channing – dans la rue, chaque fois. Et personne, sauf Amanda, ne les avait même regardés!

– Non, répond Charlie, on est trop près de la fête du Travail. Tous les gens célèbres sont partis dans leurs maisons de campagne.

– Mick Jagger va à Montauk, précise Amanda sur un ton de tristesse rêveuse.

Ils écoutent le store en papier de riz qui tape contre l'appui de fenêtre.

– J'aimerais que ce soit le début de l'été, dit Charlie.

Dehors, leur père a haussé la voix. Il a une discussion avec quelqu'un – leur mère ou leur grand-père. Mais les enfants n'entendent pas clairement les paroles. D'ailleurs, ils n'essaient pas.

– Ne le dis pas à maman, murmure Amanda, mais j'ai mal à la gorge.

Charlie fouille dans sa poche. En plus de l'écusson avec un dinosaure qu'il a acheté pour Severin, il a un rouleau de Lifesavers.

– Tiens, dit-il.

Il pose les pastilles dans la main d'Amanda. Elle est si froide qu'il a un mouvement de recul.

– Tu ne risques pas de l'attraper en me touchant, tu sais, dit Amanda.

– Je sais, répond Charlie, gêné.

Ce n'est pas ça qui lui a fait peur, mais le froid. Il pense à son tyrannosaure, marchant sur le sol glacé pendant que le ciel se remplit d'étoiles filantes.

– Tu peux garder tout le rouleau, dit-il.

Amanda prend un bonbon à la cerise et se le fourre dans la bouche.

– Merci, dit-elle.

Depuis qu'elle est au courant, elle a peur de dormir, mais elle est toujours fatiguée de bonne heure. Elle se lève. Ses yeux se sont habitués au noir et elle voit Charlie blotti contre le mur. Elle remarque qu'il a gardé son jean, sa veste et ses baskets.

– Je voulais seulement savoir comment c'était, New York, dit Amanda.

Charlie fouille dans sa poche; il sent les bords de l'écusson destiné à Severin.

– J'ai un cadeau pour toi, dit-il.

– C'est une blague? demande Amanda.

– Pas du tout.

Il se retourne dans le lit et lance les jambes en l'air, puis à terre. Il donne à Amanda l'écusson avec le dinosaure qui brille à travers son enveloppe de cellophane.

– Je vais le mettre sur mon sac de gym, dit Amanda.

– Chouette, fait Charlie.

– C'est vraiment pour moi? interroge-t-elle.

– Je te l'ai donné, non?

– Qu'est-ce que t'as fait, tu l'as empoisonné? demande Amanda.

– Tu sais, si tu n'en veux pas, tu n'as qu'à me le rendre.

– Pas question, dit Amanda. Merci, grosse tête.

– Pas de quoi, face de rat.

C'est la première fois depuis la compétition de gymnastique qu'Amanda se sent une personne normale.

– N'oublie pas, hein, dit-elle. Pas de cafardages.

– D'accord, d'accord, dit Charlie.

Il envoie dinguer ses baskets, se rend compte qu'il fait vraiment chaud ce soir, enlève sa veste et s'étale de tout son long sur son lit.

– Non, on ne cafte pas, approuve-t-il.

5.

Pour les vêtements et les fournitures scolaires, Polly a toujours emmené les enfants chez Bradlee. Elle n'a pas l'intention de changer maintenant. Pour ranger la voiture, c'est de la folie; et avant même qu'ils y arrivent Polly se sent si tendue qu'elle en a mal dans le cou. C'est qu'un tic nerveux de son enfance lui est revenu : elle s'est mise à grincer des dents.

— Maman! crie Amanda juste au moment où une Volvo, qui fait marche arrière, manque leur rentrer dedans.

Polly ne ralentit pas. Elle s'est fait avoir partout ailleurs; on ne lui piquera pas la place de parking qu'elle a repérée dans la deuxième rangée! Elle y rentre si vite que les enfants sont précipités en avant, malgré leurs ceintures de sécurité.

— Bien joué, maman, commente Charlie depuis le siège arrière.

Polly est en nage. Elle aurait tué pour avoir cette place. Partout, il n'y a que des mères dont le seul souci est de trouver la bonne taille de pantalons de velours et de tricots. Cette semaine, Polly et Ivan ont vu Ed Reardon trois fois, et il leur a dit que le plus grand danger que court actuellement Amanda est la pneumonie. Leur décision de la laisser aller à l'école est dangereuse. Pas pour les autres enfants, mais pour elle parce qu'elle peut facilement attraper n'importe lequel des innombrables virus qui circulent toujours dans les classes. Mais comment tenir Amanda à l'écart de la seule chose qu'elle veuille et qu'elle puisse encore avoir? N'importe quel autre enfant qui ramasse un virus qui se fixe sur le système digestif s'en débarrasse en vingt-quatre heures; elle, elle pourrait rester au lit pendant des semaines. Alors, faut-il l'isoler tout à fait? Ce serait vraiment la dernière chose à faire.

Hier soir, au dîner, ils ont parlé de la finale des épreuves de gymnastique qui a toujours lieu en mai. Amanda est persuadée qu'elle y participera; elle est même sûre de gagner. Elle pense déjà à son enchaînement au sol pour la première rencontre, fin septembre; elle s'exerce au sous-sol, en écoutant sa cassette de Madonna, *True Blue* — si souvent que Polly sait déjà la chanson par cœur.

Entre le moment où ils sortent de voiture et celui où ils entrent dans le magasin, Polly doit réprimer le besoin pressant qu'elle éprouve de toucher Amanda. Il lui semble qu'acheter à sa fille de nouveaux vêtements pour l'école, c'est comme signer son arrêt de mort. Ce que Polly voudrait, ce serait garder sa fille à la maison, et fermer toutes les portes. Elle n'arrive pas à comprendre comment Ivan peut continuer d'aller chaque jour à son institut. Bien sûr, ils se sont promis de faire de leur mieux pour continuer à mener une vie normale, même si, pour ce qui concerne Polly, elle en a fini avec son boulot. Il n'est pas question qu'elle passe une minute dans la chambre noire qu'Ivan a aménagée dans le sous-sol, car cela voudrait dire passer une minute loin d'Amanda. Tout ce qui exclut Amanda est du temps gaspillé. Mais bien sûr, Polly sait qu'elle ne doit pas laisser deviner que pour elle rien ni personne d'autre qu'Amanda ne compte plus.

Polly s'empare d'un chariot et se dirige directement vers le rayon préadolescentes. Charlie, qui a horreur des vêtements neufs, a déjà filé au rayon des fournitures scolaires. Amanda farfouille dans les robes. Mais la plupart ont l'air violettes et, pour Polly au moins, elles sont toutes pareilles. Polly met plusieurs paires de collants dans le chariot, et Amanda arrive avec deux de ces robes violettes.

– Pas les deux, dit Polly automatiquement.

Aussitôt, elle regrette ce qu'elle vient de dire. Après tout, qu'est-ce que ça peut bien faire si Amanda a deux robes pareilles?

– J'ai besoin des deux, répond Amanda en geignant.

– Bon, d'accord, dit Polly rapidement, sans laisser à Amanda le temps de s'expliquer.

Elle prend les robes, les accroche au chariot et se dirige vers les pyjamas. Elle lève les yeux et s'aperçoit qu'Amanda l'observe. Avant qu'elle ait poussé le chariot vers l'allée suivante, Amanda revient et retire l'une des deux robes du chariot.

– Finalement, celle-là n'est pas terrible, dit-elle.

– Mais si, répond Polly.

Polly tente de retenir la robe, mais Amanda est plus rapide qu'elle et va remettre la robe sur le cintre. En revenant, elle rencontre une petite camarade, une autre fille de sixième, à qui on est aussi venu acheter des vêtements pour la rentrée. Polly observe la scène attentivement. Elle veut savoir si la différence entre les deux petites filles – une malade et une en bonne santé – est perceptible. Cette petite fille n'est pas aussi jolie qu'Amanda, et quand sa mère l'appelle elle la regarde de travers. Puis elle dit quelque chose qui fait rire Amanda. Elles se tiennent les côtes. Toutes les deux. C'est une vacherie contre les mères, sûrement.

Quand Polly avait besoin d'affaires pour aller à l'école, jamais on ne l'emmenait dans les magasins. Sa mère faisait tout elle-même, et Polly détestait tous ses vêtements. Ce que Claire cousait était trop compliqué. Les autres filles portaient des carreaux roses ; Polly, elle, avait toujours une jupe de velours noir avec un chapeau cloche assorti. Quand c'était la mode des jupes gonflantes, elle avait la taille basse. Mais maintenant, Polly aimerait avoir encore ces vêtements, car elle se rend compte que sa mère avait vraiment le sens de la mode – seulement un peu décalé. En fait, rien de ce que sa mère lui faisait n'aurait pu tenir le coup : Polly s'employait à tout esquinter, elle inondait ses vêtements d'encre, les piétinait et en déchirait les ourlets quand elle se déshabillait.

Une seule fois, Claire avait hurlé : elle venait de trouver un chemisier de satin blanc, tout neuf, là où Polly l'avait laissé – en boule sur le plancher. Après, Polly avait vu sa mère pleurer en repassant la blouse. Et sa mère avait à l'époque le même âge que Polly maintenant. Et pendant qu'elle repassait, les cheveux tirés en arrière et retenus par des peignes, Claire avait eu l'air si vieille. Polly se rappelle bien : elle trouvait tellement ridicule qu'une grande personne pleure dans la cuisine.

Tandis que Polly observe les petites filles, Charlie fourre dans le chariot un classeur et une mallette pour le repas avec Terminator dessiné dessus. Le bruit fait sursauter Polly, qui s'insurge :

— Ne me prends pas en douce!

— C'est Janis Carter, dit Charlie en désignant la fille rencontrée par Amanda. Elle a un danois énorme, plus grand qu'elle... et aussi plus futé.

C'est cela : elle n'est pas futée, elle n'est pas jolie, et elle regarde sa mère de travers. C'est une grande fille qui se fiche de tout, et qui vivra longtemps, avec des arrière-petits-enfants autour d'elle.

— Va chercher deux paires de jeans et un sweat-shirt, dit Polly. Tu nous rejoindras dans la queue à la caisse.

Charlie la regarde, perplexe.

Polly attrape deux paquets de petites culottes à fleurs et une robe de chambre avec des rubans rouges.

— Je ne sais pas ce qu'il faut prendre, dit Charlie.

— Amanda! appelle Polly. On s'en va!

— Maman, dit Charlie, je ne sais pas quels jeans il faut prendre.

— Ne fais donc pas le bébé! le rabroue Polly. Prends ce que tu trouves!

Amanda est revenue.

— Il me faut un classeur super-grand, dit-elle.

— Très bien, répond Polly.

Il fait terriblement chaud dans le magasin, et Polly se demande pourquoi Amanda frissonne comme ça. Elle se dirige vers la sortie du rayon; Polly la suit. En allant vers les fournitures scolaires, Amanda s'arrête au rayon bijouterie. Polly l'aide à choisir trois bracelets, dans différentes nuances de violet. En se retournant vers le chariot, Polly aperçoit Charlie planté là où elle l'a laissé, au rayon filles. Elle l'a oublié; tout ça lui arrive à lui aussi. Elle se rappelle comment il la suivait toujours partout quand il était tout petit. Ça faisait rire les autres mères qui l'appelaient son « petit canard ». « Coin-coin », faisait-il au square, quand il avait besoin d'elle. Les autres mères se mettaient à rire, et Polly aussi. Mais, d'une certaine manière, ça lui brisait le cœur de savoir qu'il parlerait bientôt, comme n'importe quel autre enfant, et qu'il cesserait de la suivre et de s'accrocher à ses jambes.

Quand il s'aperçoit que sa mère le regarde, Charlie démarre vers le rayon garçonnets; il disparaît entre les cintres couverts de sweat-shirts et de blousons. Amanda enfile les bracelets à son bras, l'un après l'autre. Le temps de ramasser quelques cahiers, des crayons et de se diriger vers la caisse, Charlie les attend déjà, avec un jeans qui ne lui ira pas avant septembre de l'année prochaine, et un sweat-shirt bleu marine; il en a déjà deux comme ça.

Dès qu'ils sont rentrés à la maison, Charlie descend au sous-sol. Il déteste sa mère et sa sœur. En fait, il déteste tout le monde. Il n'arrive pas à croire qu'il pense des choses aussi horribles. Il n'a pas l'intention de voler l'appareil photo de sa mère, mais quand il voit que la porte de la chambre noire est ouverte, il sait qu'il va le faire. C'est un Minolta, un truc bien trop cher pour que Charlie aille faire l'imbécile avec. Il l'enfourne dans son sac à dos et attend jusqu'à ce qu'il n'entende plus rien en haut. Puis il monte à la cuisine et il fait le numéro de Severin. Pas de réponse. Tant pis, Charlie va tout seul à la mare, bien décidé à prendre une photo de la tortue. Il sait qu'il ne manquera à personne, que personne ne s'apercevra qu'il est parti. Sa mère ne s'intéresse pas plus à lui qu'à son appareil photo. Peut-être – mais ce n'est qu'un peut-être – que Charlie ne prendra même pas la peine de le rendre. Il verra bien combien de temps Polly mettra à s'apercevoir que son appareil a disparu.

Maintenant que Polly a renoncé, c'est Betsy Stafford qui photographie les séances de Laurel Smith. La nouvelle cliente, celle qui est si nerveuse, a accepté qu'on fasse des photos pendant les séances; mais ça n'a pas bien marché. Quand c'était Polly la photographe, on ne l'entendait même pas marcher, et elle portait souvent une chemise de coton gris qui ressemblait davantage à une bouffée de brouillard qu'à un vêtement ou à une forme humaine. Impossible de ne pas remarquer la présence de Betsy.

– Continuez, soyez naturelle, dit Betsy à la nouvelle cliente.

Mais on ne peut pas vraiment dire que Betsy se fonde dans le décor. Chaque fois qu'elle se sert de l'appareil photo, elle jure et, deux fois, elle a dû faire repartir à zéro la cassette de son magnétophone. Laurel Smith sent des gouttes de sueur lui couler sur le front et à la base du cou. C'est le vendredi de la fête du Travail, un début de week-end, et les plages sont si encombrées qu'on en entend l'écho sur le marais, pourtant si calme d'ordinaire. Laurel s'est heurtée à une grande résistance chez cette nouvelle cliente. Elle a trop l'air de vouloir plaire; il y a en elle quelque chose de figé; c'est quelqu'un qui croit qu'il n'y a qu'une seule façon de faire les choses, qu'il s'agisse de conserver du beurre ou d'entrer en contact avec un esprit défunt. C'est la deuxième séance, et Laurel n'a absolument pas réussi à établir un contact avec l'esprit de la fille, une étudiante de vingt ans, du Boston College, qui s'est noyée l'été dernier dans le naufrage d'un petit voilier.

A la moitié de la séance, Laurel se met à mentir, légèrement d'abord, puis avec plus d'assurance quand la cliente se penche en avant, en haletant. Elle ferme les yeux, et s'imagine qu'elle a encore vingt ans; sa voix devient rauque ou plus aiguë quand elle décrit les rayons du soleil qui se reflètent à travers l'eau claire et la grand-voile blanche du bateau. Au moment où elle décrit sa sensation d'apesanteur, Laurel ouvre un œil et voit que Betsy l'observe. Elle fait la moue : elle sait que Laurel ment.

– Je regrette, dit soudain Laurel. Je ne vois plus rien. Je n'arrive pas à trouver le contact.

Quand la cliente s'en va, Laurel ne la fait pas payer. Betsy remballe son équipement en marmonnant et, pour l'éviter, Laurel va à la cuisine se faire un café glacé.

– Je ne sais pas ce que vous préparez, mais j'en prendrais bien, lance Betsy en entendant le bruit des glaçons dans le verre.

Laurel prend un autre verre et y verse du café

de ce matin. Elle se dégoûte elle-même : elle est en pleine fausseté, c'est comme si elle était recouverte d'une pellicule puante. Elle a envie de prendre une douche. Elle a envie de se couper les cheveux au sécateur et de les balancer aux oiseaux, qu'ils en tapissent leurs nids. Elle prend une longue cuillère d'argent et verse de la crème dans les deux verres. Betsy la rejoint et se plante le dos au réfrigérateur.

– Vous ne pensez quand même pas que vous êtes en train de perdre votre truc? demande-t-elle en prenant l'un des deux cafés glacés.

Laurel hausse les épaules.

– Ça ira mieux la prochaine fois, quand Polly sera avec vous, répond-elle.

Elle regrette cet engagement avec Betsy. Un moment, l'idée d'un livre sur elle l'a rendue folle : elle s'était laissé prendre par cette partie d'elle-même qui lui fait désirer célébrité et argent. Maintenant, elle se demande si elle n'a pas été punie pour son avidité. Ce n'est pas sa première séance loupée; Laurel Smith ment à ses clients depuis des semaines, elle leur dit ce qu'ils ont envie d'entendre. Mais c'est la première fois qu'elle s'est autorisée à parler au nom d'un esprit perdu; et elle se sent comme une actrice condamnée à jouer une pièce cauchemardesque.

– Polly ne reviendra pas, dit Betsy Stafford.

Laurel enlève ses sandales, elle sent le lino frais sous ses pieds. En hiver, au contraire, elle étale par terre des tapis en bouclette pour avoir chaud aux pieds.

– Sa fille est condamnée, dit Betsy à Laurel. C'est totalement incroyable. On lui a fait une transfusion

101

sanguine il y a quelques années – avant que le sang donné soit testé –, et maintenant elle a le SIDA.

Laurel Smith se laisse pénétrer, passivement, par la nouvelle. Finalement, elle aurait dû déplacer la lampe avec l'abat-jour de soie rose que Polly aime tant : comme ça, on aurait pu la voir sur certaines photos.

– Et le pire, ajoute Betsy, c'est que son fils est le meilleur ami du mien. Ils ont partagé des repas, et Dieu seul sait quoi d'autre... Son môme a dormi chez moi la moitié de l'été. Peut-être même qu'ils ont dormi dans le même lit.

Laurel subodore la puanteur de la peur : tout ça doit vivement impressionner Betsy, qui tremble.

– Il faut que je vive avec ça, dit Betsy.

– Je ne comprends pas, dit Laurel Smith qui a peur de trop bien comprendre, au contraire.

– Mon fils a été en contact avec le sien, dit Betsy dont la voix se brise.

– Ne vous inquiétez pas, dit Laurel. Le SIDA ne s'attrape pas comme un rhume. Il faut qu'il y ait échange de sang ou de liquide séminal. Ça ne peut pas s'attraper n'importe comment, par n'importe quelle sorte de contact. Même si on vit avec le malade et qu'on est de la même famille.

– Justement, rétorque Betsy férocement. Tels que je les connais, ils sont bien capables de s'être entaillé la peau et d'avoir mélangé leurs sangs pour devenir frères de sang ou quelque chose comme ça.

Et soudain, Betsy éclate en sanglots. Elle se précipite dans le salon où elle finit d'emballer son équipement tout en pleurnichant.

Laurel l'a suivie.

– Je crois que vous avez une réaction excessive. Vraiment, dit-elle.

– Mais ce n'est pas votre fils! hurle Betsy. D'ailleurs, ça n'est pas non plus votre problème!

Après le départ de Betsy, Laurel Smith s'assied sur le canapé d'osier dans son petit salon; elle regarde le marais, au-dehors. La lumière du soleil est si vive qu'elle lui blesse les yeux. Laurel se dit qu'elle a besoin de sortir, de prendre l'air. Elle décide d'aller au petit marché en haut de la route, et Stella, la chatte, lui emboîte le pas. Laurel achète du pain de seigle, du cheddar et trois bâtons de chocolat – des Kit Kats, sa friandise préférée à l'époque de son mariage et de sa dépression. Au dernier moment, elle demande un paquet de cigarettes à faible taux de goudron. Il y a quatre ans qu'elle n'a pas fumé, mais maintenant, sur le chemin du retour, elle ouvre le paquet de cigarettes et en allume une. L'odeur de soufre lui fait venir les larmes aux yeux. Pour rentrer, elle a pris le chemin le plus long, et en franchissant le chemin de terre qui mène à la mare, elle remarque les traces d'une bicyclette. Laurel Smith n'aime pas Betsy Stafford, elle s'en méfie, mais elle se rend compte que celle-ci a réussi à lui communiquer un peu de la puanteur de la peur. C'est pour ça qu'elle a éprouvé le besoin d'une cigarette. Pour remplacer cette odeur suintante de panique par n'importe quoi – fût-ce du soufre.

Tout le long du chemin, Laurel ne cesse de penser à Polly. Elle la revoit en train de recharger son appareil tout en parlant d'une fille, dont Laurel a oublié le nom. Elle croit se rappeler que Polly en a parlé comme d'une danseuse ou d'une gymnaste.

Un jour, Polly avait dit à Laurel :

— Ma fille aimerait tellement avoir des cheveux comme les vôtres. Elle veut les laisser pousser jusqu'à ce qu'ils soient aussi longs et beaux que les vôtres.

Laurel remonte l'allée qui mène à son cottage. Ici, les fougères et les érables ont laissé place à des herbes, à de la lavande marine et à des roseaux. A la vue des meubles de jardin en plastique sur la terrasse, la gorge de Laurel se serre encore davantage sous l'effet de la nostalgie. Elle comprend alors que Betsy Stafford se trompe : elle n'a pas perdu son fluide.

C'est seulement qu'elle a fini par se fatiguer de ses conversations avec les morts.

Pendant tout le week-end, Charlie essaie d'avoir Severin au téléphone. Mais chaque fois on lui répond qu'il n'est pas à la maison. Charlie explore leurs points de rendez-vous : la pizzeria au coin de la mairie, le terrain de basket derrière l'école, le distributeur de soda du drugstore. Tous les jours il retourne à la mare, et il prend des photos chaque fois que l'eau est secouée par une ondulation. Et il reste là, à attendre, des heures entières, mais Severin ne vient toujours pas. Le dimanche, Charlie appelle Severin à l'heure du dîner ; mais sa mère lui dit encore qu'il n'est pas là. Pourtant, Charlie sait bien que Severin ne rate jamais le dîner.

— Est-ce que les tritons vont bien? demande Charlie, qui se moque bien désormais de divulguer le secret de leur expérience.

Mais Betsy a raccroché sans même lui répondre.

104

– Elle ne veut pas que Severin voie Charlie, dit Polly à Ivan une fois qu'ils sont seuls.

C'est la tombée de la nuit. Dehors, Charlie surveille la rue, pourtant vide, au cas où Severin apparaîtrait sur sa bicyclette.

– C'est de la parano, répond Ivan. Ne t'occupe pas de ça.

Demain soir, ils ont rendez-vous avec le conseil de direction de l'école. La rapidité avec laquelle on leur a fixé ce rendez-vous leur semble de mauvais augure : il y avait à peine quelques heures qu'Ed Reardon avait informé l'école de l'état de santé d'Amanda qu'ils étaient déjà convoqués...

– Oh! grands dieux, oui, dit Polly, amère. Nous avons mieux à faire, c'est sûr. On a assez de soucis pour jusqu'à la fin de notre vie...

– Arrête, lui dit Ivan. Ne te torture pas comme ça.

– Quelle garce! dit Polly.

Ivan met une cuillerée de sucre dans son café. Ils entendent la chanson de Madonna, *True Blue,* qui monte du sous-sol où Amanda et Jessie s'entraînent à faire des pirouettes avant. Polly a du mal à s'empêcher de ne pas descendre les escaliers en courant pour arracher la cassette du magnétophone. Elle est terrifiée à l'idée qu'Amanda puisse se faire mal quelque part : même ces pirouettes lui paraissent trop dangereuses.

– C'est vraiment la reine des garces..., dit Polly de Betsy Stafford.

Ivan cherche à prendre la main de Polly, mais elle s'écarte comme si elle venait de se brûler. La semaine prochaine, Ivan doit se rendre à sa conférence en Floride et y faire son intervention. Mais à quoi est-ce que ça sert, après tout? Il ne pense plus que sang, os et anticorps. Il ne supporte pas sa solitude. Et il sait que Polly non plus ne supporte plus la sienne.

– Parle-moi, dit-il à Polly qui se met à pleurer.

– Il n'y a rien à dire, répond-elle.

Son café a refroidi, mais elle le boit quand même. Elle n'ose pas se retourner vers Ivan; elle ne supporterait pas de voir à quel point il souffre lui aussi. Elle ne peut pas non plus regarder Charlie, assis dehors, sur les marches, à attendre son ami qui ne viendra plus. Et elle ne veut plus entendre sans arrêt Madonna chanter *True love, oh! baby* – parce qu'elle sait que jamais sa fille ne connaîtra cette nuit d'été où, le cœur battant sous la lumière du porche, elle lèverait le visage dans l'attente de son premier baiser.

6.

Enfant, Polly avait appris très tôt à bien se conduire avec les adultes. On attendait d'elle qu'elle sourie aux locataires les plus discourtois ; et jamais elle ne se montrait insolente envers ses professeurs. Quand on est une petite fille bien élevée, c'est pour la vie. Aussi, quand elle entre dans le bureau du proviseur, s'assoit-elle rapidement entre Ivan et Ed Reardon, et chaque fois qu'on la regarde elle baisse les yeux. Les cinq membres du conseil savent déjà que la fille de Polly et Ivan a le SIDA ; le proviseur, Linda Gleason, le leur a annoncé quelques minutes seulement avant l'arrivée des parents. Personne n'offre sa sympathie ni n'exprime de regrets. Ils se contentent de regarder Polly avec insistance. Alors c'est plus fort qu'elle, Polly se sent coupable, comme si elle avait, Dieu sait comment, laissé sa fille tomber malade.

Linda Gleason, dotée d'une chevelure rousse et rebelle, même aux serre-tête et aux barrettes d'argent, est proviseur de la Cheshire School depuis quatre ans. Tout le monde l'aime – pas seulement les enseignants et les parents, mais les élèves aussi. Elle est douée d'un potentiel d'énergie considérable, et elle aime les enfants, même les plus difficiles – ceux qu'on envoie régulièrement à son bureau pour indiscipline. Ce soir, elle est souriante, mais elle a le teint pâle – comme si sa peau était exagérément tirée sur les os. Elle ouvre la réunion en présentant Ed Reardon. La plupart le connaissent, puisqu'il soigne leurs enfants. Mais la petite allocution qu'il a préparée à propos du SIDA jette un froid dans la pièce. Polly aimerait bien avoir apporté un tricot. Elle pense à Amanda et Charlie : pourvu qu'ils aient mis des pyjamas chauds... Ça la préoccupe de laisser les enfants tout seuls le soir ; mais ils n'en démordent pas : ils sont trop vieux pour avoir des baby-sitters.

Linda Gleason et le censeur de l'école, un homme rougeaud du nom de Scot Henry, rappellent l'attitude du Conseil de l'Éducation du Massachusetts vis-à-vis du SIDA : les enfants suffisamment bien portants peuvent aller à l'école ; aux autres on donne un tuteur. Mais un membre du conseil, Mike Shepard, les interrompt :

– Vous dites que cette enfant va continuer à fréquenter l'école. Eh bien, tout ce que je peux vous dire, moi, c'est que nous allons avoir de sérieux ennuis. Les parents d'élèves ne vont pas laisser passer ça.

Si elle était plus courageuse, Polly dirait ce qu'elle pense : « Laisser passer quoi ? La mort de ma fille ? »

Sous la table, Ivan prend la main de Polly. Elle ne la retire pas, mais elle ne referme pas non plus ses doigts sur ceux de son mari. Elle se demande s'il se rappelle que Mike Shepard dirige l'entreprise qui a refait la toiture de leur maison.

Les membres du conseil de direction de l'école

interrogent Ed Reardon : qu'arrivera-t-il si Amanda se coupe et qu'elle saigne sur un autre enfant? Ils veulent savoir si sa salive constitue un danger. Mais aucun d'entre eux n'écoute vraiment Ed qui leur explique que des frères et sœurs d'enfants atteints du SIDA se sont servis des mêmes brosses à dents sans contracter le virus. Ils ne font pas davantage attention à ceci : en termes de probabilités, leurs enfants risquent bien davantage d'être écrasés par un camion dans leur propre cour que de recevoir d'Amanda le virus du SIDA. Polly sait maintenant pourquoi elle, Ivan et Ed Reardon ont choisi de s'asseoir ensemble du même côté de la table : ils sont tous les trois dans le rôle de l'accusé.

— Je pense que le temps nous dira s'il vaut mieux que cette petite fille ait un tuteur à la maison, intervient Henry, le censeur.

C'est à ce moment-là que Polly se lève, poussant sa chaise à l'écart de la table. Ivan se tourne vers elle, mais Polly quitte la pièce sans même le regarder. Elle ne s'arrête qu'en arrivant aux toilettes des filles. Tout y est petit : les lavabos, les cuvettes des waters, les fontaines. Polly se penche au-dessus d'un des lavabos et vomit. Elle entend la porte s'ouvrir derrière elle. Elle continue à vomir.

— Gardez la tête en bas, comme ça vous n'aurez pas le vertige, lui dit Linda Gleason.

Linda fait couler de l'eau dans l'autre lavabo, mouille des essuie-mains de papier et les tend à Polly qui s'essuie la figure. Son chemisier est souillé, elle essaie de nettoyer le tissu avec les essuie-mains; mais elle tremble.

— Zut! dit-elle.

Linda Gleason allume une cigarette.

– C'est contraire au règlement, dit-elle à Polly.
Ne répétez à personne que le proviseur fume trois
cigarettes par jour.

Polly s'assied sur le bord du lavabo. Elle se moque
bien de savoir si sa jupe sera mouillée.

– Ils ont peur, dit Linda Gleason. Ils feront n'importe quoi pour protéger leurs enfants. Que res-
sentiriez-vous si votre enfant, en bonne santé, avait
pour voisin à l'école un petit camarade atteint du
SIDA? Eh bien, vous redouteriez que les scientifiques ne se trompent et qu'ils ne découvrent que
le virus se communique beaucoup plus facilement
qu'ils ne le croyaient.

– J'aurais pitié de cet enfant malade, dit Polly.
Je n'aurais sûrement pas peur d'une petite fille!

– Vous n'arrêteriez pas de penser aux risques de
contagion, que vous le vouliez ou non. Pensez-y
donc, c'est votre enfant, *votre* enfant qui est en
bonne santé, qui est assis là. Il faudrait que vous
soyez un ange, et pas une mère, pour ne pas vous
sentir angoissée. Et c'est exactement ce que vont
ressentir beaucoup de parents.

Polly et Linda Gleason se regardent.

– De quel côté êtes-vous? interroge Polly.

– Je suis du côté de mes élèves.

– Je vois, rétorque Polly.

– Et Amanda en fait partie, ajoute Linda.

Polly s'essuie les yeux du dos de la main. Elle
réplique :

– Qu'êtes-vous, au juste? Un proviseur ou un
ange gardien?

– Les deux, répond Linda Gleason.

– Elle restera, dit Polly. Ça m'est complètement

égal si elle est la seule élève de cette école, mais elle restera. Je ne vais pas lui enlever ça aussi!

Linda Gleason éteint sa cigarette sous l'eau et balance le mégot à la poubelle. En retournant dans les locaux de l'administration, elles passent devant le panneau des élèves de la classe élémentaire, que la maîtresse d'école a déjà orné de dessins de citrouilles et de feuilles mortes. « Je ne veux pas que ce soit le mois d'octobre, se dit Polly. Il faut que le temps recule – août, juillet, juin, mai et avril. » Elle voudrait qu'il n'y ait plus jamais d'automne.

Quand Linda Gleason rentre chez elle, il est presque minuit. Kristy et Sam, ses enfants, dorment depuis longtemps. Son mari, Martin, déjà au lit, regarde la télé. Il s'est efforcé de ne pas s'endormir en l'attendant.

Linda s'arrête à la cuisine. Pourtant, elle entend le bourdonnement de la télé et sait que Martin est réveillé. Peepers, leur chat, se frotte contre ses jambes quand elle ouvre le réfrigérateur. Elle trouve une bière et prend une boîte de pâté de foie de volaille, quelques crackers et jette le tout sur un plateau qu'elle porte dans la chambre.

– Haaa..., dit Martin, légèrement abruti.

Il s'assoit dans le lit et examine le plateau :

– Tu es enceinte? demande-t-il.

– Tais-toi, répond Linda.

Elle s'assoit au bord du lit et déchire l'emballage du paquet de crackers.

– Ça va si mal que ça?

Linda a oublié de prendre un couteau. Elle étale

le pâté de foie sur un cracker avec le doigt, puis elle est envahie par un sentiment de révolte. Elle n'a pas faim, elle se sent plutôt malade.

– De quel enfant s'agit-il? interroge Martin.

– Amanda Farrell, lui dit Linda. Elle entre en sixième. Une gymnaste de premier ordre.

Martin ne se rappelle pas que Linda lui ait parlé d'Amanda Farrell auparavant. D'habitude, elle ne parle que de ceux qui posent des problèmes.

– Le conseil de direction de l'école se prépare à faire une histoire de tous les diables, dit Linda. Il faut que je parle à des proviseurs à qui il est arrivé la même chose dans le Connecticut et dans le New Jersey.

– Tu trouveras la solution, lui répond son mari.

Linda est pleine d'amour pour lui : non seulement il a foi en elle, mais en la bonté aussi. Elle se lève et pose le plateau sur la commode. Si le chat ne s'en charge pas, elle n'aura qu'à débarrasser demain matin.

– Et s'il n'existe pas de solution? demande-t-elle en se glissant dans le lit, à côté de lui.

– Tu l'inventeras.

Le lendemain matin, en se levant, Linda allume la radio. C'est comme ça qu'elle apprend qu'un groupe de protestataires, qui se sont baptisés Coalition d'action communautaire, a commencé à distribuer des tracts avertissant les parents d'élèves des conséquences possibles de la présence dans une école primaire d'un élève atteint du SIDA. Encore mal réveillée, Linda ne comprend pas tout de suite ce dont parle le journaliste. Et quand elle comprend enfin, elle n'arrive pas à y croire. Il n'y a qu'en Floride, se dit-elle, que de telles choses peuvent arriver, ou tout au fond de l'Amérique profonde, dans des endroits où les gens prennent facilement peur. Mais pas à Morrow! Linda s'est toujours imaginé qu'elle œuvrait pour la paix : elle s'est révélée être un excellent proviseur et elle a toujours fait de son mieux pour que tout le monde soit content. Mais elle sait que ça va devenir impossible. Toutes les décisions qu'elle prendra désormais mécontenteront inévitablement quelqu'un. Et pourtant, songe-t-elle, qui pourrait être plus malheureux, plus accablé, que les parents d'Amanda en écoutant la radio en ce moment?

Ivan balance le journal et débranche la radio.

– N'y pense pas, dit-il à Polly. Ne réponds à rien du tout!

C'est dimanche, et Ivan a l'intention de tous les emmener prendre le petit déjeuner dehors. Ils vont toujours à La Gare, un café qui a des beignets maison et des crêpes aux myrtilles extra. Mais Ivan déclare maintenant qu'il veut essayer un snack dont il a entendu parler, à Gloucester, et qui est réputé pour son pain perdu. Bien sûr, jamais il ne pourrait avouer à Polly qu'il éprouve le besoin de quitter immédiatement Morrow, ne serait-ce que pour une heure. A Gloucester, personne ne les connaît; ils ne seront qu'une famille, parmi d'autres, qui prend son petit déjeuner et redemande du café et du pain de seigle grillé.

Polly s'habille, elle se maquille même légèrement. Mais quand les enfants sont dans la voiture,

113

elle déclare à Ivan qu'elle a la migraine et qu'elle ne peut pas venir.

— Ne reste pas là toute seule, lui dit-il sur le pas de la porte.

— Ça ira, répond Polly. Je vais faire la lessive.

— Viens avec nous, insiste Ivan.

Sa voix s'est faite suppliante, comme s'il attendait quelque chose d'elle; mais elle n'a rien à lui donner.

— Oh! pour l'amour de Dieu, gémit Polly, fichez-moi le camp!

En s'en allant, il laisse claquer la contre-porte. Polly attend jusqu'à ce qu'elle soit sûre qu'il ne reviendra pas; puis elle va à toutes les fenêtres, baisse les stores ou tire les rideaux. Elle ne peut s'empêcher de penser au temps perdu. Elle voudrait en reprendre aux adolescents suicidés et le rendre à Amanda. Le téléphone sonne, elle ne répond pas. Ce doit être cette association qui veut empêcher Amanda d'aller à l'école; ou peut-être son père, qui la rend dingue. Al veut absolument venir passer un week-end avec Claire, deux jours, peut-être plus... Pendant que Polly emmènerait Amanda à l'hôpital pour ses examens de sang, Al tenterait quelques paniers de basket avec Charlie et Claire cuisinerait un ragoût. Mais c'est bien la dernière chose au monde que désire Polly. Elle est toujours sur la défensive quand ses parents sont là; et si elle ne se retenait pas, elle serait capable de leur dire ce qu'elle pense. Elle a tellement les nerfs en boule qu'elle n'a plus la force de se surveiller. Si Claire et Al venaient, les enfants se rendraient compte à quel point ça va mal, et Polly veut avant tout que leurs vies continuent à leur

114

paraître normales. Elle prévoit des repas à forte valeur nutritionnelle; elle note scrupuleusement combien Amanda a mangé de sa côtelette d'agneau, de ses brocolis, de son flan au caramel. Elle fait observer aux enfants que leurs chambres sont en désordre – alors qu'elle s'en fiche complètement – et insiste pour qu'ils rangent leurs affaires. Elle rappelle à Charlie qu'il doit sortir la poubelle, et elle empile la vaisselle du dîner de façon à ce qu'Amanda puisse charger le lave-vaisselle. Elle ne cesse de superviser chacune de leurs activités; mais ce qu'elle aimerait vraiment, c'est pouvoir isoler ses enfants derrière un haut mur et qu'il ne leur arrive rien de mal, jamais.

Le téléphone continue de sonner, et Polly le regarde comme s'il risquait d'exploser. Il n'y a personne à qui elle ait envie de parler, mais la sonnerie la rend folle. Et si c'était Ed Reardon?... Si on avait découvert qu'il y avait eu une erreur au laboratoire et que c'était un autre enfant qui était séropositif? Polly décroche; c'est son père.

– Nous avons l'intention de vous rendre visite cette semaine, dit Al.

A croire qu'il débite ça pour la première fois!

– Papa..., dit Polly sur un ton de fatigue.

– Ta mère peut parfaitement faire une valise en dix minutes, même en emballant tout dans du papier de soie.

Ça n'est pas du bluff, Polly a déjà vu sa mère à l'œuvre.

– Il n'en est pas question, répond-elle.

– Alors, le week-end prochain. Nous arriverons vendredi soir.

– Je vais te raccrocher au nez, menace Polly.

– Mais qu'est-ce que tu as? interroge Al. Qu'est-ce qu'on t'a fait?

– Rien, répond Polly. Mais je ne veux pas que maman se fasse du souci.

C'est faux, et Al le sait; il a un rire étrange, caverneux. Depuis ce jour où Claire a repris son mari à la maison, Polly a toujours été convaincue que sa mère était une lavette, une vieille femme sensible qui pleure dans sa cuisine. Et ça, elle n'en a vraiment pas besoin pour le moment.

– C'est notre petite-fille, dit Al. Tu ne peux pas nous empêcher de vous aider!

– Comme vous voudrez, dit Polly sèchement. D'ailleurs, tu n'en as jamais fait qu'à ta tête.

Polly raccroche au nez de son père et fond en larmes. Enfant, elle ne croyait pas à la malchance. Elle pensait avoir une enfance effroyable parce que ses parents ne l'aimaient pas, et elle n'avait qu'une hâte : se tirer de leurs griffes. Pour ce qui est de la chance, bien sûr, elle se trompait; elle s'en rend compte maintenant. Et il y a tant de choses sur lesquelles elle se trompait; c'est effrayant, quand on y pense. Elle connaît les habitudes de ses parents quand ils viennent en visite : Claire époussette la table de nuit de la chambre d'ami et y pose les photos de famille encadrées qu'elle transporte toujours dans sa valise. Il y a aussi ce sac-poubelle vert dans lequel on enfourne les papiers qui ont servi à emballer les tricots et les chaussures d'Al. Et puis, naturellement, les enfants sont ravis de voir leurs grands-parents. Polly ne peut pas croire qu'Al et Claire lui aient jamais prodigué ne fût-ce qu'un dixième de l'attention qu'ils donnent à Amanda et à Charlie. Et, tout d'un coup, elle se met à penser

116

au chapeau-cloche en velours que Claire avait cousu pour elle, entièrement à la main, avec des points minuscules, presque invisibles. Un travail comme celui-là demandait sûrement beaucoup plus de temps que Polly ne l'imaginait.

Les enfants sont au lit. Ivan étale ses papiers sur la table basse et relit le texte de son intervention. Il entend Polly s'activer dans la cuisine, il entend le robinet et le cliquetis des assiettes qui s'entre-choquent. Il se cale le dos contre le dossier du canapé, les bras ballants. Impossible de travailler, de penser à autre chose qu'à des histoires de sang, d'os et d'anticorps. Ivan n'ira pas en Floride, ne fera jamais cette communication. Il va à la cuisine pour le dire à Polly. Depuis le seuil, il s'aperçoit qu'elle ne rince pas vraiment les assiettes, elle se contente de laisser l'eau couler pour qu'il croie qu'elle les rince. Elle doit penser que, comme ça, il lui fichera la paix. Et c'est tout ce qu'elle veut.

Ivan repart. Il traverse le salon, prend sa veste, les clefs de sa voiture, franchit la porte d'entrée – celle dont on ne se sert jamais – et fait démarrer la Karmann Ghia. Le pot d'échappement, en piteux état, crache de la fumée et le moteur hoquette. Juste au-dessus de l'évier, là où se tient Polly, il y a une fenêtre. Elle regarde Ivan faire chauffer la voiture. Si elle voulait, elle pourrait l'arrêter, ou du moins lui demander où il va, mais elle n'en fait rien. Ivan se dirige vers Red Slipper Beach. Deux petites biches courent devant la voiture, il doit freiner brusquement, il sent son cœur battre, il sent sa solitude lui coller à la peau.

A l'observatoire, il range sa voiture à côté d'une vieille Mustang, baisse sa vitre et écoute l'océan. La marée est basse, et l'odeur des algues puissante. Ivan ne sait pas si c'est lui qui a évité ses collègues ou bien si c'est le contraire, mais il a l'impression de n'avoir adressé la parole à personne depuis des semaines, mis à part ses conversations sommaires avec Polly au sujet des nouveaux vêtements qu'elle a achetés aux enfants ou du prix des amortisseurs de la Blazer. Il voit l'un des étudiants de troisième cycle, Sandy, qui ferme à clef l'observatoire. Sandy lui adresse un signe de la main avant de monter dans sa voiture. Ivan descend de la sienne et se dirige vers l'observatoire. Dans son portefeuille, planqué entre deux billets de vingt dollars, il y a un numéro de téléphone qu'il trimbale depuis plusieurs jours. C'est un numéro que lui a donné Max Lyman, un autre astronome, qu'il a connu à Cambridge il y a longtemps. Max a un cousin assistant social qui participe à la mise en place d'un réseau d'assistance téléphonique au SIDA à Boston – une organisation d'homosexuels dont Ivan n'a jamais entendu parler.

Tous ceux qui entrent à l'observatoire sont supposés signer un registre. Mais ce soir, Ivan s'en fiche. Il n'est pas ici pour regarder les étoiles. Il va dans son bureau, allume une lampe et se laisse tomber dans le vieux fauteuil de cuir où il s'est déjà assis des milliers de fois auparavant. Quand il décroche le téléphone, il sent le combiné froid, aussi froid qu'un télescope contre les coins d'un œil. Une voix lui répond. Il a la gorge nouée et il a du mal à articuler. Mais à l'autre bout du fil, la voix explique à Ivan que ça va, qu'il n'a pas besoin de parler tout de suite, qu'il peut pleurer encore. Cette voix est celle d'un homme qui s'appelle Brian. Il assure la permanence téléphonique deux nuits par semaine. Il y a quelque chose de vraiment bizarre : Ivan n'a pas l'impression d'avoir affaire à un inconnu. C'est peut-être pour ça que, les jours suivants, il l'appelle de plus en plus facilement. A la fin de la semaine, il connaît le numéro par cœur.

7.

En classe, Amanda et Jessie Eagan s'assoient toujours l'une à côté de l'autre. Depuis trois ans, elles sont inséparables. Elles sont capables de se glisser des bouts de papier avec une rapidité telle qu'aucun professeur ne les a jamais surprises – il faudrait être doué d'une vision à infrarouges. Le matin de la rentrée, Jessie attend son amie quand Polly arrête la voiture en face de l'école. Amanda et Jessie ont soigneusement préparé leur équipement : elles portent toutes les deux des robes à pois identiques – mais celle d'Amanda a été repassée avec un soin extrême par sa grand-mère, qui est venue pour le long week-end de la fête du Travail.

Ça n'a d'ailleurs pas été la catastrophe que Polly avait imaginée. Sauf que Claire, qui n'a jamais cru que les lave-vaisselle puissent servir à quelque chose, s'est débrouillée pour faire la vaisselle à la main toutes les fois que Polly tournait le dos. Al, lui, a promis de revenir pour réparer la marche cassée sous le porche. Il a fait d'interminables parties de Monopoly avec Charlie. Dimanche, il a emmené Amanda et Jessie au cinéma, en ville, voir un film que leurs parents leur avaient interdit. Quand ils ont été sur le point de repartir, mardi soir, Polly s'est presque sentie abandonnée, et elle a même insisté pour qu'ils restent dîner – ce qui fait qu'ils ont dû affronter les pires embouteillages pour rentrer à New York. C'est terrible de devoir admettre une chose pareille, et même de la penser, mais elle a peur de rester seule avec Ivan.

Chaque jour, il a l'air un peu plus étranger. Il disparaît à des heures inhabituelles, il ne va presque plus à l'institut, et il a mis Amanda à un régime des plus étranges, à hautes doses d'acide folique et de vitamines C. Une fois que Polly cherchait un crayon dans son sac à dos, elle y a trouvé un classeur plein d'articles relatifs à des thérapies alternatives pour les malades atteints du SIDA. Elle a laissé le classeur tomber par terre, comme si elle venait de se brûler la main. Ça ne ressemblait pas du tout à Ivan, qui a toujours fait confiance à la science, à la médecine et aux thérapeutiques éprouvées. Amanda se plaint des vitamines, elle dit que ça lui donne des haut-le-cœur. Mais Ivan insiste et lui fait boire des verres d'Énergétic et de cocktail exotique pour faire descendre les gélules. Et quand Polly a suggéré qu'ils parlent avec Ed de cette histoire de vitamines et du régime à haute teneur en fibres qu'Ivan voulait leur imposer à tous, il a refusé tout net.

– Qu'est-ce qu'il a à nous proposer...? a grommelé Ivan. Rien du tout!

Jusqu'ici, cinq enfants ont été inscrits dans des écoles privées; on les avait retirés de Cheshire avant la rentrée des classes. Linda Gleason téléphone à Polly chaque fois qu'il y a une réunion de parents d'élèves ou de professeurs, mais Polly ne voit vraiment pas pourquoi elle irait : elle ne veut pas gâcher le temps qu'elle peut consacrer à Amanda à la maison. Elle a de la sympathie pour Linda Gleason, qui doit s'efforcer de contrôler la situation, mais elle préfère garder ses distances – comme si elle était la spectatrice d'un théâtre de marionnettes.

Depuis l'endroit où elle a arrêté la voiture, en face de l'école, Polly aperçoit sur le trottoir deux personnes qui distribuent des tracts aux parents. Elle croit reconnaître l'une d'elles, une femme qui porte une robe de coton bleu, et qui doit avoir un petit garçon qui est allé au jardin d'enfants avec Charlie. Polly ne va pas laisser Amanda rentrer toute seule, mais à peine a-t-elle mis le pied hors de la voiture qu'Amanda s'interpose :

– Tu ne peux pas rentrer avec moi, insiste-t-elle.

– C'est interdit par le règlement? demande Polly. Il y a pourtant d'autres parents...

Charlie attrape son sac à dos et son classeur, et il en profite pour filer.

– Salut! crie-t-il.

Il sort de la voiture. Amanda le fusille du regard.

– Je veux juste t'accompagner à la porte, reprend Polly.

C'est bien assez dur d'être séparée d'Amanda une journée entière; il n'est pas possible de la laisser passer toute seule devant ces gens qui distribuent des tracts contre elle.

– Maman! s'indigne Amanda. Je suis en sixième!

Les nattes d'Amanda sont si serrées que Polly voit la peau de son crâne, propre comme un sou neuf. Elle a la nuque souple et pâle. Plus loin, sur le trottoir, Jessie l'attend en dansant d'un pied sur l'autre.

— Je viendrai te prendre à trois heures, dit Polly à sa fille.

— Quatre heures, corrige Amanda.

— Quatre? s'étonne Polly.

— C'est le premier jour de l'entraînement, explique Amanda. Je ne te l'avais pas dit parce que je ne voulais pas que tu en fasses tout un plat.

Amanda se penche par-dessus le siège avant et embrasse sa mère, mais Polly la sent pressée de sortir. Amanda ouvre la portière et court vers Jessie. Les deux petites se sautent dessus en poussant des petits cris de joie.

— Ma mère voulait me faire rentrer elle-même dans l'école! confie Amanda à son amie.

Elle se retourne et fait à Polly un petit signe de la main. Polly le lui rend, mais, pour repartir, elle doit prendre sur elle.

— Oh! ce n'est pas vrai! dit Jessie, l'air vraiment atterré.

— Je n'ai pas l'air malade, n'est-ce pas? demande Amanda.

— Tu as l'air super, lui répond Jessie. Ta robe est fantastique.

Amanda sourit, mais en arrivant à la porte elle se sent subitement prise de panique. Et dans ces cas-là elle est capable de vomir, ou même pire. La voyant hésiter, Jessie lui dit:

— Si quelqu'un te dit quelque chose de moche, je cogne!

Ça fait rire Amanda, surtout parce que Jessie est si petite. C'est curieux parce que, même quand elle rit, elle sent quelque chose de chaud derrière ses yeux. De temps à autre, elle retient sa respiration et essaie d'imaginer comment c'est quand on est mort. Quel effet est-ce que ça peut bien faire de quitter son corps? Jamais elle n'a cru au ciel, mais maintenant elle se demande. Le sommeil, des nuages blancs, des ailes. Est-ce qu'elle arriverait à y croire sérieusement. Non. C'est plus facile de penser qu'on se mélange avec la terre. Ça, elle peut l'imaginer : de son corps il pousserait de l'herbe, des roses et des petites fleurs. Oui, comme ça, elle veut bien y croire... pourvu que ça ne lui arrive pas à elle.

— Ne regarde pas derrière toi, lui glisse Jessie Eagan dans le hall.

Amanda regarde par-dessus son épaule et voit un garçon de leur classe, Keith Davies.

— Il a les yeux vissés sur toi! chuchote très fort Jessie, tout excitée.

— Mais non, répond Amanda.

Quand elle regarde derrière elle, elle doit bien convenir qu'il la fixe. Il a l'air légèrement abruti, mais quand même plutôt mignon.

— Les sixième, y a jamais eu mieux, dit Jessie.

— Ouais, approuve Amanda. Tu es prête? ajoute-t-elle.

— Prête! répond Jessie.

Quand même, en entrant en classe elles ont oublié qu'elles sont maintenant en sixième : elles se tiennent encore par la main.

A trois heures moins le quart, Amanda et Jessie se rendent au gymnase. Elles ont toutes les deux le même sac rose pendu à l'épaule. Charlie est assis en face du gymnase.

— Oh non! pas lui! gémit Jessie sur un ton dramatique.

Amanda est stupéfaite que Charlie ne réponde

pas tout de suite; d'habitude, il ne manque jamais une occasion de faire un méchant jeu de mots sur le nom de Jessie. Amanda, elle, se sent en pleine forme : personne ne lui a rien dit de méchant et son institutrice l'a prise à part pour lui dire qu'elle était heureuse de l'avoir dans sa classe et que si jamais elle devait manquer l'école on s'arrangerait pour lui envoyer le travail à la maison. Amanda n'a aucune intention de manquer! Il n'y a que la pensée de l'entraînement de gymnastique qui l'inquiète un peu; elle espère que cette douleur dans les jambes ne va pas la ficher en l'air et la faire reculer dans le classement.

– Bon, qu'est-ce qu'il y a? demande-t-elle à Charlie.

La vérité, c'est qu'elle ne veut pas qu'on la voie parler à un type de neuvième!

Charlie hausse les épaules. Amanda se tourne vers Jessie et lui dit :

– Je te retrouve au vestiaire.

– D'accord, répond Jessie en s'en allant. Mais si tu es en retard, mon père te passera un savon.

– Qu'est-ce qui ne va pas? demande Amanda à Charlie.

Une nouvelle fois, il hausse les épaules. Il a une sensation bizarre au creux de l'estomac.

– Allez, lui dit sa sœur.

Elle entend l'entraîneur se préparer dans le gymnase. Déroulées d'un coup, les paillasses dégringolent sur le parquet.

– Severin n'est pas à l'école, dit Charlie.

– Et alors? répond Amanda. Téléphone-lui pour voir si ça va.

– Il n'est jamais à la maison quand j'appelle.

Amanda tripote son sac de gym pour s'assurer qu'elle n'a pas oublié sa cassette. Elle espère que le prof ne va pas la charrier à propos de Madonna comme il lui arrive de le faire quand quelqu'un demande à ce qu'on fasse les exercices avec de la musique de rock.

– Eh bien, va chez lui!

Charlie la regarde en clignant des yeux. Il aurait dû y penser!

– Ouais! dit-il.

– Tâche de te servir de ta cervelle de temps en temps! lance Amanda en courant vers les vestiaires.

A cet instant précis, elle se rend compte que deux filles de l'équipe, Sue Sherman et cette affreuse Mindy Griffon, la regardent fixement. Amanda se retourne et enfile son justaucorps en vitesse. Elle aimerait avoir un soutien-gorge, mais sa mère la trouve trop jeune pour ça.

– Elles savent que c'est toi qu'il faut battre, lui dit Jessie Eagan en la rejoignant.

Amanda hoche la tête et attache ses cheveux avec une barrette argentée. Elle n'avait pas pensé qu'on pourrait la regarder comme si elle était malade; et en pénétrant dans le gymnase avec Jessie, elle se sent assez gênée. Elle se dirige vers les barres et fait quelques étirements.

Amanda se rend compte que Jack Eagan, le professeur, est derrière elle et l'observe; elle accentue ses courbes. Elle s'attend à se faire engueuler; mais non. S'il le voulait, il pourrait la renvoyer de l'équipe, à cause de sa maladie. Tout l'été elle a pensé à la rencontre de juin prochain, qui devrait lui permettre de se classer dans les cadets. Un instant elle a pensé que ce qu'elle voulait c'était

126

être classée première dans son école : elle pourrait le mettre dans la lettre qu'elle enverrait à Bela Karola pour lui demander de la prendre comme élève. Mais elle a cessé de penser à ça, et elle a cessé de penser au collège, aussi. Elle veut juste gagner la rencontre de la fin du trimestre, pour le principe. Finalement, Amanda ne supporte plus d'être observée comme ça, et elle se retourne vers son professeur :

— Qu'est-ce que je fais de travers ? demande-t-elle.

Pris par surprise, Jack Eagan se met à rire.

— Tu dois me trouver dur, dit-il, et comme Amanda ne répond pas il recommence à rire.

Il s'appuie au mur et fait un signe de tête dans la direction des barres parallèles.

— C'est le truc le plus dangereux de la salle de gym, dit-il.

Il regarde Amanda du coin de l'œil. A certains moments, il lui était arrivé de souhaiter qu'Amanda soit sa fille. Non, Amanda est une championne. Ce n'est pas simplement qu'elle est bonne : elle a la volonté de vaincre. Très fort. Assez pour se donner entièrement au sport. Quand elle est ici, c'est ici qu'elle est, et nulle part ailleurs. Il a entendu parler de cette histoire de SIDA par Jessie. Même si les filles n'étaient pas les meilleures amies, il en aurait entendu parler. Les nouvelles vont vite dans les écoles. Et puis sa femme, Louise, a reçu un appel téléphonique d'un groupe de protestataires. Jack Eagan ne voit pas bien contre quoi on pourrait protester.

— Ce qu'il y a, dit-il, mal à l'aise, c'est que, si tu

127

es affaiblie ou que tu ne te sens pas bien, je ne veux pas que tu te fasses du mal.

— Vous me prenez pour une idiote, vraiment! rétorque Amanda.

Jamais auparavant elle ne lui avait parlé sur ce ton. En réalité, elle a peur de lui. Quand elle est chez Jessie, elle l'évite, parce qu'à la maison il gueule presque autant qu'au gymnase. Jessie et Amanda se sont même demandé si ce n'était pas simplement parce qu'il n'arrivait plus à parler normalement.

— Je n'ai pas dit que tu étais idiote, répond-il en suivant de l'œil les évolutions d'une nouvelle sur la poutre. Tu es une championne, et les champions ne s'autorisent jamais à ressentir la douleur. C'est ça qui m'inquiète.

Amanda le regarde intensément. Elle a la bouche sèche. Autrefois, il l'engueulait quand elle faisait une erreur, et elle ne sait qu'elle est vraiment bonne que lorsqu'il ne lui dit rien. En fait, il ne lui a jamais rien dit de vraiment positif.

— Est-ce que vous êtes gentil avec moi juste parce que je vous fais pitié? lui lance-t-elle vivement.

— Tu sais bien que je ne suis jamais gentil! dit-il.

Il se demande si elle aurait pu renoncer à la gymnastique. Après tout, elle aurait pu grossir ou grandir trop, passer son temps à rêver aux garçons ou à s'occuper de son travail scolaire; elle aurait pu se fatiguer d'avoir toujours des ampoules aux mains et des bleus aux cuisses. Elle aurait pu mûrir et dépasser tout ça, de toute façon.

— Tu as pensé à tes exercices au sol? demande-t-il.

Il sait qu'il devrait être sur la piste, en train de donner la même leçon que d'habitude, sermonnant les nouvelles pour qu'elles arrivent à l'heure. On l'accuse de favoriser les meilleures gymnastes, Amanda en particulier. Mais pourquoi ne le ferait-il pas?

Amanda fouille dans son sac et en sort la cassette de Madonna. Jack Eagan plisse les yeux pour mieux voir. Il ne se rappelle pas la dernière fois qu'il a pleuré. Il ne se rappelle pas non plus quand il a dit pour la dernière fois à sa fille qu'il l'aimait.

– Oh non! pas ça! s'époumone-t-il maintenant. Pas Madonna!

Dans le gymnase la plupart des filles se mettent à rigoler, et Amanda esquisse une grimace quand Jack Eagan fait mine de s'arracher ce qu'il lui reste de cheveux. Même Jessie, qui a vu son père se livrer à cette pantomime un bon millier de fois, ne peut s'empêcher de rire.

– N'importe quoi, mais *pas* Madonna! hurle Jack Eagan.

L'équipe s'est réunie autour d'Amanda pour voir la cassette, et Jack en profite pour demander à celle-ci de passer la première pour les exercices au sol. Dans ces conditions, personne ne pourra l'accuser de favoritisme.

Charlie est parti à vélo chez Severin. Il prend le raccourci, à travers les bois. On dirait que c'est l'été, l'air est lourd et chaud, il y a une odeur forte de terre humide; mais c'est une illusion. Les premiers érables virent déjà au rouge, les chênes et les caroubiers prennent une couleur dorée, là où la lumière du soleil éclaire leurs feuilles. A cette époque de l'année, on vient à Morrow depuis Boston et New York pour observer la migration des oies. Et c'est comme ça qu'on sait que l'été est vraiment fini, quand les marais sont pleins d'oies et que leur cri résonne dans les jardins tôt le matin et à la tombée de la nuit.

En arrivant chez Severin, Charlie descend de vélo; mais il ne monte pas jusqu'à la maison. Il a pédalé dur et il a chaud. Il appuie sa bicyclette à un cognassier et il attend, sans trop savoir quoi. Il se sent incapable d'aller jusqu'à la porte et de sonner, et il se sent bête. Alors, il s'accroupit de façon à moins se faire remarquer. La voiture de Betsy est dans l'allée. Charlie sait qu'il y a au moins une personne à la maison. Il croit apercevoir la bicyclette de Severin, dehors, derrière le garage.

Au bout d'un moment, Severin sort. De là où il est, Charlie a l'air tout petit. Severin a Félix avec lui – c'est son chien, un golden retriever. Severin se retourne et dit quelque chose à quelqu'un – sa mère, sans doute – à travers la contre-porte. Charlie n'appelle pas, mais il se met debout à côté du cognassier. Il se sent relativement soulagé : au moins on n'a pas envoyé Severin dans une prison ou dans une école militaire. Il n'a pas non plus attrapé une maladie mortelle.

Severin fait le tour du jardin. Pour le voir Charlie doit plisser les yeux. Severin siffle son chien. Mais Félix a senti l'odeur de Charlie.

— Ici, reviens! crie Severin.

Charlie ne sait pas pourquoi il se sent si mal à l'aise; il a la gorge nouée.

Félix galope dans la direction de Charlie et Severin reste planté là, une main devant les yeux pour se faire de l'ombre : il essaie de voir ce qui a attiré

Félix. Le chien ne se contente pas de remuer la queue, il se tortille comme un diable. Dès qu'il a reconnu Charlie, il lui a sauté après, pour jouer, comme il fait toujours. Charlie se met à rire en repoussant le chien. Severin est arrivé en courant, et il rit lui aussi en voyant Charlie aux prises avec Félix.

– Débarrasse-moi de ton chien, lui dit Charlie.

Severin arrive à attraper Félix par le collier.

– Où est-ce que tu étais passé? demande Charlie en se levant. Tu étais en vacances?

– Je ne suis allé nulle part, répond Severin.

Il tient toujours le chien par le collier. Il a un air vraiment bizarre. Maintenant, Charlie comprend pourquoi son père se plaint quand on ne le regarde pas dans les yeux.

– Je suis dans une autre école, dit Severin.

– Ah! ouais? fait Charlie, prudemment.

– En réalité, c'est pas mal du tout, dit Severin. Mes cousins y vont aussi, et ma tante fait partie du conseil de direction. C'est comme ça qu'on m'a fait rentrer.

– C'est une école préparatoire? demande Charlie, de plus en plus mal à l'aise.

– Non, une école libre. Mon père me dépose à Cambridge en allant en ville. A partir de la semaine prochaine, je ne rentrerai pas à la maison avant sept heures.

– Tu n'y vas pas les week-ends, quand même? interroge Charlie.

– Imbécile, c'est pas une prison! dit Severin. Et il ajoute : Il se pourrait que j'entre dans l'équipe de foot junior.

– On pourra toujours se retrouver le samedi, dit Charlie, soulagé.

Une nouvelle fois, Severin détourne les yeux. Il a lâché le collier du chien, qui file chez des voisins.

– Ma mère ne veut pas, dit-il d'un ton piteux.

– Elle ne veut pas quoi? s'exclame Charlie, confondu.

– Je ne peux plus être ami avec toi à cause d'Amanda, dit Severin.

– Qu'est-ce qu'elle a fait?

– C'est parce qu'elle est malade, dit Severin.

Charlie regarde fixement son ami.

– C'est dingue, finit-il par dire.

– Ma mère a peur que je l'attrape, ajoute Severin.

– C'est scientifiquement ridicule, précise Charlie. Où est-ce qu'elle a pris ses données? Tu ne lui as pas dit que tu ne pouvais pas l'attraper?

Severin ne le regarde toujours pas.

– Tu fais un drôle de scientifique..., dit Charlie, dégoûté.

De nouveau, il sent sa gorge se serrer, mais il ne va pas pleurer.

– Ma mère est vraiment très embêtée, dit Severin. Y a rien à faire, on peut pas la raisonner. Si on lui dit que non, ça ne lui suffira pas.

– Bien sûr, dit Charlie qui s'éloigne et reprend sa bicyclette.

– Je te donne la moitié des tritons, si tu veux, propose Severin.

– Non merci, répond Charlie.

Severin et lui sont nés le même mois, en février, et depuis l'âge de trois ans ils n'ont toujours eu qu'une seule fête d'anniversaire pour eux deux.

Pour cette année, ils avaient pensé à une « dinosaure party » : ils ont déjà commandé des dents de caoutchouc et des crocs qu'ils ont repérés dans un catalogue de vente par correspondance.

– Bonne chance pour le foot, lance Charlie.

Il sait que Severin pleure, mais il s'en fiche. Il pense au chemin du retour. Si on calcule bien son coup et qu'on prend le dos-d'âne d'Ash Street à toute blinde, on a sa bicyclette qui s'envole par-dessus le bord du trottoir. De toute façon, maintenant il est trop vieux pour les fêtes d'anniversaire. C'est bon pour les mioches.

8.

Quelquefois le soir, juste après la tombée de la nuit, Laurel Smith passe à vélo derrière chez eux. Elle ne veut pas que les voisins l'entendent. Alors elle prend sa bicyclette, une vieille Raleigh verte qui appartenait à son ex-mari. Le vélo n'a pas de phare, et elle pédale sur la route obscure qui serpente au milieu du marais. Elle s'applique à éviter l'endroit qui conduit, en contrebas, aux fossés pleins d'eau de pluie. Au printemps, les fossés fourmillent de libellules; elles tournoient au-dessus de l'eau calme, faisant à la route une chatoyante bordure bleue. Maintenant, les libellules sont parties, mais il reste des créatures vivantes dans les bois. Quand on les traverse à vélo, on entend des battements d'ailes, et des craquements de branches écrasées quand les biches s'enfuient au plus profond des bois.

Laurel ne sait pas ce que savent tous les enfants en ville : qu'il y a un raccourci, un chemin de terre à travers les pins qui permet d'aller à vélo du marais jusqu'à la périphérie de la ville sans avoir à passer par le cimetière. Il y a si longtemps que les enfants empruntent ce raccourci que la plupart d'entre eux ne se rappellent même pas pourquoi ils évitent cette partie de la route. Certains attrapent la chair de poule juste avant le tournant dans les bois. Il y a un virage très serré en arrivant au cimetière, un endroit où les pins sont plus grands qu'ailleurs; par mauvais temps, on se croirait dans un tunnel. A cet endroit de la route, Laurel pédale toujours plus vite, surtout quand il y a de la lune et qu'elle aperçoit la barrière métallique au milieu des bois.

La nuit tombe quand Laurel s'arrête soudain, comme si elle avait été poussée à bas de son vélo. La barrière qui entoure le cimetière est devenue verte, et même à distance on perçoit une odeur spéciale de mousse, comme un mélange de rouille et de larmes. Il n'y a pas plus d'une trentaine de pierres tombales, et plusieurs ont été endommagées. Des anges ont été fendus en deux, la pluie a défiguré des agneaux de pierre, les rendant aveugles. De l'autre côté de la route n° 16 il y a un autre cimetière; c'est pour ça que depuis deux cents ans on n'a plus enterré personne ici et qu'on ne se souvient plus de personne. C'est un endroit où l'herbe ne peut pas pousser, où les merles et les corneilles ont perdu tant de leurs plumes que, dans une ou deux cavités, la terre paraît noire.

– Il faut que je sorte d'ici, dit Laurel à voix haute.

Sa tête bouillonne, comme un chaudron, mais elle reste là où elle est, à côté de sa bicyclette. Elle attend les morts, mais ils ne viennent pas. Il n'y a pas un murmure. Deux plumes d'encre tombent du ciel. «Dites quelque chose!» ordonne Laurel Smith, mais c'est toujours le même silence, entrecoupé seulement par le craquement des branches dans le vent. Laurel touche le bout de l'un des angles métalliques de la grille; il est si aigu qu'elle se couperait le doigt si elle pressait un peu plus fort.

Quand Laurel revient sur la route, il fait tout à fait nuit, et il est beaucoup plus tard que d'habitude lorsqu'elle tourne dans Chestnut Street. Après l'obscurité de la route et des bois, cela lui fait toujours un choc de revoir les maisons blanches de cette rue, les globes de lumière derrière les fenêtres et les pots de chrysanthèmes devant les portes d'entrée. Laurel laisse tomber son vélo sur l'herbe de l'autre côté de la rue; d'ici elle peut voir ce qui se passe par la fenêtre de leur cuisine : quelquefois elle les aperçoit en train de dîner, elle sent l'odeur de la soupe de légumes et des côtelettes grillées. Elle a aussi regardé ce qui se passe dans quelques autres maisons de Chestnut Street, dans les cuisines et dans les salons. Quand elle fait ça, elle se sent prise d'un léger vertige; elle est comme un chat qui se balance d'un côté à l'autre d'un appui de fenêtre. Quelquefois, elle se prend à penser que les Farrell sont juste comme n'importe qui d'autre, et ça la réconforte. Elle croit savoir ce qui se passe quand ils sont à table, ou couchés dans leurs lits, uniquement parce qu'elle les voit à travers cette fenêtre. Mais elle n'a aucun moyen de savoir qu'Amanda peut à peine manger et que son manque d'appétit devient persistant : la moitié de son repas finit à la poubelle. Jamais non plus Laurel n'a imaginé que, dès la fin du dîner, Charlie se réfugie au sous-sol comme une tortue dans sa carapace ni que Polly et Ivan ne peuvent plus s'embrasser, que leurs lèvres refusent de s'ouvrir et que leurs langues sont figées. Elle ne sait pas non plus qu'Amanda n'arrive plus à avaler les vitamines que lui donne son père : elle les garde dans la joue, et quand personne ne la regarde, elle les crache, la tête penchée au-dessus des toilettes.

Le dîner est fini, et il y a des assiettes de gâteau au chocolat sur la table. Ce soir, l'odeur du café flotte jusqu'à l'autre côté de la rue. Charlie a emporté son gâteau en bas et il en donne des miettes à ses hamsters. Il entend les pas impatients de sa sœur dans la cuisine, il sent sa rage traverser le plancher, s'engouffrer dans les tuyauteries et les bouches de chaleur comme un tourbillon chaud et nuageux. Ça n'est pas juste. C'est ce que tout le monde pense. C'est ce qu'ils disent tous, sans cesse. Demain soir, il y a une fête d'anniversaire, les enfants dormiront sur place et tout le monde va y aller, sauf Amanda qui n'a pas le droit. Mais elle est quand même allée au centre commercial avec Jessie et Mme Eagan pour acheter un cadeau : six serre-tête en plastique de toutes les couleurs et six bracelets assortis.

— Vous me détestez, dit Amanda à ses parents.

Son regard est terrifiant. Furieuse, elle repousse son assiette de gâteau. L'assiette glisse tout le long de la table et va s'écraser par terre.

— Nous t'aimons très fort, dit Polly.

Elle était accroupie pour nettoyer les dégâts, elle s'est relevée. Elle doit sans arrêt prendre sur elle.

— Oh ouais! rétorque Amanda. Bien sûr. C'est ce que vous dites. Il faut bien que vous le disiez.

— Ce n'est pas un sujet de discussion, dit Ivan. Tu peux aller à la fête, si tu veux, mais il ne faut pas que tu dormes là-bas.

— C'est ça, pour que j'aie l'air idiot devant tout

le monde! s'écrie Amanda en larmes. De toute façon, ma vie est fichue.

Ses paroles tombent au beau milieu de la table comme des éclats de verre. En ce moment, ils devraient manger du gâteau au chocolat; au lieu de ça, leurs âmes saignent. Ivan ferme les yeux et forme aussitôt le vœu de parler à Brian; il n'y a plus personne à qui il puisse parler dans cette maison. Il n'existe même plus de mots pour le faire. Amanda lance à ses parents un regard de colère, comme pour les mettre au défi d'essayer de la réconforter.

– Amanda, dit Polly d'une petite voix, s'il te plaît...

– S'il te plaît quoi? S'il te plaît, meurs et qu'on en finisse?

Ses parents ne répondent pas et Amanda sent le rouge du triomphe lui venir au visage. Elle a eu le dernier mot, et on ne l'envoie même pas dans sa chambre. Elle se cale le dos au dossier de sa chaise et croise ses bras sur sa frêle poitrine. Sans aucune raison particulière, elle pense à une patte de lapin que son grand-père lui a donnée une fois. La patte de lapin était blanche et douce, et on pouvait la garder dans sa poche comme un secret. Amanda l'aimait beaucoup et la gardait dans son manteau ou sous son oreiller, jusqu'au jour où elle a compris que pour avoir une patte de lapin il fallait d'abord l'avoir coupée à un lapin. En ce moment, elle éprouve la même chose que quand elle a enfoui la patte de lapin tout au fond de la poubelle de la cuisine, sous des peaux d'orange et des sachets de thé usagés. Elle a l'impression d'avoir les bras en caoutchouc, et c'est comme si une espèce d'épingle était plantée derrière ses yeux.

Amanda sort en courant, mais personne n'essaie de la retenir. La porte à treillis claque derrière elle, sa respiration se fait plus pénible. Dehors il fait noir, mais on ne voit encore que les toutes premières étoiles au-dessus des arbres. Amanda court en zigzag à travers la pelouse, mais en arrivant au trottoir elle s'arrête et se met à pleurer. C'est tellement bête, mais ce n'est que ce soir, au dîner, qu'elle a compris que quand on meurt de maladie on meurt pour de vrai, et sans jamais revenir. Elle est là, debout, sur le trottoir et elle se met les mains sur les yeux.

De l'autre côté de la rue, Laurel Smith tire sur les manches de son cardigan et y enfile ses doigts. Dans le noir, les cheveux clairs d'Amanda pendent comme un fil d'argent déroulé. Elle pleure sans faire de bruit, mais tout son corps est secoué de sanglots. Au bout d'un moment, quelqu'un ouvre la porte de derrière.

– Amanda? l'appelle Polly, d'une voix aiguë et effrayée. Mon petit chou?

Laurel ne bouge pas avant qu'Amanda soit rentrée dans la maison. Les arbres de Chestnut Street sont lourds de feuilles qui se balancent au gré du vent, avec un bruit léger et rauque à la fois. Laurel enfourche sa bicyclette et file le long du trottoir, puis au milieu de la rue. Elle pédale avec une telle vigueur que le vieux vélo craque de partout. L'air est salé et doux, mais elle transpire beaucoup, et quand elle atteint le marais ses cheveux sont mouillés et aplatis sur sa tête. Son tricot est humide. Elle laisse tomber sa bicyclette et, dans le noir, elle trébuche contre un fauteuil de jardin. Elle pleurerait si elle pouvait. Elle se revoit en train de scruter, d'épier les vies des autres gens, à l'abri de la nuit; et ça la dégoûte.

Elle fouille dans son garde-manger, prend une boîte de thon et le mange debout, comme si elle crevait littéralement de faim. Puis elle prend un sac de farine et du sucre brun; à minuit, elle s'est acquittée d'une magnifique pâte à tarte cannelée.

Le lendemain matin, elle retourne à Chestnut Street. Elle a emballé la tarte dans une feuille d'aluminium; elle a aussi apporté un bouquet de mauves, des fleurs de marais si grandes qu'on dirait qu'elles ont poussé sur une autre planète. La tarte est aux myrtilles, elle est encore chaude, et les fleurs n'ont qu'imperceptiblement piqué du nez. En attendant qu'on vienne répondre à son coup de sonnette, Laurel déplace nerveusement d'une épaule à l'autre la sangle de son sac de toile. Cela lui fait drôle d'être ici, en plein jour. Tandis qu'elle se dirige vers la porte de derrière de la maison des Farrell, les choses lui paraissent floues, comme si l'image n'était pas au point. Elle n'a jamais été à l'aise dans ses relations avec les gens : elle n'a jamais pu appeler son mari par son nom et il se plaignait souvent qu'elle ne le regardait pas en face; pire, elle se dérangeait pour caresser les chats errants.

C'est samedi, aujourd'hui. Et quand Polly entend sonner, elle pense que ce sont ses parents, qui arrivent plus tôt que prévu. Ils viennent tous les week-ends, maintenant. Elle est sûre qu'ils sont plantés devant leur pendule dès le vendredi soir pour être prêts à sauter dans la voiture le samedi à l'aube. Polly prend son temps : en passant, elle

140

époussette le dessus d'un buffet. Quand elle reconnaît Laurel, elle sent quelque chose d'acéré le long de son dos – comme un animal dont le poil se dresse. De l'autre côté de la rue, Fran Crowley pose son paquet de provisions en équilibre sur le pare-chocs arrière de sa voiture – comme ça elle peut observer Laurel tout à son aise. Elle met sa main en visière au-dessus de ses yeux, elle a la bouche grande ouverte, comme une idiote.

– Je ne travaille plus sur ce livre, dit Polly très vite.

– Moi non plus, répond Laurel.

Polly n'a pas ouvert la porte à treillis ; elle parle à Laurel à travers le grillage, comme à un colporteur.

– J'ai entendu dire que votre fille est malade. Je suis venue lui rendre visite, dit Laurel. J'ai apporté une tarte.

– Vous auriez dû attendre, lance Polly, elle n'est pas encore morte.

Laurel recule, comme si on l'avait frappée en pleine figure. Le talon de sa chaussure se coince dans le creux de la marche qui devrait être réparée, et elle se retrouve à quatre pattes. Polly ouvre vivement la porte pour aider Laurel. Elle ramasse la tarte et soulève le papier d'aluminium : la croûte n'a été endommagée que d'un côté. Elle referme la feuille sur le plat.

– Il faut faire attention à cette marche, dit Polly. Nous en avons tous l'habitude, aucun de nous ne trébuche jamais.

– Vous n'êtes pas obligée de me faire rentrer si vous ne voulez pas, dit Laurel Smith.

— Je ne comprends pas ce que vous faites ici, réplique Polly. Pourquoi êtes-vous là?

— J'ai seulement pensé que la plupart des enfants aiment la tarte aux myrtilles. Moi je l'ai toujours aimée.

La tourtière est chaude dans les mains de Polly.

— J'appelle Amanda, dit-elle.

Laurel Smith suit Polly à l'intérieur; elle pose les fleurs sur la table. Polly est allée chercher Amanda au sous-sol.

— Amanda s'entraîne pour sa gymnastique, explique-t-elle.

Dieu sait pourquoi Polly se sent de trop, comme quand Jessie est là. Elle ne sait pas où sont Ivan et Charlie; ils sont partis chacun de leur côté sans avoir pris de petit déjeuner.

— Amanda! appelle Polly encore une fois.

— Je m'entraîne, crie celle-ci d'une voix affaiblie par l'effort.

— Monte! crie Polly.

Amanda est allongée, en position d'exercice. Elle vient de passer deux heures, assise sur un tapis de sol gris, à écouter sa cassette de Madonna. Aujourd'hui, au réveil, elle s'est dit qu'elle n'arriverait pas jusqu'aux finales; et aussitôt, elle a su que c'était vrai. Elle n'a ni la force ni la résistance nécessaires. Depuis quelque temps elle a les jambes douloureuses, et les mouvements les plus élémentaires lui donnent le vertige et lui coupent le souffle. Elle redresse les genoux et les serre contre sa poitrine. Elle se courbe en avant, et quand elle expire, elle sent son souffle chaud sur sa peau. Elle se demande où le souffle s'en va quand on meurt.

Laurel Smith est toujours debout quand Amanda

arrive. Amanda porte un T-shirt rose et un jean. Elle sait que sa mère a une visite, mais elle ne regarde aucune des deux femmes. Elle s'appuie contre le réfrigérateur et examine le sol.

– Voici Laurel, dit Polly. C'est elle que j'ai photographiée, tu sais. Elle a apporté une tarte.

Amanda lève les yeux.

– Je ne mange jamais de tarte, dit-elle, ça fait grossir.

Amanda est si maigre que Laurel devine ses os; elle est maigre comme un petit oiseau.

– Alors, tu aimeras peut-être ça, dit Laurel en lui tendant les fleurs.

– Elles sont vraies? demande Amanda.

Et, avant d'avoir pu s'en empêcher elle a ajouté :

– Qu'elles sont belles!

– Le rose, c'est ma couleur préférée, dit Laurel.

– La mienne aussi, répond Amanda avec précaution en examinant soigneusement Laurel.

Elle est fascinée par ses cheveux : ils lui descendent jusqu'à la taille, sauf sur les côtés – où elle les a relevés vers l'arrière, en tresses très compliquées.

– Je pourrais t'apprendre à te coiffer comme ça, lui dit Laurel.

Polly fronce les sourcils; elle se rend compte qu'elle a lu dans l'esprit d'Amanda aussi facilement que Laurel.

– Ouais? questionne Amanda.

– Ce serait possible? demande Laurel à Polly.

– Je ne sais pas, vous devez être occupée, répond celle-ci.

– Non, dit Laurel. Tout ce que j'ai de plus important à faire aujourd'hui, c'est d'acheter à manger pour le chat.

– Vous avez un chat? interroge Amanda, comme si c'était l'information la plus surprenante qu'elle ait jamais entendue.

– Grand-mère et grand-père vont arriver, dit Polly d'une petite voix.

– Pas avant un moment, coupe Amanda.

Elle a l'air si petite, et plus jeune que son âge. Elle ajoute :

– Oh! s'il te plaît!

Polly et Laurel échangent un regard.

– D'accord, dit Polly.

Amanda court chercher sa brosse à cheveux et des élastiques.

– Pourquoi faites-vous ça? questionne Polly, qui pense avoir le droit d'intervenir quand une femme qui communique avec les esprits prétend vouloir brosser les cheveux de sa fille.

– Elle va être vraiment très jolie avec les cheveux tressés, dit Laurel Smith. Vous ne croyez pas?

Polly charge le lave-vaisselle; Amanda et Laurel sortent sous le porche. Par la fenêtre, Polly aperçoit Laurel, assise derrière Amanda pour lui brosser les cheveux. Polly devrait dire à Laurel de s'en aller : ils n'ont que faire d'étrangers. Si encore un voisin ou un ami leur avait offert un peu d'aide, Polly aurait pris la tarte des mains de Laurel, puis elle aurait refermé la porte et mis la tarte au frigo, derrière les cartons de jus d'orange et de lait. Au lieu de ça, elle regarde par la fenêtre; et elle pleure.

– Ça vous a pris longtemps pour laisser pousser vos cheveux aussi longs? demande Amanda à Laurel.

– La dernière fois que je les ai coupés, j'avais quatorze ans, répond-elle. Puis elle ajoute : Je vois que tu utilises une lotion de rinçage. Tu n'as pas de nœuds du tout.

Amanda sourit. D'habitude, elle est timide avec les adultes, mais Laurel Smith n'a pas l'air beaucoup plus âgée qu'elle. C'est comme si elles étaient toutes les deux des adolescentes. Et Amanda se réjouit de ne pas avoir mis son ridicule T-shirt avec « Smurf » écrit dessus.

– Est-ce que vous avez déjà été amoureuse? demande Amanda à Laurel.

– Pas encore.

– Moi non plus, ajoute Amanda.

– Mais je me suis trouvée dans une situation comparable, reprend Laurel.

– Je ne crois pas que ça soit pareil, réplique Amanda.

– Non, dit Laurel. Tu as raison, ce n'est pas pareil.

Laurel cherche un miroir dans son sac.

– Regarde.

Amanda s'admire avec un grand sourire. Elle en oublie de garder la bouche fermée pour qu'on ne voie pas son appareil.

– C'est super, déclare Amanda.

– Tu pourras peut-être venir me voir chez moi un jour, dit Laurel Smith. Je crois que ça te plairait. C'est en plein sur le marais.

– Est-ce que vous dites ça parce que vous croyez que je n'aurai pas le temps de venir avant de mourir? interroge Amanda.

Laurel sent la chair de poule lui monter le long des bras et des jambes.

— Pardon, je suis atroce! s'excuse Amanda.

Maintenant, Laurel et Amanda sont assises côte à côte, les jambes pendantes au-dessus de la marche cassée.

— Quelquefois je fais des tartes à la mousse au chocolat avec des morceaux de chocolat dedans, raconte Laurel. Si tu veux, je peux t'apprendre ça aussi.

— D'accord, dit Amanda, je viendrai.

Pendant tout le week-end, Amanda s'exerce à se faire des tresses. Lundi, après l'école, elle s'arrête dans les toilettes des filles pour s'admirer. Ça lui donne l'air plus vieille, douze ou treize ans au moins. Avec son peigne, elle prend quelques mèches folles au-dessus de ses tempes et les tire en arrière contre son crâne.

Pendant qu'Amanda arrange ses cheveux, deux filles qu'elle déteste cordialement entrent. Elle ne les déteste pas seulement parce que tout le monde les admire, mais aussi parce qu'elles sont snobs et qu'elles n'adressent pas la parole à une fille qui n'a pas de soutien-gorge ni les oreilles percées. A Cheshire, tout le monde connaît Mindy Griffon et Lori Walker. Mindy, qui est dans l'équipe de gymnastique, a les plus beaux justaucorps — ils sont vraiment super, c'est sa grand-mère qui les lui envoie de Los Angeles. En voyant Amanda, Mindy attrape le bras de Lori.

— Oh! mon Dieu, c'est elle, murmure-t-elle — assez fort quand même pour qu'Amanda l'entende.

Amanda prend son sac de gymnastique et l'ouvre pour y ranger son peigne.

— Salut, Amanda, dit Lori sur un ton de pitié tellement exagéré qu'Amanda en a envie de vomir.

Elle s'accroche son cartable à l'épaule et se dirige vers la porte. Mindy et Lori ont toutes les deux un mouvement de recul. Amanda sait qu'elles ont peur d'elle. Elle sort sans regarder derrière elle. Mais elle entend Mindy chuchoter assez fort :

— Est-ce que tu crois qu'elle s'est assise sur les toilettes? En tout cas, moi, je ne m'en servirai plus jamais.

Amanda traverse très vite le hall vide. L'école est finie, mais l'odeur du déjeuner traîne encore dans le hall — pizza, petits pains... Aujourd'hui, Amanda n'a pas pu manger, et maintenant elle a envie de pleurer. On la déteste, elle le sait. Elle ne leur en veut même pas; elle se déteste elle aussi. Pas tout entière — seulement ce truc qui est en elle. Au début, elle n'y croyait pas vraiment, parce que quand elle se regardait dans la glace elle avait l'air pareille, seulement un peu plus maigre. Elle avait pris l'habitude de se dire que tout ce qu'elle avait à faire était d'attendre; pendant ce temps-là, ils trouveraient bien une piqûre ou une pilule pour la guérir. Maintenant, tous les soirs avant de dormir, elle se dit qu'elle va mourir. Elle se le répète, calmement, soigneusement, en faisant rouler les mots sur sa langue.

Elle ne sera jamais une élève de Bela. Elle n'ira jamais au collège, elle ne conduira jamais une voiture. Elle se demande comment ce sera — peut-être bleu et mouillé, comme cette fois où elle a été mise K.-O. par une vague géante à Crane's Beach, il y a deux étés de ça.

Amanda passe sa langue le long de la plaque

métallique qui recouvre ses dents. « Imbécile, se dit-elle à elle-même, espèce de nouille! »

Elle veut tenir jusqu'à la dernière rencontre, en juin. C'est tout. Elle ne pense pas plus loin que ça. Maintenant, l'entraînement lui est pénible. Après, elle se sent malade. Une fois, il a même fallu qu'elle sorte du gymnase, elle s'est enfermée dans les toilettes et elle a vomi. Les exercices au sol ont été bons quand même; elle a fait un enchaînement superbe. Evelyn Crowley lui a dit que c'était aussi bien que tout ce qu'elle avait pu voir sur des vidéos.

— Attends! crie quelqu'un, mais Amanda est trop absorbée dans ses pensées pour entendre, et elle ne s'arrête pas.

Jessie traverse le hall en courant pour la rejoindre.

— Tu ne m'as pas entendue? lui demande-t-elle. Tu ne vas pas me croire...

Amanda ralentit le pas.

— Mon père renvoie quatre filles de l'équipe, lui chuchote Jessie.

— Oh non! Oh, mon Dieu! Non! répond Amanda.

— Il l'a dit à ma mère. Je n'étais pas censée entendre, précise Jessie avec une grimace. Il y en a une qui a manqué trop souvent l'entraînement, et les autres sont si mauvaises que mon père a peur qu'elles se fassent mal. Tu te rends compte!

Amanda se raidit tout d'un coup.

— Est-ce que je suis dans les quatre? interroge-t-elle.

— Tu es folle! proteste Jessie. Mais ne me demande pas de noms, parce que je peux rien te dire.

— S'il te plaît! supplie Amanda, qui sait qu'elle n'aura pas de mal à la faire parler.

148

Jessie pouffe de rire et fait non de la tête. Amanda se demande si Jessie sait qu'elle va mourir. On dirait que non, et elle n'en a jamais soufflé mot. Mais elle ne passe plus beaucoup de temps avec ses autres amies. Et c'est réciproque. Si elles le pouvaient, elles resteraient tout le temps ensemble. Quand même, Amanda se demande ce qui arriverait à Jessie si elle disparaissait subitement. Les filles qui évitent Amanda et qui murmurent dans son dos évitent aussi Jessie, et elles se disent que de toute façon elles ne l'ont jamais beaucoup aimée.

— Mon père me tuerait s'il savait que j'ai écouté. Il m'assassinerait sur-le-champ, dit Jessie.

— Dis-moi juste un nom, la presse Amanda.

— Hélène Gates et Joyce Gorman, jette Jessie.

— Ça fait deux, glousse Amanda. Tu pourrais aussi bien me dire les autres.

Jessie tire Amanda vers le mur, et elles s'assurent toutes les deux qu'elles sont bien seules.

— Sandy Tremont et Mindy Griffon, achève Jessie.

Amanda pousse un hurlement :

— Ouais! génial! crie-t-elle de plaisir.

— Mindy se croit tellement bien, murmure Jessie. Maintenant, elle va en prendre pour son compte. Quel plaisir! T'en crèves pas, toi?

Amanda détourne le regard.

— Oh! je ne voulais pas dire ça, dit Jessie vivement. Vraiment, je ne voulais pas.

— Ça va, ne t'en fais pas, répond Amanda.

Elles se dirigent lentement vers le gymnase.

— Tu as toujours été ma meilleure amie, dit Jessie.

— Merci, répond Amanda.

– C'est vrai, tu sais, insiste Jessie en la regardant attentivement. Qu'est-ce que tu as fait à tes cheveux?

– C'est une amie qui m'a appris à faire ça. Elle a presque trente ans, laisse tomber Amanda d'un ton nonchalant.

– Trente! répète Jessie, impressionnée. Elle doit savoir plein de trucs sur les coiffures.

– Oh! des tonnes. Mais ce n'est pas ma meilleure amie comme toi ni un truc comme ça.

Jessie sourit. Elles sont presque arrivées au gymnase. Elle enlève son bracelet porte-bonheur.

– Mon père déteste Madonna. Il a dit à ma mère que, si c'était quelqu'un d'autre que toi qui utilisais cette musique, il aurait confisqué la cassette. Il dit aussi que ton enchaînement au sol est si bon que tu pourrais être dans une équipe de lycée.

– Vraiment? demande Amanda, ravie.

– Juré, sur la tête de Dieu! insiste Jessie. Mets ta cassette très fort aujourd'hui, ça va le rendre dingue!

En riant, Amanda ouvre la porte des vestiaires. Elle refuse de penser à l'océan, à la vague qui l'avait renversée et au silence qui chasse le bruit.

Il y a déjà longtemps que l'entraînement de gymnastique est terminé et Linda Gleason est toujours dans son bureau. Elle a en permanence ce mal de tête sourd, quelque part à la base du crâne. Finalement, il n'y a eu que cinq enfants retirés de l'école; ça aurait pu être pire. Mais presque tous les soirs, il y a encore des réunions au cours desquelles Linda doit affronter une hystérie de plus en plus violente.

Linda est une espèce de droguée du travail. Souvent, à l'heure du dîner, elle est encore à l'école; et elle rapporte toujours du travail à la maison. Mais jamais elle n'a attendu les week-ends aussi ardemment que maintenant. Le samedi, Martin l'appelle « l'endormie » et lui apporte son café au lit. Pourtant, elle ne dort pas tard; c'est seulement qu'elle savoure un peu son temps; elle ne reçoit aucune visite, ni du censeur de l'école ni des parents paniqués à l'idée que le SIDA se propagerait par l'intermédiaire des moustiques ou des puces.

Une fois levée et habillée, Linda se met aussitôt au boulot : elle range les placards des enfants, qui sont toujours dans un tel désordre qu'un simple murmure pourrait déclencher une avalanche de vêtements et de jouets. En rangeant les placards, Linda a l'impression de résoudre un problème – ça n'est pas comme avec ses petits élèves de sixième. Linda sait que certains enseignants et parents seraient trop contents de la voir transpirer au milieu de tout ce bazar, occupée à séparer fébrilement les tricots des patins à roulettes et des chaussures. Ce n'est pas toujours facile d'être les enfants du proviseur, surtout pour sa fille Kristy. Certains profs la favorisent, d'autres lui en demandent trop. Linda elle-même n'a pas toujours la patience qu'il faudrait.

Elle passe tellement de temps à exercer son autorité qu'elle a tendance à en faire autant à la maison. D'ailleurs, pour le moment Kristy a pour son père une telle préférence qu'il y aurait de quoi en rire, si ce n'est que Linda se sent exclue et malheureuse. Elle se dit que c'est parce que Martin, qui enseigne l'anglais dans un collège universitaire de Beverly, a un emploi du temps plus souple que le sien et qu'il peut passer plus de temps avec les enfants : il peut se permettre de confectionner des petits gâteaux et de jouer au *softball*, pendant que Linda, elle, est prisonnière de problèmes budgétaires ou retenue par la nécessité de trouver dans les quarante-huit heures un nouveau professeur de musique.

Martin est dehors avec les enfants; il repeint en blanc la clôture devant la maison. Et pendant ce temps-là, Linda trie le contenu du placard de sa fille : choses à jeter, linge à laver et jouets à mettre de côté. Linda remplit finalement deux sacs-poubelle de plastique vert. Elle tombe sur un cadeau de la Saint-Valentin que Kristy lui a fait il y a bien longtemps. C'est un napperon en forme de cœur, sur lequel est imprimé avec soin « Je t'aime » avec, au bout, un point d'exclamation tremblant.

Linda garde le cadeau, suspend des vêtements, puis redescend au rez-de-chaussée. Il est presque midi; elle sort du jambon et du fromage pour faire des sandwiches et va à la porte de derrière pour appeler tout le monde pour le déjeuner. Mais il n'y a plus que Martin et leur petit garçon, Sam, occupés à peindre. Kristy est assise sur les marches du porche, penchée en avant, la tête sur les genoux. Linda sort et va s'asseoir à côté d'elle. Tous ces derniers mois, Kristy et elle n'ont pas eu de conversation; au contraire — sauf pour s'accuser l'une l'autre.

— J'ai rangé ton placard, dit Linda.

— Et alors? réplique Kristy.

— Alors, ça serait pas mal si tu le faisais de temps en temps, répond Linda sèchement.

– Je te déteste, dit Kristy. Tout le monde te déteste.

– Qui, par exemple? interroge Linda d'un air malicieux.

– Tout le monde à l'école. Dorie Kiley dit que c'est ta faute si on meurt tous!

– Kristy! s'exclame Linda.

– On va tous attraper le SIDA. Personne ne va plus aux toilettes. On se retient jusqu'à ce qu'on n'en puisse plus. Dorie fait pipi dans les buissons pendant la récréation.

– Écoute-moi, lui dit Linda. On ne peut pas attraper le SIDA dans les toilettes.

Elle prend Kristy par l'épaule et l'attire près d'elle. Celle-ci, encore furieuse, se débat, puis elle se calme et reste maussade, à côté de sa mère. Linda comprend maintenant à quel point Kristy et tous les enfants de l'école n'ont rien compris.

– Amanda Farrell a attrapé le SIDA à cause d'une transfusion sanguine. C'était avant qu'on fasse des tests dans les banques de sang. Maintenant, il n'y a que deux façons d'attraper le SIDA : en se servant de seringues déjà utilisées par quelqu'un qui a le SIDA, ou en ayant des relations sexuelles avec quelqu'un qui est porteur du virus.

– Alors, on peut l'attraper en serrant quelqu'un dans ses bras, dit Kristy.

– Mais non, répond Linda, c'est impossible.

– Mais tu as parlé de sexe! C'est ça, non!

Martin et Sam travaillent toujours; ils ont de la peinture blanche plein les cheveux. Deux jeunes femmes promènent leurs terre-neuve qui courent comme d'énormes oursons noirs. Linda sent les frêles omoplates de sa fille à travers son T-shirt.

Elle doit s'imaginer que « relations sexuelles », ça veut dire se tenir les mains. C'est une enfant qui garde ses peurs pour elle-même, et ça doit lui être très pénible de les extérioriser. Linda pense à toutes ces filles de huitième qui ont peur d'utiliser les toilettes, qui se racontent des histoires en se cachant derrière les buissons du terrain de jeux, qui se déculottent à toute vitesse de peur de se faire surprendre par un professeur. Il n'y a pas que Kristy qui ait des choses à apprendre sur le sexe. Elles sont toutes dans le même cas. Linda a toujours pensé qu'elle instruirait progressivement ses enfants des choses de la vie. Elle leur aurait d'abord expliqué comment les vaches et les chevaux conçoivent et mettent bas ; et elle aurait attendu, au moins jusqu'à ce qu'ils soient au collège, pour les informer de la sexualité humaine. Ce n'est pas qu'elle soit prude. Simplement, elle pensait qu'il y avait le temps. Mais c'était avant. Avant que les petites filles associent le fait de se tenir les mains ou d'utiliser les toilettes publiques à l'idée de la mort.

Linda va convoquer une assemblée. Elle invitera Ed Reardon. Elle trouvera un porte-parole d'une association qui s'occupe du SIDA et qui soit spécialiste de l'éducation. Elle ne soumettra pas cette initiative à une délibération du conseil de direction, qui ne ferait que discuter pendant des semaines et des semaines. Les élèves ont un besoin urgent de savoir ce qu'est le SIDA et comment ils peuvent s'y trouver exposés ou non. Elle ne tolérera pas une semaine de plus qu'ils aient peur d'aller aux toilettes. Elle ne se demandera même pas si l'école a le droit de convoquer les enfants dans un amphithéâtre pour leur parler du sexe peut-être plus tôt que de raison. Trop tôt vaut mieux que trop tard. Désormais, si on lui objecte qu'elle n'a pas le droit de prendre ce genre de décision, elle leur répondra simplement qu'en l'occurrence il s'agit de ses enfants à elle.

Le 15 septembre, les lettres sont expédiées à trois cent quatre-vingts foyers. Le texte est bref, même si Linda a peiné de longues heures pour trouver des mots qui ne fassent pas peur. Dans chaque enveloppe, on a glissé un formulaire d'autorisation que les enfants doivent remettre à leur instituteur. Dès deux heures, le lendemain, les parents commencent à téléphoner et à deux heures et demie les deux secrétaires se retrouvent en larmes dans le bureau de Linda. Un moment, Linda répond elle-même au téléphone; elle est consternée par les flots de haine que déverse le récepteur – un délire sur la main vengeresse de Dieu, sur les pécheurs et ceux qui méritent de mourir. Quand elle repose le combiné, elle essuie la paume de sa main à sa jupe.

– S'ils sont grossiers, raccrochez-leur au nez, dit-elle aux deux secrétaires.

Linda a déjà refusé de répondre aux appels du *Morrow Chronicle* et du *Boston Globe*. Elle va s'enfermer dans son bureau et tape en toute hâte un communiqué pour la presse. Elle se demande si elle n'a pas contribué à dégrader une situation déjà difficile, et quelle est sa part de responsabilité. Elle s'interrompt pour allumer une cigarette – ce qu'elle ne fait jamais pendant les heures d'école. Elle est très choquée par l'accueil fait à cette convocation. On n'est pourtant pas dans un de ces districts de campagne où les batailles pour ou contre l'éducation sexuelle ont déchaîné les passions. Ici, c'est Morrow. De sa fenêtre, elle aperçoit la pelouse de la grand-place, et aussi le snack où Martin emmène les enfants prendre le petit déjeuner le dimanche matin – grâce à quoi elle peut dormir un peu plus longtemps. Elle voit aussi plusieurs professeurs, dehors, sur le parking, rassemblés en un cercle serré, la tête penchée. Linda laisse sur sa machine son communiqué inachevé et écrase sa cigarette dans une tasse à café.

Dehors, sur le parking, six professeurs sont en train de se dire que Linda Gleason n'est plus elle-même. Deux d'entre eux sont désignés pour écrire une pétition demandant la démission de Linda. La pétition est mise en circulation le matin même. Quand Linda en a pris connaissance, elle attrape sa veste en vitesse et dit aux secrétaires qu'elle sort acheter des enveloppes de papier bulle. Les secré-taires acquiescent de la tête... bien qu'il y ait une pleine boîte d'enveloppes dans le placard aux four-nitures.

Linda se dirige vers la grand-place. A cette heure de la journée, il n'y a presque personne – seule-ment quelques mères avec leurs tout-petits. Il y a un vieux basset, celui de Jack Larson, le proprié-taire du petit marché; le chien patrouille le long des allées, s'arrête tous les deux pas et s'aplatit bruyamment par terre de sorte que les promeneurs doivent l'enjamber. Les grands ormes, qui entou-raient autrefois la place, ont tous succombé à la maladie, mais les érables qui les ont remplacés sont si grands maintenant que leurs frondaisons s'entre-mêlent.

Linda s'assied sur un banc, fouille dans la poche

de sa veste et en sort des élastiques, une bague en forme d'araignée qui appartient à son fils et ses cigarettes. Elle va s'arrêter aujourd'hui ; ça ne lui plaît même plus, ça n'est qu'une mauvaise habitude. Elle allume une dernière cigarette et la fume doucement, puis la piétine sur le chemin et se remet en route vers l'école. Maintenant, elle respire plus facilement. Elle ne pense ni à des trahisons ni à la cruauté, mais à la commande à passer à l'intendance pour les déjeuners du mois prochain ; elle pense hot-dogs et haricots blancs, pizzas individuelles et gelée aux fruits.

Deux cent soixante autorisations ont été renvoyées, et Linda Gleason a au moins une consolation : trente-deux professeurs et parents d'élèves seulement ont signé la pétition contre elle. Ça ne suffit pas à remettre son poste en question, mais c'est assez pour qu'elle se sente mal à l'aise chaque fois qu'elle longe les couloirs. Les gens de la Coalition d'action communautaire ont cessé leurs distributions de tracts ; mais Linda a entendu dire qu'ils se réunissent toujours, en petits comités, dans des salles de jeu et des sous-sols. Le matin de la réunion, une poignée de membres de la Coalition se rassemble devant l'école. Ils tournent en rond à bicyclette autour du parc. Ceux qui ont des enfants d'âge scolaire les tiennent par la main, montrant ainsi clairement leur refus de les laisser aller à l'école aujourd'hui.

La classe de Charlie est l'une des premières à entrer dans la salle des fêtes. Il a camouflé un livre de sciences sous son tricot. La reliure lui rentre dans la poitrine. Pour Charlie, ça n'est qu'une réunion assommante de plus, sauf que, cette fois, c'est la faute d'Amanda s'ils sont obligés de rester assis là à écouter ce tas de docteurs. Charlie s'assied sur une chaise métallique, tire son livre de sous son tricot et se met à lire. Mais les grandes classes font tellement de bruit en entrant qu'il a du mal à se concentrer. Il corne une page de son livre – il en est arrivé au chapitre sur les papillons, et ça lui rappelle qu'il en a observé une espèce rare au bord de la mare. Il lève les yeux et se rend compte, tout d'un coup, que les chaises à côté de lui sont vides. Charlie se demande avec inquiétude s'il doit changer de place. Il se retourne et aperçoit Barry Wagoner à un rang derrière. Aussitôt Barry se tourne vers Judd Erickson, son voisin; ils attrapent le fou rire tous les deux. Mais ils ont l'air bizarres. Alors seulement Charlie comprend : personne ne veut s'asseoir à côté de lui.

Le professeur de dessin, Mlle Levy, passe dans les rangs. Elle s'arrête au bout de la rangée et fait signe aux garçons de descendre.

– Allons, messieurs, dit-elle, au milieu de l'indifférence générale. Faites un peu de place.

Personne ne bouge. Charlie sent qu'il a de plus en plus chaud; et les enfants de sa classe le regardent fixement. Mlle Levy vient se mettre juste derrière eux et pose une main sur l'épaule de Barry Wagoner.

– Allons, tout le monde se rapproche, dit-elle.

Barry fait non de la tête.

– Je ne suis pas obligé de m'asseoir à côté de lui, lance-t-il. Vous ne pouvez pas me forcer.

158

– Tu n'es vraiment qu'un gros tas, un imbécile et une lavette, dit Charlie à Barry.

– Charlie! le tance Mlle Levy.

Charlie lui lance son regard le plus méprisant. Il l'a toujours trouvée sympa mais tant pis. Mlle Levy sursaute et s'éloigne. A ce moment-là, Charlie comprend qu'elle ne fera rien pour l'arrêter. Il se lève et tire sa chaise de façon à se glisser dans la rangée de derrière, puis se dirige vers la porte. Mlle Levy l'appelle, mais il fait semblant de ne rien entendre et quitte l'amphithéâtre, au moment où une classe de septième y entre. Il traverse le hall, dépasse les salles de classe, la cafétéria et va vers la sortie. Il est fou de rage. Ah! s'il pouvait étrangler Amanda. Tout ça, c'est sa faute à elle. C'est à cause d'elle que tout le monde le regardait. Mais lui, il n'a rien fait! C'est elle qui est malade!

Personne ne l'arrête. Il sort en serrant son livre si fort que ça lui fait mal aux doigts. Il s'aperçoit qu'il a oublié sa veste, mais il s'en fiche. En passant devant le terrain de jeux, il aperçoit quelqu'un sur les balançoires. C'est Amanda. Elle ne se balance pas vraiment, elle oscille doucement d'avant en arrière. Ses tennis traînent par terre. Charlie reste là à la regarder. Même à cette distance, il entend le grincement de la chaîne qui accompagne le mouvement de la balançoire. Et puis, sans raison, il a peur que sa sœur ne lève les yeux et ne le voie, et il déguerpit. Il file droit dans la mauvaise direction, il en est sûr. Tant pis. Il ne s'arrêtera qu'une fois à la maison.

9.

Presque tous les soirs, après le dîner, quand les enfants sont couchés, Ivan retourne à l'institut. Aucun de ses collègues ne lui pose de question, tous sont habitués à ce que d'autres considéreraient comme des horaires de travail bizarres. L'année dernière, il y avait même un étudiant de troisième cycle, originaire de Californie, que tout le monde appelait « le Vampire » parce qu'il ne travaillait que de neuf heures du soir à l'aube ; personne ne l'avait jamais vu en plein jour. Une fois, Ivan s'était heurté à lui devant la quincaillerie : à la lumière du jour, il ne l'avait pas reconnu.

Polly ne demande jamais à Ivan où il va. Elle a exhumé les morceaux d'une couverture en patchwork qu'elle avait commencée il y a des années, mais Ivan la soupçonne de ne pas vraiment y travailler. Ce soir, Ivan a fait un pot de café noir bien fort ; il s'en verse une tasse, puis va dans son bureau et s'enferme à clef. Il compose le numéro de la ligne d'urgence, et pendant que le téléphone sonne, il verse de la crème dans son café. Au deuxième coup, un homme lui répond, mais Ivan ne reconnaît pas sa voix. Il lui est déjà arrivé d'attendre que Brian en ait fini avec d'autres appels avant de pouvoir lui parler; il a l'habitude d'attendre. Ce soir, il voudrait en apprendre davantage sur l'Interféron, ce médicament que Brian allait chercher au Mexique quand il était en Californie, l'année dernière. Mais, ce soir, Brian n'est pas là pour répondre à ses questions. Et c'est seulement quand Ivan refuse de raccrocher qu'on lui dit à quel point Brian est malade. Ces dernières semaines, quand il répondait au téléphone, il avait avec lui une bouteille d'oxygène.

Pendant le week-end, Ivan était occupé à réparer le radiateur du salon; et Brian, lui, faisait une rechute pulmonaire. Il ne reviendra pas.

Quand Ivan se couche, ce soir-là, Polly remarque qu'il a la figure bouffie; il a l'air replié sur lui-même, rétréci. Ils ont dû établir des tours de garde pour rester avec Amanda la nuit. Elle a si chaud qu'il faut changer ses draps et sa chemise de nuit au moins une fois par nuit. Ce soir, c'est le tour de Polly, mais Ivan lui dit de rester au lit. Il entend la voix d'Amanda appeler; elle est à moitié endormie, comme toujours, et demain matin elle ne se rappellera même pas avoir été portée hors de son lit. Quand il la change, en tirant la chemise de nuit de flanelle par-dessus sa tête, Ivan se rappelle comment il changeait ses couches quand elle était bébé. Il pense à l'odeur du talc, à sa peau soyeuse. Maintenant, quand il la prend dans ses bras pour défaire le lit, Amanda sent mauvais, sa peau est imprégnée d'une odeur sulfureuse. Elle a du vernis à ongles rose sur les doigts, mais ses mains paraissent à peine plus grandes que quand elle était bébé.

— Ça va? lui demande Polly, quand Ivan revient se coucher.

Il enlève son tricot et son pantalon. Il tord rageusement les boutons de sa chemise, en en arrachant deux qui dégringolent par terre.

— Je vais à Boston demain, dit-il. J'ai un ami qui est mourant.

Polly s'assied dans le lit. Elle le regarde attentivement pendant qu'il finit de se déshabiller. Il lui paraît fragile, tout en os.

— Tu veux venir avec moi? demande-t-il.

Polly prend la pendulette sur la table de nuit et remonte le réveil. Ivan enlève ses chaussures et ses chaussettes. Il se laisse tomber lourdement sur le lit; il sent que Polly se détourne de lui.

— Je suis trop fatiguée pour aller où que ce soit, dit-elle. Si tu veux apporter des fleurs, tu devrais les acheter ici avant de partir. A Boston, c'est beaucoup plus cher.

— D'accord, répond Ivan en éteignant la lumière. C'est ce que je ferai.

Il choisit des belles-de-jour, des jaunes — c'est trois dollars la fleur, mais tant pis. Les fleurs sont enveloppées dans un fin papier de soie vert, et quand il s'arrête dans Marlborough Street, elles glissent sur le plancher de la Karmann Ghia. Ce matin, il a parlé avec le responsable de la ligne d'urgence. Celui-ci a téléphoné à Brian, qui l'a autorisé à donner son adresse. Les étudiants du cycle préuniversitaire sont rentrés de vacances, et il y a des camionnettes de location stationnées en double file tout le long de la rue. L'immeuble vic-

torien où habite Brian a été partagé en trois loge-
ments. Autrefois, il n'abritait qu'une seule famille.
Juste au-dessus de la porte, il y a des vitres teintées
de couleur pourpre et bleu, le sol de l'entrée est
une mosaïque circulaire de marbre noir et blanc.
La construction est tout à fait extraordinaire. Au
premier et au troisième étage, il y a des avocats.
Brian passe beaucoup de temps à regarder par la
fenêtre, dont l'appui est garni de barreaux métalliques noirs. Dans ces moments-là, il est content de
ne pas s'être laissé baratiner par les types de son
orchestre qui voulaient qu'il s'installe définitivement à Los Angeles, quand leur premier album a
commencé à marcher. Il est né dans le New Hampshire. Il a toujours voulu vivre à Boston. Quand il
est tombé malade, il s'est juré de ne jamais se
contenter de rester au lit à regarder la télé; mais
il s'est mis à regarder des émissions de sport. Il ne
peut pas faire l'effort d'écouter des disques. Pourtant, il rêve sans arrêt de musique. Il a gardé dans
un dossier les chansons qu'il a écrites au cours des
derniers mois; mais c'est une musique très différente de celle qu'il écrivait avant pour son groupe.
Il a composé pour des instruments dont aucun de
ses copains ne saurait jouer – basson, hautbois,
violon. C'est une musique en noir et bleu avec,
tout au fond, une ligne de pure violence blanche,
une ligne d'étoiles et de désolation, aussi froide
que la lune. Il vient juste de comprendre qu'il s'agit
d'hymnes funèbres. Il les conserve dans un dossier.
Personne ne les entendra jamais, mais il les entend,
lui. La nuit, ils l'aident à s'endormir. Ils l'aident à
oublier sa colère. Personne ne pourrait survivre à
une telle colère. Les autres, ils exploseraient de

l'intérieur, ils mettraient le feu à leurs vêtements ou ils se jetteraient par une fenêtre du douzième étage.

Brian a vingt-huit ans, et il mouille son lit toutes les nuits. Il sait qu'il aura bientôt besoin d'une sonde, mais il veut tenir le plus longtemps possible. L'infirmière qui dort là toutes les nuits n'en sait rien; plutôt que de le lui laisser deviner, il préfère rester dans son lit, trempé d'urine, jusqu'à l'arrivée d'Adèle, qui vient relayer l'infirmière le matin. Adèle a été une de ses fans les plus mordues. C'était la secrétaire du groupe, mais maintenant, elle ne travaille plus que pour lui tout seul. Dans son testament, il lui laisse tout, y compris cet appartement. Mais ça n'est pas assez. Au début, il a dressé des tableaux et des listes; c'était une vraie obsession. Il n'arrêtait pas de se demander comment il avait attrapé le SIDA. Il n'avait aimé que des hommes, mais il avait aussi bien couché avec des femmes. Et il y a plusieurs années il s'était injecté de la cocaïne pendant toute une tournée dans le Sud, sans jamais se demander si l'aiguille avait déjà été utilisée par quelqu'un d'autre. Il s'est si bien habitué à penser : « Il faut que je m'arrête », chaque fois qu'il allume une cigarette, qu'il continue de le penser, automatiquement, bien qu'il n'ait vraiment plus de raison de s'arrêter. Il fait toujours bien attention à fumer loin de la bouteille d'oxygène; il va s'asseoir près de la fenêtre, et la fumée s'échappe en spirales entre les barreaux.

La semaine dernière, Reggie est venu le voir. Reggie était si mal à l'aise que Brian s'était senti doublement heureux de n'avoir rien dit à sa famille, dans le New Hampshire. Quoi qu'il en soit, de tout ce qu'il avait fait, ils n'avaient jamais approuvé que son argent. Reggie n'avait rien touché dans l'appartement; il avait un drôle de regard, ahuri. Brian a compris que c'était parce qu'il n'avait jamais vu avant, sur son visage, les zébrures du sarcome de Kaposi. Le dernier disque du groupe a été un flop, et c'est avec l'espoir de faire redémarrer leur carrière qu'ils emménagent tous à Los Angeles. Sans s'en rendre compte, Brian s'était mis à pleurer quand Reggie lui avait annoncé qu'ils avaient trouvé un nouveau chanteur. Ça avait fait reculer Reggie encore davantage :

— Écoute, oublie que je t'ai dit ça.

— Mais non, pas du tout. Je suis content pour vous, les mecs.

— Ouais? avait fait Reggie.

Et il s'était détourné pour que Brian ne voie pas son corps secoué par un lent sanglot.

— Mon vieux, avait-il ajouté toujours sans regarder Brian, pourquoi est-ce que tu nous as fait ça?

Aujourd'hui, Adèle a apporté une boîte de petits gâteaux qu'elle a pris chez Rebecca, et elle fait du thé en attendant le visiteur. Brian a du mal à avaler. Adèle lui prépare un mélange d'eau minérale, de miel et d'une sorte de protéine liquide. De la fenêtre, Brian voit un homme entrer dans la maison, et quand la sonnette s'arrête, il crie à Adèle :

— Il est là!

Grands dieux, ça l'excite d'avoir de la visite! Ce type, il ne le connaît même pas. Mais quand Ivan entre dans la pièce, Brian se rend compte qu'il le connaît très bien, au contraire. Il lui a parlé pendant des heures entières. Il y a des choses qu'il est seul à savoir au sujet d'Ivan. Avant de le faire entrer au salon, Adèle a débarrassé Ivan de sa veste et a dit :

— Il faut que je vous dise. Maintenant il ne ressemble plus vraiment à ses photos.

— Ça va, a répondu Ivan qui n'a jamais vu de photo de Brian.

Il est devant un homme très maigre, qui a perdu presque tous ses cheveux. Il a un anneau d'or à l'oreille, et porte un jean trop large. Il y a quelques mois encore son jean était de la bonne taille. Mais maintenant, quand Brian se lève pour accueillir Ivan, il doit le retenir. Ils se serrent la main, puis Ivan tend les fleurs à Brian, qui les examine un court instant et les donne à Adèle pour qu'elle les mette dans un vase.

— Je suis venu vous voir, dit Ivan sans se rendre compte qu'il parle avec l'accent du désespoir.

— Bien, répond Brian. Asseyez-vous.

Adèle va à la cuisine s'occuper du thé. L'appartement est un peu comme une caverne dans lequel ses pas résonnent. Dans le salon, un mur entier est occupé par du matériel d'enregistrement. Près de la fenêtre, il y a un piano, dont Brian ne se sert plus. L'ivoire est trop froid; quand il essaie de jouer, il a la sensation que, s'il appuyait à peine plus ses doigts sur les touches, ses os se détacheraient.

— Je crois que c'est pour vous remercier que je suis venu, dit Ivan.

Brian se met à tousser, il détourne la tête. La toux secoue son corps entier. Ivan attrape une boîte de Kleenex sur la table à café et la lui tend,

166

mais Brian secoue la tête. Il n'a rien à expulser ; c'est tout coincé à l'intérieur. Ivan se sent pris de panique ; il fouille dans sa poche et y trouve un rouleau de pastilles qu'il a acheté pour Charlie, mais qu'il a oublié de lui donner.

– Prenez-en une, dit Ivan. Ça va marcher.

Brian prend une pastille, mais au lieu de l'ingurgiter, il la regarde dans la lumière.

– Je les aimais beaucoup autrefois, dit-il.

Il pose la pastille sur la table, cherche une cigarette, l'allume et tousse.

– J'ai l'intention de m'arrêter à trente ans, dit Brian.

Ivan le regarde, stupéfait.

– C'est une plaisanterie, précise Brian.

– Ah!... dit Ivan.

– Parlez-moi d'Amanda, reprend Brian. Comment va ?

Ivan le regarde, mal à l'aise. Mais Brian est sincère. Il veut vraiment savoir. Alors, Ivan lui dit. Il lui dit comment elle s'est mise à porter ses cheveux tressés, comment il la sent dans ses bras, si moite et maigre, comment il s'occupe d'elle au milieu de la nuit. Il lui dit qu'il a tout essayé pour enrayer les diarrhées qu'elle a commencé d'avoir, mais qu'il y a des jours où ça l'empêche d'aller à l'école. Et puis, pour une raison indéterminée, Ivan se met à parler des étoiles. Il raconte à Brian les histoires qu'il avait l'habitude de raconter aux enfants, des histoires de héros mythiques arrachés à la mort et transportés dans le ciel. Dans chacune de ces histoires, la bravoure et le courage sont récompensés, la chair et le sang sont changés en une lumière blanche et aveuglante.

167

Brian a fermé les yeux, et quand Ivan s'arrête de parler, il les rouvre, doucement, comme si c'était pour lui un gros effort. Il écrase sa cigarette dans un cendrier, mais la fumée bleue reste suspendue dans la pièce comme une toile d'araignée.

— C'est beau, dit Brian.

Il a une grosse voix; ça n'est plus celle d'un chanteur. Il allume une autre cigarette.

Adèle entre dans la pièce avec le thé et les petits gâteaux.

— Jette cette cigarette, dit-elle.

— Tu n'as pas d'ordre à me donner! rétorque Brian qui jette quand même la cigarette et ajoute : Verse-nous ce foutu thé.

— Je ne reste qu'à cause de son charme, dit Adèle à Ivan. Continue, je lui répète. C'est bon pour toi, tu es trop méchant et entêté pour mourir vite.

Ivan prend un peu de thé. Il se sent la gorge nouée... Bon Dieu, qu'est-ce qu'il va faire sans Brian? A qui pourra-t-il bien parler?

— Ça va, dit Brian. Et si je m'arrête, ça va me ramener à la vie? Je ne vais pas rester là sans rien faire!

Adèle esquisse une grimace; mais dès que son regard s'éloigne, on dirait qu'elle va fondre en larmes. Elle a apporté à Brian un verre d'eau minérale, qu'il boit aussitôt. Il est si pâle qu'on pourrait presque voir l'eau à travers la peau transparente de sa gorge. Brian est fatigué, maintenant. La visite était trop longue. Brian se penche en avant. Il a des yeux très bleus. Les filles qui tombent amoureuses de lui par photo interposée ne sauraient dire si c'est le bleu de l'aigue-marine ou celui du saphir.

— Les enfants sont marrants, dit Brian. Ils peuvent être plus forts que nous. Ne lui cédez pas!

— Non, dit Ivan, je ne céderai pas.

— N'écoutez pas les médecins. D'après eux, je devrais déjà être mort depuis des mois.

Il est tard. La lumière du soleil s'estompe. Adèle tousse et va à la fenêtre relever les stores. Quand la lumière remplit la pièce, Ivan jurerait qu'il voit tous les os à l'intérieur du corps de Brian, des os qui viennent pointer à la surface comme des poissons. Il voit la présence de Brian se dissoudre, il comprend que Brian n'est pour ainsi dire plus ici; déjà, il regarde quelque chose, très loin, quelque chose qui est dans une autre dimension, que personne ne peut voir.

10.

Laurel Smith est assise sur les gradins, les genoux ramassés ; ses pieds passent par-dessus le dossier du siège vide qui est devant elle. Elle a choisi ce côté du gymnase parce qu'il y a moins de monde que dans les rangées de gradins qui lui font face, là où les élèves et leurs familles se bousculent pour décrocher les bonnes places. C'est la première rencontre de la saison, contre Medfield, la principale rivale de Cheshire. La rencontre est importante ; et Laurel se sent très honorée d'avoir été invitée par Amanda. Pendant tout le temps qu'elles ont passé ensemble, Laurel lui a servi de monitrice, lui montrant comment tresser ses cheveux, comment faire cuire à feu doux du chocolat pour la mousse, et comment ramasser dans le marais un sable dans lequel on trouve de curieux crabes bleus. Aujourd'hui, c'est Amanda qui veut lui montrer quelque chose, et c'est pour ça que Laurel est là. Pourtant, elle devrait être au travail à cette heure-là.

Laurel a vraiment eu de la chance de trouver un emploi à Morrow, elle le sait. Maintenant qu'elle a renoncé à ses séances, elle n'a plus que le petit revenu qui lui vient du bien laissé par ses parents.

D'ailleurs, elle ne sait pas faire grand-chose d'autre que ce qu'elle a enseigné à Amanda. C'est aussi une chance pour elle que Marie Pointer, qui tient le magasin de cadeaux, soit presque sourde : si on lui avait dit qu'il ne fallait pas engager Laurel, elle n'aurait pas entendu! Mme Pointer est extrêmement patiente. Elle a passé un après-midi entier à expliquer à Laurel le fonctionnement de la caisse enregistreuse; et un autre après-midi elle lui a appris à faire des factures. Le magasin de Mme Pointer n'est pas le plus alléchant de la ville : il n'y a pas d'étalage d'artisanat local, de poterie ou de tissage, mais c'est plein de cartes de vœux et il y a des figurines de céramique représentant des caniches, des colleys et des canards que les enfants achètent pour la fête des Mères. Il y a encore des rangées de bonbons et de chewing-gums, des magazines, des articles de papeterie et, à côté de la caisse, des plateaux de bijoux fantaisie – pour la plupart des bagues porte-bonheur en verre coloré.

Son travail ne la dérange pas spécialement. La boutique est en désordre; et il y a toujours des boîtes à déballer, des bibelots à épousseter, des magazines à remettre en place sur le présentoir – ou bien à lire, quand il n'y a personne. Le plus passionnant qu'elle ait eu à faire, ça a été de démêler un écheveau de rubans. Mais Laurel a pris ce boulot simplement pour le chèque hebdomadaire. Il n'était pas du tout question de satisfaction personnelle. Pour ça, elle a Amanda.

Laurel s'est toujours tenue à distance des gens de Morrow; son cottage est assez loin de la ville pour qu'on la laisse tranquille. Mais Morrow n'est pas le seul endroit où elle ne se soit pas sentie à sa place. En fait, c'est quelque chose qu'elle a ressenti toute sa vie. Elle est donc parfaitement habituée à se rendre aussi invisible que possible. Aujourd'hui, elle porte une paire de lunettes de soleil et elle s'est fait un chignon; mais elle a été assez folle pour mettre une robe de coton blanc, et Polly l'aperçoit tout de suite en entrant dans le gymnase avec Ivan.

– C'est incroyable, dit Polly à Ivan, Laurel Smith est là!

– On est en république, rétorque Ivan. Et c'est une compétition publique.

– Ouais, ronchonne Polly.

Et Ivan se demande si elle pense à toutes les rencontres qu'il a manquées l'année dernière.

– On devrait traverser et la saluer, ajoute Ivan.

– Certainement pas! dit Polly.

– Très bien, dit Ivan. J'y vais, moi.

– N'y va pas, réplique-t-elle.

Elle ne plaisante pas. Elle se méfie de Laurel Smith. Elle est persuadée que celle-ci a des intentions cachées.

A vrai dire, Ivan était encore plus méfiant au départ. Et pour arriver à se faire emmener en voiture par son père chez Laurel, Amanda était obligée de sortir le grand jeu – celui qui inclut les larmes et la menace de s'enfermer à clef dans les cabinets. Ivan ne sait pas ce qu'il imaginait, mais il ne s'attendait certainement pas à ce que Laurel fût si proche du réel. La première fois qu'il est entré dans sa petite maison, il a compris aussitôt que c'est comme ça qu'Amanda aurait arrangé la sienne – si elle en avait eu une. C'était tout rose et jaune, et en osier, et il y avait un chat qui avait le droit de monter sur la table et de lécher les récipients du robot de cuisine. Ivan allait attendre dans la voiture. De temps à autre il apercevait Amanda et Laurel par la fenêtre, en train de mélanger quelque chose, la figure barbouillée de chocolat. Quand c'était fini, Amanda courait vers la voiture, l'air radieux. Elle portait un plateau avec des petits carrés au chocolat qu'Ivan mettait sur la banquette arrière.

— Des gâteaux, l'informait Amanda.

Peu lui importait que Laurel Smith fût une excentrique, du moment qu'Amanda avait l'air si heureuse avec son assortiment de pâtisseries.

Polly avait presque dû attacher ses parents sur les chaises de la cuisine pour les empêcher de venir assister à cette rencontre. Elle voulait qu'aujourd'hui soit une occasion unique, partagée par elle, Amanda et Ivan, rien qu'eux trois. Maintenant, c'est fichu. Polly ne peut s'empêcher de se demander ce qu'Amanda et Laurel peuvent bien avoir à se dire. Ça la tue de penser qu'Amanda préfère passer son temps avec une inconnue plutôt qu'avec sa propre mère. Mais Ivan a raison : ce qui compte, c'est ce que veut Amanda. Et ce qu'elle veut, c'est Laurel Smith.

— Je vais aller la chercher, finit par dire Polly.

Pendant que Polly traverse le gymnase, Ivan leur trouve des sièges. Laurel est au troisième rang. Elle a la tête baissée; elle lit un journal.

— Vous êtes installée du mauvais côté, lui crie Polly depuis la piste.

Laurel lève les yeux. Troublée, elle enlève ses lunettes.

– Les gens de ce côté du gymnase sont tous des supporters de Medfield, explique Polly.

Laurel grimace, et elle dégringole en vitesse jusqu'à la piste.

– Je suis vraiment bête, dit-elle.

– Venez donc vous asseoir avec nous, offre Polly sans aucune espèce de chaleur.

– Oh non! Je ne pourrais pas, dit Laurel.

– Vous avez déjà réussi à vous introduire chez nous; vous pouvez bien venir vous asseoir avec nous! éclate Polly.

Elle se détourne de Laurel, horrifiée par ce qu'elle vient de dire, et elle ajoute :

– Je regrette.

– Si elle ne vous aimait pas, elle n'aurait pas besoin de me parler, dit Laurel Smith.

– Ne dites pas ça, coupe Polly. Comment osez-vous me dire de quoi ma fille a besoin?

– Elle a peur de vous dire ce qu'elle pense, explique Laurel.

– Et comment est-ce que vous faites pour savoir à quoi elle pense? Vous ne la connaissez même pas!

Polly n'a pas l'intention de rester là pour écouter ça. Elle se retourne et traverse le gymnase, mais Laurel Smith la suit.

– Elle pense à la mort, dit Laurel. C'est de ça que nous parlons. Elle ne veut pas vous le dire, parce qu'elle a peur de vous faire de la peine.

Polly s'arrête à l'extrémité des gradins.

– Jamais je ne pourrais vous la prendre, dit Laurel. C'est impossible. Elle est à vous.

Polly ne peut pas parler; elle secoue la tête.

174

– Il n'est pas nécessaire que je m'asseye avec vous, insiste Laurel.

– Mais si, asseyez-vous avec nous, dit Polly. Vraiment, je le veux.

Laurel suit Polly à travers les rangées de gradins jusqu'aux sièges qu'Ivan leur a gardés. Pendant ce temps, Jack Eagan doit affronter la plus grande difficulté de sa carrière d'entraîneur – c'est bien plus dur que lorsqu'il était encore au collège et qu'il a dû décider de ne pas se lancer dans la course aux éliminatoires préolympiques, parce qu'il savait qu'il n'était pas assez bon. On parle beaucoup d'Amanda à l'école, mais Eagan ne prête aucune attention aux ragots. C'est plutôt un marginal, et il n'y a pas beaucoup de professeurs qu'il ait jamais considérés comme ses collègues. Quand Linda Gleason est venue dans son bureau hier, ça l'a presque choqué. Personne ne vient jamais dans ce bureau, à peine plus grand qu'un placard et qu'il partage avec Rose Traymore, l'autre prof de gym.

– On devrait passer un coup de pinceau dans ce bureau, avait dit Linda Gleason en entrant.

– On devrait aussi avoir un bureau, avait rétorqué Jack, qui était occupé à planifier les matches à l'extérieur et qui n'entendait pas être dérangé.

Quand Linda Gleason lui a dit qu'elle voulait lui parler d'Amanda Farrell, Jack a soupiré en s'exclamant :

– Non, pas ça encore!

Et maintenant il faut qu'il répète à Amanda ce que lui a dit le proviseur. Jack Eagan ne pense jamais aux ampoules que ses filles ont aux mains; tous les gymnastes en ont – ça vient du travail aux barres asymétriques. Mais les parents d'une des

gamines ont fait état d'un document médical cré-
dible, selon lequel il y a une chance – faible, d'accord – que les camarades d'Amanda soient conta-
minées si celle-ci a des ampoules qui saignent sur
les barres et si elle est suivie immédiatement par
une autre fille qui ait elle aussi des ampoules
ouvertes. En conséquence, Amanda ne pourra pas
se produire aux asymétriques. Autant dire qu'elle
ne pourra plus concourir du tout, parce qu'un gymnaste qui ne pratique pas toutes les disciplines n'est
pas pris au sérieux. Le rapport médical est pourri,
mais même Jack Eagan doit admettre qu'il y a des
risques réels de contamination. Bien sûr, Amanda
peut continuer dans les autres disciplines; mais à
quoi est-ce que ça servirait?

Eagan a envie de rendre son tablier : il est à deux
doigts de monter dans sa Pontiac et d'aller à la
plage pêcher à la ligne. Au lieu de ça, il demande
à Rose Traymore d'aller chercher Amanda dans
les vestiaires et de la ramener dans son bureau.

Elle s'est déjà enduit les mains de craie, et elle
a ce regard sans expression qui est celui des bons
gymnastes avant une compétition. Mais quand l'entraîneur s'appuie au dossier de son fauteuil, cherchant désespérément les mots qui conviennent, le
visage d'Amanda perd sa couleur, comme si elle
savait déjà ce qu'il a à dire.

– Je ne suis pas malade! dit-elle. Et même, *je n'ai
pas l'air* malade!

– Je sais, répond Jack Eagan. Je n'ai pas dit que
c'était juste. Les gens se trompent tellement à propos du sport. Quand on y pense, il y a bien plus
de perdants que de gagnants.

Amanda lui tourne le dos, elle pleure. Il ne sait

pas ce qu'il fera si elle s'évanouit ou si elle pique une crise de nerfs.

Amanda s'essuie les yeux du dos de la main et se tourne vers lui.

— Les gens s'imaginent que la lecture et les maths sont tellement importantes, reprend-il. Mais c'est dans le sport qu'on apprend vraiment quelque chose; et on ne gagne pas toujours.

— Non, répond Amanda. Elle a une toute petite voix, mais elle n'est plus aussi pâle. C'est aux barres que j'ai toujours été la moins bonne, dit-elle.

— Tu es bonne partout, lui dit Jack Eagan.

— De toute façon, je ne crois pas que j'y serais arrivée, admet Amanda. Je ne suis pas assez forte. Seulement, je ne voulais le dire à personne.

Jack Eagan sait qu'une fois qu'on s'est consacré à un sport, il est difficile de se mentir à propos de son corps. Il faut se servir de ce qui est bon, accepter ses limites et travailler en en tenant compte.

— Est-ce que ça pourrait aller si je faisais quand même mes exercices au sol? demande Amanda qui ajoute : J'ai invité une amie à venir me voir.

Jack Eagan se dit que la vie est une belle saleté. Elle vous donne des choses et puis elle vous les enlève.

— Bien sûr, répond-il. Fais ton enchaînement.

La plupart des filles de Cheshire se sont déjà produites dans deux ou trois spécialités, et Amanda est toujours sur le banc. Polly et Ivan comprennent alors que quelque chose ne va pas.

— Elle est peut-être malade, murmure Polly.

— Elle a l'air tout à fait bien. Eagan ne l'aurait pas laissée là si elle avait été malade.

Le regard d'Ivan traverse tout le gymnase, pour

177

se fixer sur l'endroit où Amanda est assise. Lui, par contre, il a dû lui arriver quelque chose, parce qu'il se rend compte qu'il a une façon de penser différente. Il n'arrive plus à penser comme à l'institut ; les questions n'ont plus de réponse, et pourtant il se pose plus de questions que jamais. Souvent, il se surprend à penser à la lumière de l'après-midi dans l'appartement de Brian, cette lumière qui se répandait en rayons sur le piano verni. Quelquefois, et sans raison, sa gorge se noue si fort qu'il ne peut plus parler. Il se demande s'il retravaillera jamais. Pourtant, la nuit, il rêve d'étoiles filantes et de supernovas, et quand il se réveille, le matin, il voit encore leur lumière brillante.

Sur la piste, Jessie Eagan fait son enchaînement libre, avec pour accompagnement musical sa cassette d'*Eleanor Rigby.* Quand elle a fini, il y a quelques applaudissements. Laurel Smith ne sait pas ce qu'il convient de regarder : il y a des filles de Cheshire et de Medfield à la poutre, aux barres asymétriques, au cheval d'arçons, partout. La gymnastique, c'est comme un cirque, avec une telle profusion d'événements simultanés qu'il est difficile de suivre un gymnaste en particulier. Laurel Smith se rappelle un livre qu'elle aimait quand elle était petite et dans lequel il y avait une illustration représentant un millier de fées, toutes habillées de robes lumineuses, et voletant de-ci de-là au-dessus d'un champ de blé. Les petites filles lui apparaissent exactement comme ça : aériennes, minuscules, et réussissant à faire ce dont aucun corps adulte ne serait capable.

Amanda se lève du banc et va au bord du tapis

178

de sol. Quand la première mesure de *True Blue* retentit dans le gymnase, Polly et Ivan se penchent en avant. Ils ont tous les deux très peur qu'Amanda aille trop loin et se fasse mal, mais ils redoutent autant les conséquences d'un échec ou d'une déception. Amanda est debout au bord du tapis de sol gris. Ses cheveux sont tirés en arrière en une longue tresse. Elle lève les bras vers le ciel. Elle est là, immobile et pâle. On pourrait croire qu'elle va rester là éternellement ; mais à la neuvième mesure de la chanson, quand Madonna lance « Hé ! » Amanda s'élance sur le tapis, fait une pirouette arrière, deux sauts de mains arrière et un saut périlleux arrière complet.

Et soudain, Laurel Smith comprend : regarder Amanda faire son enchaînement, c'est comme voir une créature placée, d'un seul coup, dans son élément – comme un poisson qu'on a sorti de l'eau et qu'on y remet retrouve instantanément son élément.

Amanda entame sa seconde reprise avec une pirouette arrière pieds joints, suivie d'une pirouette avant et de deux sauts parfaits. Son enchaînement terminé, au centre du tapis, elle s'incline profondément. Personne ne voit qu'elle tremble. Il y a un instant de silence, puis Jack Eagan se met à applaudir. Et c'est saisissant d'entendre ces applaudissements, d'autant plus qu'il n'a jamais applaudi une fille de son équipe. Jessie Eagan se lève de son banc et se met à applaudir, elle aussi, puis toutes les filles de l'équipe l'imitent. Amanda quitte le tapis en courant ; quand elle arrive devant Jack Eagan, il la serre dans ses bras et la soulève en l'air. Quand il la laisse partir, Amanda va jusqu'au

179

bout du banc à la rencontre de Jessie, qui lui met les bras autour du cou.

– Tu y es arrivée! dit celle-ci.

Amanda grimace, puis s'assied sur le banc, la tête entre les genoux pour reprendre son souffle. Elle sait qu'elle n'a jamais été si près du 10. Mais désormais elle restera assise sur ce banc à regarder les autres; elle n'attendra plus jamais son tour. Elle a eu son tour. Son cœur bat encore très fort. Quand Jessie se lève pour son dernier enchaînement, Amanda se redresse et lui souhaite bonne chance.

– J'en aurai besoin, lui murmure Jessie.

Amanda voit Jessie bondir sur la poutre, puis son regard va se perdre au-delà. Tout en haut, elle aperçoit son père, sa mère et Laurel Smith. Laurel repousse ses lunettes de soleil sur le haut de sa tête et lui fait un petit signe. Après la compétition, les autres filles viennent une nouvelle fois féliciter Amanda pour son enchaînement au sol. Jessie la rejoint aux vestiaires et s'assied à côté d'elle.

– Tu es toujours la meilleure, lui dit-elle.

Amanda est trop fatiguée pour prendre une douche. Quand elle enlève son justaucorps, elle a mal aux bras et aux jambes.

– Mon père a dit que tu pouvais venir dîner à la maison et rester tard, reprend Jessie.

Ces temps-ci Amanda a beaucoup pensé à Jessie. Elle a pensé à la façon dont les autres filles la regardent quand elles sont ensemble.

– Je ne peux pas, répond-elle très vite.

– Pourquoi pas? demande Jessie, qui ajoute : Ma mère choisira une vidéo pour nous. Je crois même que je peux la convaincre de prendre *The Breakfast Club*.

— Vraiment, je ne peux pas, répète Amanda.

Déjà, elle a commencé à passer moins de temps avec sa mère. Et maintenant il faut qu'elle fasse pareil avec Jessie.

— Mais pourquoi? insiste Jessie.

— Je ne veux pas. Ça va comme ça? s'énerve Amanda. Elle voit combien Jessie se sent blessée, mais continue : Pourquoi n'invites-tu pas Evelyn?

— Parce que je ne veux pas. Parce que c'est une demeurée.

— Alors, demande à Sue Sherman, réplique Amanda.

— Tu ne veux plus être mon amie! s'emporte Jessie. Maintenant que tu as une amie qui a trente ans, tu n'as plus besoin de moi!

— Ne fais pas tout ce foin, s'il te plaît. Demande à quelqu'un d'autre, c'est tout.

— Va te faire voir! dit Jessie.

Jessie se dirige vers son placard et l'ouvre.

Amanda enfile son tricot et suit Jessie. Elle a de plus en plus mal aux jambes et s'assied sur le banc.

— Tu devrais avoir d'autres amies, dit-elle.

Jessie l'ignore et s'habille.

— Je ne viendrai plus jamais, dit Amanda. Il faut que tu commences à te faire d'autres amies, tout de suite.

Jessie enfouit sa figure dans son placard et se met à pleurer.

— Je déteste toutes les autres, dit-elle. Je n'aime que toi.

Amanda se lève et se dirige vers la porte.

— Je déteste tout le monde! hurle Jessie dans son dos, mais Amanda ne se retourne pas.

181

Dehors, dans le foyer, ses parents l'attendent. Polly se met à courir et la prend dans ses bras.

– Ça va? lui chuchote-t-elle.

– Bien sûr, répond Amanda.

– C'est fantastique, reprend Polly en levant les yeux vers Ivan.

– Incroyable, ton enchaînement! dit Ivan.

– Merci, papa, répond Amanda.

Elle l'entoure de ses bras, puis recule et grimace. Elle voit Laurel Smith, en robe blanche, qui attend dehors sur la pelouse.

– Je veux savoir ce que Laurel a pensé, dit Amanda.

Polly veut rappeler Amanda, mais elle ne le fait pas. Amanda sera toujours sa fille, maintenant et à jamais. Elle peut donc bien rester là et regarder Amanda s'en aller en courant si vite qu'on la croirait presque immatérielle, en plein vol vers le soleil.

11.

Amanda a de nouveau de la fièvre. Tous les matins, Ed Reardon s'arrête chez les Farrell, et il y repasse le soir en rentrant chez lui. Du coup, il n'est plus jamais là avant le coucher de ses enfants; et le matin, il doit partir une demi-heure plus tôt. Ces temps-ci, il a du mal à dormir, ou alors il se réveille brutalement de cauchemars qu'il ne se rappelle pas, dérouté plutôt que rassuré par sa chambre, pourtant familière, par Mary à côté de lui et par la couverture bleue sur le lit.

Mary commence à lui poser des questions à propos d'Amanda. Quand les lumières sont éteintes, elle lui demande si la température de la petite fille est redescendue, si elle a toujours des ganglions. Ed Reardon ne rentre jamais dans les détails; il ne dit pas, par exemple, que la raison pour laquelle il s'occupe d'Amanda avec tant de soin c'est qu'il craint une pneumonie. Et puis, quand il parle à Mary, dans le lit, il éprouve un sentiment dérangeant de déloyauté, et c'est la même chose quand elle lui prépare du café, le matin, et qu'il regarde la pendule en se disant que Polly est déjà en train de l'attendre. C'est comme si c'était Polly sa femme,

183

au lieu de Mary, et comme si c'était à elle qu'il devait être fidèle. Il commence à se faire une idée de ce que doit ressentir un bigame – jamais au bon endroit, et jamais au bon moment.

Hier soir, en examinant Amanda, il s'est aperçu qu'elle avait les poumons très chargés en liquide. Il a dit à Polly de téléphoner si quoi que ce soit se produisait, et depuis il n'a pas cessé d'attendre.

Polly appelle le dimanche matin, alors qu'il prend son café. En allant au téléphone, il entend les enfants à l'étage, et Mary qui casse des œufs dans un bol. C'est Ivan qui est à l'appareil maintenant, et il dit qu'Amanda va plus mal, qu'elle a des difficultés pour respirer et que la Pentamidine n'a pas l'air d'agir. Ed dit à Ivan qu'il arrive tout de suite. Avant de partir, il donne deux coups de fil – l'un à Henry Byden, un pédiatre d'Ipswich qui lui sert de remplaçant et à qui il demande s'il peut assurer les urgences à sa place. L'autre, à l'Hôpital des Enfants pour savoir s'il y a une chambre disponible, juste au cas où... Il dit à Mary qu'il rentrera tard et file avant que les enfants ne déboulent en bas de l'escalier pour demander un tas de trucs : qu'on les boutonne, qu'on beurre leurs tartines... Il doit se dépêcher avant que les enfants ne manifestent leur déception; il est déjà trop déçu lui-même, il ne veut pas l'être encore davantage.

Quand il arrive chez les Farrell, Ivan et les grands-parents l'attendent dans la cuisine. Charlie est assis à table, mais il n'a pas touché à son petit déjeuner. Ed fait ce qu'il a à faire : il sourit, il leur serre la main, et puis il monte tout seul à l'étage. Polly l'a entendu arriver et elle l'attend sur le palier. Elle a le teint brouillé, elle ne s'est pas coiffée. A peine a-t-il posé le pied sur la dernière marche de l'escalier qu'elle s'avance vers Ed et lui prend le bras.

– On va la tirer de là, dit Ed.

Polly hoche la tête. Elle le croit. Et c'est pour ça qu'Ed se sent comme marié à elle. Elle le croit, lui et seulement lui. Et face à cette agonie contre laquelle il est impuissant, Ed aussi croit en lui-même, pour un instant.

La chambre, dans l'obscurité, manque d'air.

– Ça va aller, dit Polly à Amanda. Il est là.

Ed s'assied au bord du lit d'Amanda. Dès qu'il la voit il sait que c'est une pneumonie à *pneumocystis carinii*. Amanda essaie de lui sourire, mais chaque respiration est un effort terrible. Avant de l'examiner, Ed enfile une paire de gants chirurgicaux.

– Pour la protéger, explique-t-il à Polly qui approuve de la tête, satisfaite.

Pourtant, Ed ne lui a dit qu'une partie de la vérité. On lui a conseillé de porter des gants pour examiner les patients atteints de SIDA.

– Qui est-ce? demande-t-il en désignant le poster au-dessus du lit, tandis qu'il glisse son stéthoscope sous la veste de pyjama d'Amanda. Un criminel évadé?

– Bruce Springsteen, dit Amanda dont les mots ont du mal à sortir.

– Bruce Springsteen! répète Ed. Il regarde Polly, qui se mord la lèvre, puis Amanda et ajoute : Il n'a rien d'autre à se mettre? Ce type est sans doute milliardaire, et toutes ses fringues sont déchirées!

Amanda sourit faiblement en se laissant aller en arrière sur son oreiller. Ed lui tapote la jambe affectueusement.

– On va régler ton problème à l'Hôpital des Enfants, lui dit-il.

Amanda fait oui de la tête, mais Ed voit bien qu'elle ne lui accorde pas la même confiance que Polly. C'est une fille très intelligente, mais si fatiguée...

Polly suit Ed sur le palier.

– Je ne veux pas qu'elle soit hospitalisée, dit Polly.

Elle a cette impression folle que si on l'emmène à l'hôpital elle n'en reviendra jamais.

– Je ne le ferais pas si ça n'était pas absolument nécessaire, dit Ed. Vous me croyez, n'est-ce pas?

Polly hoche la tête. Ed descend parler à Ivan et prendre un rendez-vous à l'hôpital. Le grand-père est sorti, il a emmené le petit garçon loin de tout ça. La grand-mère a l'air soudain plus âgée. Elle met une main sur l'épaule d'Ivan quand Ed lui dit qu'Amanda doit être hospitalisée ce matin et elle dit :

– Vas-y. Nous allons rester là avec Charlie.

Ed Reardon arrive à l'hôpital avant eux. Il s'entretient avec Helen Shapiro, qui l'aide à obtenir une chambre. Tout ce qu'on peut faire ici, c'est de surveiller Amanda et d'essayer de contrôler l'infection. A l'arrivée des Farrell, on emmène Amanda dans le service sur un fauteuil roulant. Polly et Ivan sont retenus au bureau des admissions par la procédure administrative. Ed les attend dans le couloir, à l'extérieur de la chambre d'Amanda : il sait qu'ils seront choqués en apprenant qu'ils doivent se désinfecter les mains dans une chambre stérile et enfiler des masques, des gants et des

blouses. Ils devront même mettre des bonnets stériles et des protections sur leurs chaussures.

— Nous voulons éviter les risques d'infection, leur
explique Ed.

Polly et Ivan s'habillent avec des gestes lourds.
Amanda semble terrifiée de les voir arriver avec
ces masques et ces blouses. Ils entendent sa respiration lui déchirer la poitrine.

— Je ne veux pas rester ici, dit-elle.

Elle fait un effort pour s'asseoir. On a même
l'impression qu'elle pourrait essayer de se sauver,
mais elle est retenue par une perfusion. La chambre
est minuscule. Polly se dit que l'équipement prend
plus de place que le lit. Elle s'assied sur le lit et
prend la main d'Amanda. A travers les gants
chirurgicaux, elle ne peut pas sentir sa peau.

— Je reste avec toi, dit Polly. Je ne m'en irai pas
avant toi.

Amanda se calme. Elle retombe en arrière, épuisée. Ivan s'assied de l'autre côté du lit et lui
demande ce qu'elle aimerait qu'on lui apporte de
la maison. Elle commence par réclamer son magnétophone et ses pyjamas à elle. Quand elle a fini,
Ivan répète pour être sûr de bien se rappeler : *True
Blue, Born in the USA, Thriller*. Polly va se mettre à
la fenêtre à côté d'Ed Reardon. Ils ne se disent
rien. Ils regardent les voitures sur le parking,
dehors. Au bout d'un moment, Ivan les rejoint.

— Elle s'est endormie, dit Ivan.

Ils sortent et enlèvent leurs masques, leurs gants
et leurs blouses. Dans le hall, Ed Reardon leur
explique qu'ils peuvent rester cette nuit, mais il
faudra qu'ils dorment dans le salon et pas dans la

187

chambre d'Amanda − comme avait fait Polly lors de la dernière hospitalisation d'Amanda.

La dernière fois, c'était pour l'appendicite.

− Je lui ai dit que je lui apporterais son magnétophone demain; je le ferai, dit Ivan à Ed. Le règlement, je n'en ai rien à foutre!

− Apportez-le, répond Ed. D'ordinaire, il faut une journée pour stériliser un objet apporté de la maison, mais on verra si on peut accélérer le mouvement. Allons manger quelque chose pendant qu'elle dort.

Ivan fait oui de la tête, et Ed et lui se dirigent vers l'ascenseur. Polly ne les a pas suivis; Ivan retourne vers elle. Elle refuse de s'éloigner, elle dit qu'elle n'a pas faim. Et quand ils reviennent avec un sandwich et du café, ils la retrouvent exactement là où ils l'avaient laissée une demi-heure plus tôt. Elle ne veut ni boire ni manger.

De bonne heure dans l'après-midi, Ed téléphone à son bureau, puis il va faire le point avec Helen Shapiro. Pendant son absence, Ivan va chercher une chaise dans le salon pour Polly; mais elle refuse de s'asseoir. Elle monte la garde : comment pourrait-elle s'asseoir!

− Il n'est pas nécessaire que tu restes, dit-elle à Ivan.

Ivan est déjà resté debout toute la nuit, et il faudrait bien que l'un d'eux soit là pour Charlie aussi. Penser à Charlie, ça fait un choc, tout d'un coup; Polly n'avait pas pensé à lui une seule fois de la journée.

− Je ne veux pas te laisser toute seule ici, dit Ivan.

– Je ne suis pas toute seule, répond Polly. Je suis avec Amanda.

Peu après le départ d'Ivan, l'infirmière qui s'est occupée d'Amanda sort de la chambre et dit à Polly que sa fille s'est réveillée et la réclame. Polly se désinfecte de nouveau les mains, enfile une autre blouse, un masque et des gants. Amanda respire un peu moins difficilement et elle a l'air moins effrayée. Polly s'assied sur une chaise et lit à Amanda le menu de l'hôpital, jusqu'au retour de l'infirmière qui lui donne un magazine à sensation déjà stérilisé. Par chance, le journal est bourré de détails sur la vie privée des chanteurs favoris d'Amanda. Pendant que sa fille lit, Polly jurerait qu'elle perçoit l'odeur d'un mélange de sucre et de sang – et pourtant, c'est impossible, puisqu'il n'y a pas d'odeur du tout dans cette chambre stérile. Aucun germe ne survivrait ici – sauf ceux qu'Amanda a à l'intérieur de son corps. Quand l'infirmière doit changer la perfusion d'Amanda, elle enfile une paire de gants supplémentaire.

– Je suis sûre de ne pas t'avoir fait mal, dit-elle à Amanda en plaisantant. C'est moi la meilleure de l'hôpital pour brancher les perfusions. Je suis la reine des perfs!

Il est tard, presque l'heure du dîner, quand Amanda se met à sommeiller. L'infirmière suggère à Polly d'aller demander un oreiller et une couverture au bureau des admissions. A cause du masque que porte l'infirmière, Polly n'a pas encore vu son visage. Si elle devait la rencontrer dans la rue, elle ne pourrait même pas la remercier.

– Il y a un canapé dans le salon, dit l'infirmière

à Polly. Allez-y avant qu'il ne soit pris par quelqu'un d'autre. Elle va dormir toute la nuit.

Polly fait oui de la tête et sort, mais elle a déjà décidé de passer la nuit dans le couloir, devant la chambre d'Amanda. Elle file au salon prendre une tasse de café, et devant le distributeur elle fond en larmes. Il y a là plusieurs parents qui essaient de dormir un peu pendant que c'est possible. Alors Polly se ferme la bouche avec la main et ressort dans le couloir en emportant son café.

Ed Reardon est là, il l'attendait.

— Je dois rentrer chez moi, dit-il.

— Je sais, lui répond Polly.

— Mais je ne veux pas, dit Ed.

Il va enfiler des vêtements stériles pour aller voir Amanda. Quand il ressort de sa chambre, Polly se rend compte qu'elle n'a pas téléphoné à la maison. Elle ne veut parler ni à Ivan, ni à Charlie, ni à ses parents. Elle n'a pas de place pour eux.

— Venez marcher avec moi, lui dit Ed.

Polly secoue vivement la tête.

— Elle s'est rendormie, ajoute Ed. Venez faire un tour cinq minutes.

Polly n'arrive pas à se rappeler sa dernière bonne nuit de sommeil. Elle ne se rappelle même pas si elle a mangé aujourd'hui, ni si elle a fait pipi au cours des dix dernières heures. Elle suit Ed Reardon en bas, dans le hall, en s'efforçant de ne pas penser que chacun de ses pas l'éloigne d'Amanda. Dehors, l'air frais lui donne le vertige; le ciel est bas et nuageux et cette nuit il n'y aura pas une étoile au ciel. Polly se sent faible. Comme s'il le savait, Ed Reardon l'entoure de son bras et la guide à travers le parking. Quand ils arrivent à sa voiture,

Ed ouvre la portière du passager et Polly rentre. Quand Ed s'installe au volant, elle s'écarte de lui et s'appuie le dos à la portière.

– Parfois on a besoin de s'échapper, lui dit Ed.

Sa voiture est un vieux break Volvo. A l'arrière il y a deux sièges spéciaux pour ses enfants les plus jeunes; il y a des pop-corn et du sable sur le tapis de sol et dans les interstices des sièges. Ed se dit qu'il aurait dû prendre la Toyota et laisser à Mary le break avec les sièges des enfants. Mais ce matin, il était incapable de penser à ce genre de chose. Maintenant aussi, d'ailleurs.

– Ça va? demande-t-il à Polly.

– Non, répond-elle.

– Je vous ai menti, dit Ed Reardon. Je vous ai laissé croire qu'il y avait des chances et qu'elle n'était pas en phase terminale. Mais je ne peux pas vous mentir davantage.

Si Polly pouvait se boucher les oreilles comme elle ferme les yeux, elle le ferait. Elle a du mal à respirer. Elle se penche vers Reardon et lui tend les bras. Ed attire Polly contre lui et l'entoure de ses bras. Polly trouve qu'il a incroyablement chaud, elle sent sa chaleur à travers sa chemise à rayures bleues et blanches. Elle appuie son visage sur son cou, elle se fait l'effet d'être un vampire : elle a désespérément besoin de ce qu'il peut avoir à lui donner. Ils restent comme ça un long moment. D'autres voitures quittent le parking. Peu après, il se met à pleuvoir. Quand Ed lui caresse les cheveux, Polly se sent en sécurité. Leur souffle, qui embue les vitres, produit une espèce de cocon. Un écran de pluie barre le pare-brise, et le ciel est devenu si sombre que l'éclairage automatique du parking s'est allumé – pourtant, il reste encore une heure avant le coucher du soleil. Ils sont dans une intimité plus grande que celle de l'amour physique; leurs existences sont indissolublement mêlées. Polly ne saurait dire où s'arrête la chaleur qui émane d'Ed Reardon et où commence la sienne. Ce qu'elle ressent lui fait croire que les choses peuvent être vivantes. Elle voudrait tant croire à quelque chose. Elle s'endort dans ses bras, et quand elle se réveille, vingt minutes plus tard, dans le noir, elle est prise de panique, elle ne sait pas où elle est – jusqu'au moment où Ed la serre plus fort.

– Vous vous sentez mieux maintenant? lui demande-t-il.

Polly l'embrasse, et quand Ed l'embrasse à son tour, elle comprend qu'il l'a attendue. Elle l'embrasse comme si elle allait mourir sans lui. C'est le baiser qu'Amanda n'aura jamais. Polly ne veut pas s'arrêter, mais elle sait qu'il le faut. Elle glisse sur son siège, cherche un Kleenex dans sa poche et se mouche.

– Folie..., murmure-t-elle.

Ed Reardon regarde droit devant lui.

– Ce n'est pas de la folie, dit-il.

Polly le regarde et, de nouveau, se sent submergée par son désir pour lui. Elle lui prend la main, puis la laisse.

– J'y retourne, dit-elle.

– Je viens avec vous, dit Ed.

– Rentrez donc dormir un peu, répond Polly. Nous avons trop besoin de vous pour vous laisser vous épuiser.

Elle sort de la voiture. Elle sait qu'Ed la regarde, au cas où elle se retournerait. Elle sent encore leur baiser, sa chaleur dans sa bouche et profond en elle. Beaucoup plus tard, assise à côté d'Amanda endormie, Polly sent toujours cette chaleur. C'est quelque chose de si pur que, quand elle se penche pour embrasser Amanda sur le front, cette chaleur passe à travers le masque, se transmet à sa fille.

12.

A la sortie de l'hôpital, Ivan enfile la bretelle de l'autoroute de Storrow. Il se dirige vers l'ouest, en direction de la route 93, mais en arrivant à la sortie de Copley il fait demi-tour et file vers Marlborough Street. Ce n'est pas Adèle qui lui répond à l'interphone; c'est l'infirmière de nuit, qui lui dit que Brian dort et qu'on ne peut pas le déranger. Mais c'est quand même bon de marcher dans le noir, en descendant Marlborough Street dont les vieux réverbères ne dispensent même pas la moitié d'une ombre. C'est bon de penser que Brian dort, qu'il rêve d'autre chose que de la douleur. Juste avant d'arriver là où il a garé sa voiture, il lève les yeux, au-delà des toits noirs. Ça lui est un soulagement de voir des étoiles familières. Mais déjà les nuages arrivent et bouchent le ciel. Ivan sent l'odeur de la pluie avant qu'elle n'arrive, il en sent l'humidité au creux de son estomac. Il s'interdit de penser à sa fille, à l'hôpital, il ne pensera pas à l'effort que représente chacune de ses respirations ni à ses halètements rugueux. Il conduit, c'est tout. Et pendant toute la route, jusqu'à la maison, il ne pense qu'aux étoiles. Il faudrait qu'il trouve un télescope pour

Brian, ça lui vient tout d'un coup à l'esprit. Un petit télescope qu'on pourrait installer près de la fenêtre. De toutes ses forces, il souhaite acheter un télescope, là, maintenant. Il ferait n'importe quoi pour ne pas passer devant la chambre vide d'Amanda. Mais il continue à conduire, et sans s'en rendre compte il est arrivé à Morrow. Il n'a pas prêté la moindre attention à l'itinéraire. Mais, quoi qu'il en soit, il est à la maison. Et ce n'est pas vraiment comme s'il avait jamais réellement eu le choix.

Le lendemain matin, Ivan rassemble les quelques objets demandés par Amanda et les met dans son sac de gymnastique. Il entend Al, Claire et Charlie qui prennent le petit déjeuner à la cuisine; mais il n'a pas faim. Eux aussi doivent l'entendre farfouiller dans les tiroirs dans la chambre d'Amanda et dans ses boîtes de cassettes.

– Tu fais toujours le meilleur café que je connaisse, dit Al à sa femme.

– Et toi, tu es le plus grand menteur que je connaisse, rétorque Claire. Je n'ai pas trouvé de filtre, alors j'ai fait du Nes. Et tu détestes ça...

Ils rient tous les deux et guettent la réaction de Charlie.

– Tu as entendu ça, mon garçon? demande Al. Elle m'a bien eu, hein?

Charlie regarde son grand-père. Son visage est sans expression.

– On dirait, fait-il.

Al a l'impression que tout le monde a oublié l'existence de Charlie. En rentrant de l'hôpital, Ivan n'a pas dîné avec eux. Il est allé s'asseoir sous le porche, et il est monté se coucher avant dix heures.

— Je vais te conduire à l'école en voiture, dit Al à Charlie.

— Ça va comme ça, j'ai mon vélo.

— Ta mère te permet d'y aller à vélo? demande Claire.

— Bien sûr, répond Charlie.

Il ramasse ses livres et se dirige vers la porte.

— Tu ne dis rien? lui demande Al.

Charlie s'arrête sur le pas de la porte. Il porte les mêmes vêtements qu'hier, un jean délavé et un T-shirt à manches longues avec, imprimé dessus, un dinosaure qui fait de la planche à roulettes. Il a dormi avec son T-shirt, et il est tout froissé. Polly a oublié de faire la lessive, et dans la commode de Charlie il n'y a rien de propre qui soit à sa taille. Sa grand-mère a bien l'intention de faire la lessive cet après-midi, mais Charlie déteste sa mère pour ne pas l'avoir faite elle-même. Il ne sait pas pourquoi, mais il a peur de ne jamais la revoir.

— Tu ne dis pas au revoir? demande Al, qui ajoute en rigolant : A plus tard, malabar!

— A plus tard, dit Charlie en s'esquivant.

Al finit son café. Il s'en veut terriblement.

— Ne dis rien, l'avertit Claire. Ne donne pas de conseils à Polly et Ivan sur la façon de faire marcher leur famille. Ne dis absolument rien.

Quand Ivan descend, la table du petit déjeuner a déjà été débarrassée et la cuisine remise en ordre.

— Je rentrerai cet après-midi, dit Ivan à ses beaux-parents. A six heures au plus tard. Dites à Charlie que je serai sans doute à la maison pour le dîner.

— Dites-le-lui vous-même, réplique Al.

— Comment? demande Ivan, qui ne comprend pas tout de suite l'hostilité d'Al.

— Vous avez deux enfants, précise Al. Au cas où vous auriez oublié...

— Charlie sait bien que nous devons nous occuper d'Amanda avant tout, reprend Ivan.

Il hoche la tête, vaguement dégoûté. Il attrape le sac de gymnastique d'Amanda, prend ses clefs sur le plan de travail et sort en claquant la porte derrière lui. La Karmann Ghia met un moment à démarrer; le bruit de son moteur ressemble à celui d'un bateau. Il roule dans Ash Street, toujours furieux contre Al. C'est facile de donner des conseils! La dernière fois qu'Al s'en est pris à lui, c'est quand il a entendu dire que la conférence à laquelle Ivan devait assister aurait lieu à Orlando. Pourquoi Ivan n'en aurait-il pas profité pour emmener les enfants à Disneyworld? En fait, plusieurs astronomes de sa connaissance emmènent leurs familles avec eux et en profitent pour prendre des vacances. Mais Ivan avait pensé que les enfants étaient déjà trop grands pour Disneyworld. Quelquefois, il oublie qu'ils sont vraiment jeunes, parce qu'ils sont tous les deux beaucoup plus avancés qu'il ne l'était au même âge. S'il devait dire ce qui compte dans sa vie, il pourrait le faire en trois mots : Polly, Amanda, Charlie. Il pousse le moteur de la Karmann Ghia. Il sait qu'il se ment à lui-même. Il y a autre chose qu'il aime. La Science. Et c'est à cause d'elle qu'il ne voulait pas emmener Charlie à Disneyland : il ne voulait pas que son fils se laisse égarer par les faux sous-marins, les monstres marins en plastique et les ours en peluche qui parlent.

Ivan ne souhaite qu'une chose : que tout ce que Charlie trouve merveilleux soit de la science pure, comme pour lui quand il grandissait. C'est le don qu'il a fait à Charlie, et pour lequel Charlie était prêt, qu'il désirait et auquel il prend le plus grand plaisir. Beaucoup plus qu'avec des phrases, ils communiquent à travers des bouteilles remplies de lucioles et l'observation de constellations. Ivan a toujours répété à son fils qu'il y avait tant de choses sur lesquelles s'extasier, ne serait-ce qu'une colonie de fourmis ou un champignon rare. Et maintenant, qu'est-il supposé dire à Charlie ? Est-ce que c'est une chose merveilleuse qu'un système immunitaire tout entier puisse être attaqué par un seul virus ? Face à ça, les aigrettes, les fourmis et les étoiles filantes font-elles le poids ?

Ivan fonce tout droit, alors qu'il devrait tourner pour prendre la 93. Il pousse encore le moteur, et baisse sa vitre. Il a un œil sur la piste cyclable séparée de la route par une bordure herbeuse. Beaucoup d'enfants empruntent cette piste pour aller à l'école. Ivan finit par repérer Charlie sur son Raleigh noir, ses livres fixés à l'arrière du vélo. Des feuilles de papier à demi échappées de son cahier battent l'air comme un drapeau.

Ivan donne un coup de klaxon, et Charlie se retourne. Ivan ralentit, à la vitesse du vélo, puis il se range sur le côté et arrête la voiture. Charlie vient vers lui et s'accroche au toit de la voiture pour stabiliser sa bicyclette.

— Je ne t'avais pas dit au revoir, dit Ivan.

— Ouais, bon, je vais être en retard, répond Charlie.

– Cinq minutes, tu parles! insiste Ivan. Je te ferai un mot!

Charlie descend de son vélo et le couche sur l'herbe. Ivan s'assied à côté de lui, il ne bouge pas.

– Chouette T-shirt, lui lance Ivan.

– Il est vieux, rétorque Charlie.

– Oh! dit Ivan, je crois que je ne l'avais jamais vu.

Ils sont à moins de cinquante centimètres de la piste cyclable et sans arrêt des mômes passent devant eux.

– Je sais que tu te fais du souci pour Amanda, dit Ivan. Mais ils vont trouver un traitement. Tout ce qu'il leur faut, c'est du temps et de l'argent.

– Pourquoi est-ce que tu es si sûr de toi? interroge Charlie. Tu n'es sûr de rien!

– La polio, reprend Ivan, la tuberculose, la grippe, la diphtérie, la scarlatine, il y a eu un moment où toutes ces maladies étaient mortelles.

Charlie regarde fixement le ciel. Il demande :

– Est-ce qu'ils trouveront à temps pour Amanda?

Ivan pourrait facilement oublier que Charlie a huit ans. Il monte à vélo si furieusement en se précipitant sur les dénivellations, et puis ses baskets et ses jeans sont si sales, et il mâche du chewing-gum aussi bruyamment qu'un adolescent. Mais il n'a que huit ans. Il n'y a pas longtemps, il dormait avec son chien en peluche. Mais dans la nature, Ivan le sait, tout est possible. La logique est une hypothèse humaine, que les hommes tordent pour qu'elle s'adapte à ce qu'ils veulent. Mais en quoi la mort d'un enfant serait-elle plus logique que la faculté qu'ont certains insectes de marcher à la surface de l'eau?

– C'est très improbable, avoue Ivan.

– Dis-moi juste oui ou non! hurle Charlie.

– Non, répond Ivan. On n'y arrivera sans doute pas à temps pour Amanda.

Charlie pousse de la main la roue de son vélo, qui se met à tourner lentement en dessinant un cercle argenté.

– Eh bien alors, je souhaite qu'elle meure tout de suite, dit Charlie.

Charlie s'attend à ce que son père lui donne une gifle. Mais non, Ivan se met à regarder le ciel avec lui. Il pense à la nuit de la naissance d'Amanda : elle avait l'air si fragile; pourtant, elle était si résistante.

– Est-ce qu'il y a quelque chose avec une durée de vie d'un seul jour? questionne Charlie.

– Oui, l'éphémère, répond Ivan. *Ephemeroptera genus.*

Un instant, en regardant Charlie, Ivan a l'impression de voir Brian. Tous les deux ont la même posture, le dos rond, et tous les deux ont l'air si jeune.

– Attends que je te fasse ce mot, dit Ivan.

Charlie approuve de la tête et déchire une feuille dans son cahier. Il a la gorge serrée. Il ne veut pas que son père s'en aille. Une voiture passe à toute allure. Le bruit soudain et la vibration font battre plus fort le cœur de Charlie. La nuit dernière il a encore rêvé qu'il était le tyrannosaure, et maintenant, tout d'un coup, la peur le reprend, même ici, en plein jour et à côté de son père.

La nuit dernière il était seul sur la terre. Du moins n'y avait-il rien d'autre que lui, des tortues avec des carapaces trop dures pour qu'il puisse les

200

briser et des choses minuscules qui couraient dans tous les sens et qu'il ne pouvait pas attraper. Il essayait de manger de la poussière, rien que pour remplir son estomac; mais le sol était trop dur. C'était de la glace noire.

Il est le dernier de son espèce. Il n'a pas à courir se cacher quand le ciel tremble sous l'effet du tonnerre, s'enflammant d'un millier de feux qui ne s'éteindront pas. Mais la chaleur dont il a besoin ne reviendra pas. Il ressent le besoin de voir la chose qui est comme lui, mais plus grosse; s'il ne voit pas quelque chose qui soit comme lui, ça veut dire que sa fin est proche, il le sait. Il émet un bruit, un meuglement assez fort pour faire trembler la terre, mais aucune autre chose vivante ne l'entendra jamais. Il marche aussi vite que possible, il court presque, quand il voit de l'eau, une mare peu profonde et marécageuse qui n'est pas encore complètement glacée. Il se penche vers l'eau, s'y jette, la fouillant de ses griffes pour débusquer du poisson, des créatures sans coquille. Mais tout est si rapide et minuscule qu'il ne peut rien attraper, ou bien c'est déjà gelé et mort.

Il est le lézard tyran qui s'enfonce dans l'eau. Son corps est flasque, sa queue engluée dans la boue froide; elle se solidifie en argile, et puis c'est lui tout entier qui se solidifie. Au-dessus de lui, le ciel est différent, et le lézard-tonnerre ferme les yeux. Il laisse sa respiration s'arrêter. Qui se souviendra de lui, et qui le trouvera? Des bulles d'air s'échappent de ses narines et ondulent à la surface de l'eau. En titubant, il essaie de se mettre debout. Il recommence à meugler. Il est le dernier de son espèce. Déjà, les créatures qui lui survivront, les poissons, et les tortues, et les choses avec des ailes, l'entourent, attendant de le mettre en pièces pour emporter les morceaux dans leurs becs. Il fait un effort gigantesque et se dresse sur ses pieds. Maintenant, il a gagné, il peut se laisser aller vers le bas, là où il y avait avant des roseaux et de l'eau tiède, là où la boue le protégera. Mais rien ne conservera le cri qu'il a poussé la dernière fois qu'il a regardé le ciel.

Charlie ne peut pas parler de ses rêves à son père. C'est bête d'avoir des cauchemars à son âge, et de s'imaginer qu'on est une créature d'une espèce qu'on n'a même jamais vue. N'empêche, il est content que son père soit à côté de lui, sur la piste cyclable.

– Allez, dit Ivan, je te prends jusqu'à l'école.

– Non, dit Charlie, j'ai mon vélo.

Charlie se lève, Ivan lui tend le bras, et Charlie peut s'imaginer que c'est lui qui hisse son père sur ses pieds. Ivan ne donne pas le même élan que d'habitude et il est surpris de constater combien Charlie est fort.

– Ça va? lui demande Ivan.

– Bien sûr, répond Charlie.

– Tu veux venir à l'hôpital avec moi? demande Ivan.

Il ne sait pas vraiment ce que Charlie peut endurer, mais il ne veut pas qu'il se sente exclu.

Charlie secoue la tête pour dire non.

– Il vaut mieux que j'aille à l'école, dit-il.

Il a déjà décidé de rentrer à la maison en pédalant de toutes ses forces, après l'école. Il enlèvera ses fringues dégueulasses et il en mettra des propres, lavées par sa grand-mère.

— Tu es sûr que tout ira bien? demande Ivan.

— Vas-y, lui dit Charlie. Maman doit t'attendre.

Ivan ramasse le vélo de Charlie et le redresse. Il aurait tant voulu avoir un vélo comme celui-là quand il était môme! Il aimerait bien accompagner Charlie, à vélo lui aussi — peut-être pas à l'école, plutôt à la plage. Il aimerait tant avoir huit ans et pédaler plus vite que n'importe qui dans le voisinage. Il n'en saurait alors pas davantage que Charlie. Et on ne lui en demanderait pas plus.

13.

Claire n'en démord pas : quand Al sera rentré à New York, elle restera une semaine de plus. Tous les jours, elle prépare avec un soin scrupuleux des plateaux qu'on monte à Amanda. Et quand, finalement, Amanda peut retourner à l'école, Claire reste. Et quelquefois, Polly est heureuse que sa mère soit là. Ce n'est pas qu'elle veuille parler à Claire : quand elles sont ensemble, elle se sent mal à l'aise, elle ne sait pas quoi dire. Mais dès qu'elle sent l'odeur de la soupe aux choux et aux poireaux mijotée par sa mère, Polly est prise d'une envie de pleurer, et elle voudrait être à la cuisine avec sa mère. Après toutes ces années, elle a envie d'être près d'elle.

Ce n'est que la mi-octobre, mais il commence déjà à faire froid. Autour de Morrow, dans les champs, il y a des citrouilles et des épis de maïs qui sèchent. Il y a des feuilles rouges et jaunes dans les gouttières des maisons et sur les murs de brique. Et certains matins, quand Polly sort la poubelle, elle s'amuse à souffler, et ça fait comme de la fumée. Autrefois, c'était l'époque de l'année qu'elle préférait. Elle se demandait comment les gens peuvent vivre en Californie, où les feuilles ne tombent pas, où il n'y a jamais cette explosion de couleurs. Maintenant, les arbres noirs, avec leurs tons rubis criards, lui semblent privés de cœur. Il fait plus froid, c'est tout ce qu'elle sait. Avant qu'on s'en soit aperçu, ça sera déjà l'hiver.

Claire est sortie, elle attendait l'arrivée d'Al. Le week-end dernier, il a réparé la marche du porche. Et maintenant, à peine descendu de voiture, il va chercher le râteau. Il a une méthode à lui pour ratisser : il faut faire un peu partout sur la pelouse des tas de feuilles séparés les uns des autres. De la cuisine, Polly et Ivan l'observent; tous les tas de feuilles ont la même taille.

La maison est tranquille. Laurel Smith est venue chercher Amanda pour l'emmener dans un magasin de disques du centre commercial. Claire vient en vitesse chercher le panier à linge et ressort étendre la lessive sur le fil – pourtant il y a un séchoir au sous-sol. Charlie est encore au lit : hier soir il a regardé la télé bien au-delà de l'heure autorisée. Ivan et Polly se sentent intimidés de prendre leur petit déjeuner tout seuls. Au début de leur mariage, quand ils habitaient Cambridge, ils prenaient toujours le petit déjeuner ensemble. Puis Ivan partait, à pied, suivre ses cours au MIT, et Polly prenait le bus pour Harvard Square, où elle travaillait à l'imprimerie de la Coop. Ivan se levait toujours le premier; il faisait du café très fort, et si amer que beaucoup de leurs amis refusaient d'en boire. Polly aimait s'asseoir à table en chemise de nuit et regarder Ivan s'affairer à la cuisine. Tout ce qu'il faisait était fascinant, jusqu'à sa façon de beurrer les toasts. Les week-ends, ils étaient gourmands l'un de l'autre. Ils évitaient leurs amis, pas seulement parce qu'ils voulaient faire l'amour, mais parce que personne ne les intéressait autant qu'ils s'intéressaient l'un l'autre.

— Que dirais-tu d'une omelette au fromage? demande Ivan.

— Chouette! dit Polly. Merci.

Ivan bat les œufs dans un saladier qu'ils ont reçu en cadeau de mariage — mais ils ne se rappellent plus de qui.

— Mon père aurait dû vivre dans un endroit où il aurait pu avoir une pelouse, dit Polly.

— Pourquoi? interroge Ivan qui cherche du cheddar dans le frigo. Il l'aurait sans doute cimentée. Ça fait plus propre!

Polly rit.

— Tu as raison, dit-elle.

Ivan brandit un bout de fromage ponctué de moisissures.

— De quand date-t-il? plaisante-t-il. De 1934?

— Mais c'est bon, la moisissure, répond-elle.

— Oh! vraiment? Et si on montrait ça à ta mère? Viens, on va lui demander ce qu'elle pense des gens qui conservent de la nourriture moisie.

— Tu ne vas pas faire ça! s'exclame Polly, qui s'avance sur Ivan et essaie de lui prendre le paquet de fromage.

— Je parie que, quand elle aura vu ça, ta mère se mettra aussitôt à nettoyer le frigo de fond en comble, dit Ivan.

Il garde le fromage d'une main, au-dessus de sa tête. De sa main libre, il tient Polly à distance.

— Pour ça, il faudra d'abord qu'elle me passe dessus, jette Polly. Donne-moi ça!

Polly saute en l'air, elle arrive à attraper le fromage, puis elle retombe sur Ivan en riant.

– Sale type!

Mais elle éclate de rire de nouveau.

– Et si on faisait des œufs brouillés au lieu d'une omelette? suggère Ivan.

Polly en est encore à reprendre son souffle.

– Tu as toujours fait les meilleurs œufs brouillés que j'aie mangés, approuve-t-elle.

– ... Si tu aimes le brûlé, précise Ivan.

– Justement, ça me plaît.

Ils sont debout, tout près l'un de l'autre, épaule contre épaule.

– C'est pour ça que je t'ai épousée, reprend Ivan.

Polly est gênée. Se sentir amoureux lui paraît quelque chose d'illicite, quelque chose qui n'est pas pour eux, mais seulement pour des gens qui n'ont pas peur des fièvres et qui ne frissonnent pas dans le noir.

– Quand je me suis levé ce matin, la télé était encore chaude, dit Ivan.

– « David Letterman », précise Polly. C'est une émission que Charlie n'a pas la permission de regarder.

– Maintenant, il se couche toujours après dix heures, dit Ivan. C'est trop tard.

– Je vais le chercher, répond Polly.

– C'est ça, réveille-le, approuve Ivan. Ce n'est sûrement pas la première fois qu'il fait ça.

Polly monte au premier. Par une fenêtre du palier, elle voit sa mère dans la cour en train d'étendre les chemises d'Ivan sur la corde à linge. Il y a encore quelques asters pourpres le long de

207

la clôture et, près de la porte de derrière, quelques roses d'octobre.

— C'est l'heure du petit déjeuner, dit Polly en tapant à la porte de Charlie.

Elle ouvre avant qu'il ait pu répondre et elle se fraie un chemin dans le noir en marchant sur les baskets, les chaussettes et les albums de BD qui traînent sur le plancher. Elle tire brusquement le store et ouvre la fenêtre.

On dirait un jour comme tous les autres, un de ces jours normaux comme il y en avait pour eux avant le mois d'août. Un instant, Polly pense qu'elle a de la chance. Sa fille est allée au centre commercial acheter des cassettes, son mari prépare le petit déjeuner dans la cuisine, et ses parents sont juste assez loin de la maison pour ne pas trop l'ennuyer. Polly sourit en voyant Charlie se pelotonner sous sa couette, mais elle insiste et la lui retire brutalement.

— C'est tout ce qu'on gagne quand on se couche tard! lui dit Polly.

Charlie se précipite sur la couette et s'enfouit dessous.

— Je ne veux pas me lever! dit-il. Il fait trop froid ici.

Polly a ramassé une partie des vêtements sales dispersés par terre, et elle jette le tas sur le haut de la commode de Charlie. Elle retourne vers le lit et se penche, de manière à toucher le front de Charlie. Il s'écarte en roulant sur lui-même. Mais Polly a eu le temps de sentir. Il a de la fièvre. Beaucoup. Elle se précipite dans la salle de bains chercher le thermomètre. En voyant les brosses à dents suspendues, elle pense à ce qu'Ed Reardon a dit pendant la réunion avec le conseil de direction de l'école : des frères et sœurs de sang se sont servis des brosses à dents les uns des autres sans jamais pour autant contracter le SIDA. Polly retourne en courant dans la chambre de Charlie, le fait asseoir et lui fourre le thermomètre dans la bouche. Son pyjama est trempé de sueur.

– Oh! merde! dit-elle à voix haute.

Elle palpe Charlie derrière les oreilles et le long du cou. Il a des ganglions. Elle lui retire le thermomètre de la bouche. 38,5°. Elle aide Charlie à se recoucher, lui met une deuxième couverture et se précipite vers l'escalier.

– Ivan! appelle-t-elle.

– Petit déjeuner! crie celui-ci depuis la cuisine.

– Ivan! hurle Polly.

Il se précipite en courant, une spatule à la main, de la cuisine au bas de l'escalier.

– Charlie est malade, dit Polly.

Ivan la regarde, puis grimpe les escaliers et entre dans la chambre de Charlie. Polly le suit de si près qu'elle se heurte à lui quand il s'arrête.

– Est-ce que ça va? demande Ivan à Charlie.

– Je suis malade, répond-il.

– Je vais te chercher du Tylénol, lui dit Ivan.

Polly suit Ivan sur le palier; elle l'agrippe.

– Il l'a attrapé, dit-elle.

– Ne sois pas ridicule, répond Ivan.

Il va à la salle de bains prendre le Tylénol. Il se penche au-dessus du lavabo pour mettre de l'eau dans un verre en carton. Polly est derrière lui, tout contre.

– Il l'a attrapé, répète-t-elle. Sa voix se brise et

elle s'accroche à Ivan si fort que le verre en carton tombe dans le lavabo. Il l'a attrapé à son contact.

Polly s'assied sur un tabouret et se met à pleurer. Ivan ferme la porte de la salle de bains et s'assied sur le bord de la baignoire.

— Il a un rhume, dit Ivan.

— C'est exactement comme ça que ça a commencé pour elle, dit Polly en pleurant.

— Arrête, s'il te plaît. Tu veux qu'il t'entende?

— J'aurais dû l'envoyer loin d'ici, reprend Polly. Oh! mon Dieu! Il aurait dû rester à New York.

— Pour l'amour du ciel! reprend Ivan. Il a une bonne crève! La grippe! Qu'est-ce qu'on aurait dû faire? Mettre Amanda en quarantaine? Tu parles comme tous les autres!

Polly le regarde fixement.

Il a raison.

Elle se lève et s'essuie la figure avec une serviette, puis elle va dans leur chambre. Les mains tremblantes, elle compose le numéro d'Ed Reardon, qu'elle connaît par cœur. Il lui dit de ne pas s'inquiéter : il sera là dans cinq minutes. Polly raccroche. Si elle retourne auprès de Charlie, elle a peur qu'il remarque son affolement; alors elle reste sur le palier. Ivan était descendu à la cuisine. Il revient avec un grand verre de jus d'orange et des serviettes humides pour rafraîchir Charlie.

— Descends, dit-il à Polly. Détends-toi et mange tes œufs brûlés.

Polly essaie de rire, mais sa voix se brise.

— Ta mère est à la cuisine, toute seule. Elle sait qu'il se passe quelque chose.

— Mon Dieu! dit Polly, je ne peux pas lui parler.

Quatre minutes et demie plus tard, Ed Reardon

est là. Il porte un vieux jean et un tricot gris; il a passé le début de la matinée à ratisser le jardin avec ses enfants. Cette fois, Mary a explosé : ils sont attendus chez sa sœur pour déjeuner et, si Ed ne rentre pas à l'heure, ils partiront sans lui!

— Il a exactement les mêmes symptômes, murmure Polly à Ed dans l'entrée.

— La grippe traîne par ici en ce moment, dit Ed. Hier, je n'ai vu que ça. Est-ce qu'il a moins de 39?

Polly fait oui de la tête. Ed la prend dans ses bras un instant, puis il va dans la chambre de Charlie.

— C'est tout ce que tu as trouvé pour ne pas ratisser la pelouse? lui demande-t-il.

Quand Ed commence à examiner Charlie, Ivan sort. Polly est assise, sur le palier, le dos contre le mur.

— Tu te fais encore plus de mal, dit Ivan. Descends.

Polly ne lui répond pas.

— Au moins, tu feras ce qu'il te dira? reprend Ivan avec une réelle amertume.

— Je ne répondrai pas à ça, coupe Polly.

Ivan s'effondre à côté d'elle sur le plancher.

— Ne fais pas ça, dit-il.

— Qu'est-ce que je fais de mal encore? interroge Polly.

— Tu es en train de briser notre union, dit Ivan.

Polly regarde le plancher.

— Ça n'est pas vrai, dit-elle. Ça arrive, c'est tout.

— Non, lui dit Ivan. Ça n'arrive pas tout seul. Tu dois y renoncer.

Dès qu'Ed Reardon sort de la chambre de Charlie, Ivan et Polly se relèvent.

— C'est la grippe, dit Ed. Je vais faire faire un test de séropositivité, mais juste pour que tout le monde ait la conscience tranquille.

— J'ai l'impression que je deviens dingue, reprend Polly.

— N'importe qui aurait eu la même réaction, dit Ed. Tous les jours, je vois ces symptômes sur des enfants, depuis des années. Seulement, maintenant, la première chose à laquelle je pense, c'est le SIDA. Ça vous trotte dans la tête. Vous avez eu raison de m'appeler. Je vais envoyer un échantillon de sang au laboratoire et je vais tâcher de les activer. Mais je tiens à ce que vous sachiez que je suis sûr à cent pour cent que le résultat sera négatif.

Polly hoche la tête, soulagée. Avant de descendre, Ed leur dit :

— Je ne veux pas qu'Amanda dorme ici cette nuit. Je ne veux pas qu'elle risque d'attraper la grippe et que ça donne de nouvelles complications pulmonaires. Ne l'inquiétez pas. Faites comme s'il s'agissait de l'envoyer passer le week-end avec une amie. Si vous ne trouvez personne en qui vous ayez assez confiance, je préférerais l'envoyer à l'hôpital plutôt que de la voir rester ici.

Claire et Al sont dans la cuisine, perturbés par la présence du médecin.

— Nom d'un chien, qu'est-ce qui se passe? demande Al.

— La grippe, dit Ed. Vous faites un sacré boulot dans le jardin! Vous venez chez moi aussi?

— Polly? interroge Claire, anxieuse.

— Tout va bien, dit Polly.

Il y a des œufs brûlés dans une poêle sur la cuisinière, sur la table du café et des toasts; personne n'en a pris. Polly entoure sa mère de son bras. Claire lui paraît si petite.

— Vraiment, ça va, répète-t-elle.

Dans la soirée, la température de Charlie est tombée, mais Amanda va quand même passer la nuit chez Laurel. Elle est follement excitée. Laurel lui a préparé un lit sur la banquette d'osier. A dîner, elles ont mangé une pizza faite par Laurel et bu de la limonade. Mais comme Laurel n'avait pas de magnétophone, elles se sont assises dans sa voiture pour écouter les nouvelles cassettes d'Amanda.

— C'est comme ça que ça se passerait si on partageait la même chambre, dit Amanda. Nos petits copains viendraient juste de partir.

— Ils nous auraient offert des colliers en diamants, ajoute Laurel.

— Et des roses roses et jaunes, précise Amanda.

— Ils nous offriraient aussi des voitures de sport blanches, continue Laurel qui n'a qu'une Datsun dont la batterie menace de tomber à plat rien qu'à cause du lecteur de cassettes. Des Porsche, précise-t-elle.

Quand elles aperçoivent la première étoile, elles font un vœu toutes les deux.

— Dis-moi ton vœu, demande Laurel.

— Je ne peux pas, répond Amanda, c'est trop bête.

— Je ne rirai pas, dit Laurel, promis.

— J'ai souhaité qu'on me retire mon appareil dentaire, répond Amanda.

— Ça n'a rien de stupide, assure Laurel.

— Tu trouves?

— C'est un vœu très chouette, dit Laurel. Vrai de vrai!

Puis elles rentrent à la maison. Le téléphone sonne. C'est Polly qui prend des nouvelles d'Amanda pour la troisième fois.

— Elle passe son temps à se faire du souci, dit Amanda après avoir raccroché.

— Elle voulait seulement te souhaiter bonne nuit, répond Laurel.

Amanda va se déshabiller dans la salle de bains. Elle a emprunté une des chemises de nuit de Laurel. Bien sûr, c'est trop grand; mais c'est magnifique, en légère flanelle rose avec un col de dentelle. Laurel a aussi donné à Amanda une serviette et un gant, avec un petit savon en forme de coquillage, rien que pour elle. Quand elle revient au salon, Amanda est si fatiguée que ses yeux se ferment tout seuls, et Laurel l'installe sous une couette en coton.

— Tu vas voir... le matin les oiseaux chantent, dit Laurel en baissant les rideaux derrière le canapé. Ils te réveilleront au lever du jour, tu n'auras qu'à te rendormir.

— J'aimerais mieux me lever pour les voir, dit Amanda.

— Alors, il faut que tu dormes tout de suite, répond Laurel, qui éteint les lumières et se dirige vers sa chambre avec la chatte, Stella, qui se faufile entre ses jambes.

— Laurel? appelle Amanda.

— Tout va bien?

— Oh! c'est super, répond Amanda. Je me demandais seulement si tu pouvais laisser une lumière allumée.

Laurel se dirige à tâtons le long du mur et allume le plafonnier, aveuglant.

— Attends une minute, dit-elle. Elle va dans sa chambre et débranche la lampe à l'abat-jour de soie rose, pour aller la rebrancher derrière le canapé d'osier.

— Voilà! dit Laurel, satisfaite à la vue de l'ombre de couleur rose projetée par la lampe.

— J'aimerais rester ici pour toujours, dit Amanda.

Il est tard. Dans le marais, des hérons de nuit fouillent l'eau peu profonde; ils s'appellent entre les roseaux. Il n'y a pas de raison particulière à cela, mais cette nuit Amanda n'a pas peur comme d'habitude, même maintenant que Laurel est allée se coucher. Amanda est absolument certaine qu'elle sera la première à se réveiller demain matin. Elle sera la première à entendre les oiseaux.

En réalité, la première personne de la ville à se réveiller est Ed Reardon. Il est debout bien avant le lever du jour. Il a lui-même porté l'échantillon de sang de Charlie au laboratoire; et il leur a dit de s'activer, que Polly n'attende pas le résultat jusqu'à lundi. Ils ont promis de lui téléphoner le résultat aujourd'hui à dix heures. Et Reardon sait bien qu'il est impossible qu'il soit tombé amoureux de Polly, et pourtant... C'est un peu comme si c'était ça : il est trop à vif, il laisse voir des choses qu'il devrait dissimuler. En rentrant de chez sa sœur avec les enfants, Mary ne lui a pas adressé la parole, et Ed n'a rien fait pour l'apaiser. Maintenant, elle descend l'escalier, dans le noir, et le trouve à la cuisine, devant une tasse de Nes. Mary va vers la cuisinière et met à chauffer une bouilloire pour faire du vrai café.

– Y a-t-il quelque chose que je devrais savoir? demande-t-elle.

– Il est six heures moins le quart, répond Ed. Je ne veux pas me disputer.

Mary s'assied en face de lui, de l'autre côté de la table.

– Dis-moi, c'est tout.

Elle est jolie, sans maquillage; elle a comme une odeur de sommeil.

– Dis-moi, juste maintenant, et je ne te demanderai plus rien, insiste Mary.

Ed sait qu'elle le veut vraiment. Elle n'est pas rancunière, elle pardonne facilement, elle est honnête avec autrui et s'attend à un traitement réciproque. Ed sait qu'il est son mari. Mais à cet instant précis, qu'il veuille ou non être en accord avec elle, ça ne compte pas vraiment.

– Il n'y a rien que tu doives savoir, lui dit-il.

Un petit peu après dix heures Ed appelle Polly pour lui dire que les examens de sang de Charlie sont négatifs.

– Dieu soit loué! s'exclame Polly. J'allais devenir folle. J'étais folle.

– Si la température est tombée et qu'il ne tousse pas, vous pouvez faire revenir Amanda à la maison, dit Ed.

– Comment vous êtes-vous donc débrouillé pour que le laboratoire fasse les analyses pendant le weekend? lui demande Polly.

– Je leur ai dit que c'était pour vous, précise Ed.

Ils se taisent tous les deux. Charlie a monté le son de la télé et, à la cuisine, Claire fait couler de l'eau dans l'évier. Mary et les enfants s'habillent pour aller dans une ferme chercher leur citrouille pour la fête d'Halloween.

— Eh bien, finit par dire Polly, je crois que je ferais bien d'y aller.

— Moi aussi, fait Ed Reardon.

Il entend Polly raccrocher, puis il raccroche à son tour. Il va prendre sa veste dans le placard de l'entrée, puis il attrape les clefs de la voiture et sort.

— Je n'arrive pas à y croire! s'exclame Mary quand elle sort avec les enfants et le trouve dans la voiture. Montez! dit-elle aux enfants. Tu viens avec nous, vraiment? demande-t-elle à Ed.

Il n'en sait rien du tout. Il tourne la clef de contact et répond :

— Bien sûr que je viens! Où veux-tu que j'aille?

A Morrow, le dimanche, le marché n'ouvre pas avant midi. Polly y va dès que ses parents sont repartis pour New York. Amanda sera rentrée pour le dîner, et Polly veut que tout soit vraiment spécial. Dieu seul sait ce que Laurel Smith lui aura fait manger hier soir!

Et Dieu sait ce qu'elles ont bien pu se raconter...

Polly range sa voiture et attrape un chariot abandonné sur le parking. Elle sort sa liste de la poche de sa veste et se dirige vers le centre commercial.

— C'est toi! dit Betsy Stafford. De loin, je n'en étais pas sûre...

Polly ne s'arrête pas, elle pousse son chariot le long de la rampe d'accès au supermarché. Elle n'est plus très loin des portes automatiques.

– Polly, il faut qu'on se parle! insiste Betsy.

« Espèce de garce!» pense Polly. Elle pousse son chariot plus vite; les roues grincent.

– Je sais que tu es fâchée, reprend Betsy.

Polly s'arrête. Si elle avait un flingue, elle se retournerait et tuerait Betsy; et ça ne lui ferait rien. Elle resterait même pour voir le sang couler.

– J'ai eu très peur, dit Betsy. J'ai encore très peur.

Cette fois, Polly se retourne et la regarde. Son chariot est plein de sacs d'épicerie. Polly aperçoit un sac d'oranges, un litre de glace au chocolat, des rouleaux d'essuie-tout.

– Tu en aurais fait autant! lance Betsy.

– J'en doute! répond Polly. Je ne suis ni aussi stupide ni aussi cruelle.

– Ça me tue de séparer les garçons. Tu ne me crois pas?

– Tu as l'air tout à fait vivante! rétorque Polly.

– Qu'est-ce que tu crois que je ressens quand Severin refuse de me parler? Quand il me claque les portes à la figure? Tu crois que ça me fait plaisir d'entendre mon fils pleurer la nuit?

– Franchement, si ce sont les risques de contamination qui t'inquiètent, je peux te dire que je suis avec Amanda bien plus souvent que Charlie. Tu n'as pas peur que je te contamine? Parce que, après tout, les scientifiques pourraient se tromper?... Polly sait qu'elle doit avoir l'air hystérique, mais elle ne peut pas s'arrêter. Et si tu prenais ce chariot la prochaine fois que tu viendras faire ton marché? Et si tu attrapais mes microbes?

– Tu me fais mal, dit Betsy faiblement.

– Non! lui dit Polly sèchement. Ça te met mal à

l'aise, ce n'est pas la même chose. C'est à moi que ça crève le cœur!

– Je n'ai que Severin, réplique Betsy. Toi, tu as Charlie. Severin est mon seul enfant. Je n'en aurai jamais d'autre. C'est un risque que je ne peux pas prendre.

La figure de Betsy est fripée; ses yeux ont l'air gonflés.

– Betsy, s'il te plaît, reprend Polly.

Elle est épuisée et ne veut pas penser à tout ça.

– Je veux que tu comprennes, insiste Betsy.

Polly ferme les yeux. Elle voit Charlie au lit, avec près de 39 de fièvre. Elle le voit, la tête sur l'oreiller, le haut de son pyjama ouvert et trempé de sueur. Pendant tout ce temps, quand elle pensait qu'elle et Betsy n'avaient que des relations professionnelles, elle se trompait. Betsy était son amie.

– Je comprends, dit Polly. Mais ne me demande pas de te pardonner. Je ne sais pas si Charlie et Severin pourront jamais te pardonner.

– J'ai un sous-sol plein de tritons, dit Betsy. Elle essaie de rire, mais sa voix s'étrangle. Des spécimens des garçons se sont échappés, et il se pourrait bien qu'ils se soient multipliés jusqu'ici!

– Ta glace va fondre, remarque Polly.

Betsy jette un œil sur son chariot et approuve de la tête.

– Il faut que j'achète quelque chose pour le dîner, dit Polly. Je veux faire des côtes d'agneau pour Amanda. Et aussi des pommes de terre au four, des petits pois et du pudding au chocolat. Mais pas cette saleté instantanée; celui qu'on remue à la main.

– Oui, l'instantané, ce n'est pas bon, approuve Betsy. Ça prend trop vite.

Polly opine de la tête et s'en va. Elle se sent vidée, complètement, sans force pour autre chose que la préparation de repas que personne ne veut manger. Et l'attente. Il y a cet homme qu'elle aime, qui est à côté d'elle dans le lit et qu'elle ne peut pas toucher. Il y a sa famille, sa maison, les rideaux qu'elle a choisis, ses premiers clichés professionnels qu'elle avait faits pour l'anniversaire de Severin. Le seul moyen qu'elle ait trouvé pour s'endormir, c'est de compter à reculons à partir de mille. C'est ce qu'elle faisait quand elle était petite : elle avait l'habitude de se tournicoter les cheveux avec un doigt pendant qu'elle comptait, et le matin elle se réveillait avec des nœuds sur tout un côté de la tête.

Cette nuit-là elle rêve qu'elle a perdu Amanda et qu'elle n'arrive pas à la retrouver. Elle entre dans son rêve par une ruelle de pierre. Elle entend des enfants qui pleurent, et des bruits de pelles qui frappent méthodiquement la terre. Il pleut et le sol est glissant. Elle court, la boue qui l'éclabousse lui couvre les jambes – qui deviennent couleur de sang. Elle sait une chose : quelqu'un a pris sa fille. Quelqu'un a dressé une clôture surmontée de pointes. Au loin, quelqu'un pleure ; et ça rend Polly profondément malade. Il y a d'autres enfants ici, sans personne pour les prendre dans ses bras, mais Polly n'a pas de temps pour eux. Elle se met à courir plus vite. Son cœur bat la chamade. Elle arrive à la cabane qu'elle cherchait. Elle y entre, et tout ce qu'elle voit, c'est un alignement interminable de lits. Des rangées et des rangées de lits de fer avec des draps blancs. C'est la maison des enfants. C'est là qu'on leur donne de la nourriture et de l'eau, tous les jours, mais il n'y a personne pour s'occuper d'eux. Tandis qu'elle traverse la cabane, des enfants l'appellent en pleurant, des bébés lui tendent les bras, suppliant qu'on les prenne. Pour elle, ils se ressemblent tous, et c'est ça qui est horrible. Ils ressemblent tous à Amanda, mais aucun d'eux n'est Amanda. Polly est sûre de reconnaître sa propre fille; elle le doit. La voilà, dans un petit lit poussé contre un mur. Amanda ne peut plus parler, mais Polly sait qu'elle la reconnaît. Elle l'enveloppe dans un drap et l'emporte hors de la cabane. Dehors, le drap traîne dans la boue.

La ruelle par laquelle elle est venue est la seule sortie, et sans les voir, Polly sait qu'il y a des gardes. Mais les gardes s'en fichent, et quand ils ont l'estomac plein, ils dorment, à condition que les cris ne soient pas trop bruyants. Maintenant, c'est le crépuscule. Mais ça ne durera pas toujours. Elles attendront jusqu'à ce qu'il fasse noir. Quand personne ne regardera, quand ils auront tous le dos tourné, Polly hissera Amanda sur son épaule et se fraiera un chemin en direction de la ruelle. Le seul vrai danger, c'est la pleine lune, parce que, dans ce rêve, même le clair de lune est dangereux.

14.

Certains jours Amanda ne va pas à l'école et dort toute la journée. Parfois elle a tellement mal au ventre qu'elle passe son temps aux toilettes. Sa mère s'assied à côté d'elle, par terre, et lui essuie le front avec un gant de toilette mouillé et frais. Elle s'assied près de la base de la cuvette, la prend sur ses genoux et la berce, et Amanda se sent un peu mieux. Elle ne peut même plus regarder ce qu'elle aimait manger, parce qu'elle a la gorge nouée. Son père lui prépare un mélange sucré d'eau minérale, de miel et de protéines liquides. Et quand ça ne va vraiment pas, elle boit ça dans une tasse en plastique. Ça la fait penser aux abeilles et aux journées chaudes, et à une pièce d'eau fraîche qui a l'air verte là où elle est profonde.

Les jours où ça va, Amanda insiste pour aller à l'école. Ses parents n'essaient plus de la persuader de rester à la maison. Sa mère lui prépare un déjeuner très sain, qu'elle ne mange jamais. Son père lui fait prendre un flacon de vitamines qu'elle jette systématiquement dans une poubelle. Les jours où elle se sent vraiment bien, elle va à l'entraînement. Elle continue à porter son justaucorps, même si

222

elle est épouvantablement maigre. Elle sait bien qu'elle est laide, mais elle ne supporterait pas d'être dans le gymnase sans son justaucorps. Pour s'entraîner, elle garde son collier porte-bonheur et malgré ses principes très stricts, l'entraîneur ne le lui fait pas enlever. Sauf que, mardi dernier, elle s'est fait pincer en train de mâcher du chewing-gum, et elle a été traitée comme n'importe qui d'autre.

– Farrell! a crié Eagan à travers le gymnase. Crache ça immédiatement!

Amanda n'a pas encore compris comment il avait pu la repérer à cette distance.

Aujourd'hui, Eagan a été vraiment dur avec les filles; il y a du mécontentement dans les rangs. La prochaine compétition aura lieu contre Clarkson, un endroit chic. La plupart des filles de cette école font des camps de gymnastique pendant l'été. Avant chaque rencontre avec Clarkson, l'entraîneur devient dingue. C'est peut-être pour ça qu'il est si méchant avec Jessie quand elle s'embrouille dans ses pirouettes arrière.

– Si tu ne peux pas faire ça comme il faut, autant ne pas le faire du tout, crie-t-il. Supprime-les de ton enchaînement.

Jessie retourne à son banc, maussade et en sueur. Quand l'entraîneur se met en colère contre quelqu'un, c'est toujours très pénible; mais pour Jessie c'est encore pire, parce que après il faudra qu'elle rentre à la maison avec lui. Amanda observe Jessie qui s'assied à côté d'Evelyn Crowley. Ces temps-ci, elles ont beaucoup été ensemble, et maintenant elles chuchotent, tête contre tête. Amanda sait ce qui ne va pas : Jessie ne replie pas assez les jambes.

Des pirouettes arrière, Amanda pourrait en faire même en dormant. Elle rêve de mouvements de gymnastique, et dans ses rêves son corps est robuste, ses jambes ne lui font pas mal et elle n'est pas maigre comme une cigogne.

Amanda attend qu'Evelyn Crowley commence son enchaînement à la poutre pour aller rejoindre Jessie. Maintenant, elle boite très légèrement, mais elle ne pense pas qu'on puisse vraiment s'en apercevoir. Elle s'assied tout à côté de Jessie; aucune des deux ne regarde l'autre.

— Il en a après tout le monde aujourd'hui, dit Amanda en regardant Evelyn se lancer sur la poutre.

— C'est un salaud, répond Jessie qui, visiblement, fait tout ce qu'elle peut pour ne pas fondre en larmes.

— Il veut seulement que tu sois aussi bonne que tu en es capable, reprend Amanda.

— Aussi bonne que toi, précise Jessie en lui jetant un regard appuyé. C'est ça que tu veux dire!

— Que j'étais, corrige Amanda.

Jessie la regarde sans comprendre.

— Aussi bonne que j'étais, répète Amanda.

Elles cessent de se regarder. Toutes deux fixent l'entraîneur : il a pris une feuille de résultats et il évalue les performances de chacune.

— Les entraîneurs doivent être méchants, continue Amanda, c'est leur boulot.

— Et odieux, et gras, et bêtes, poursuit Jessie.

Elles éclatent de rire toutes les deux.

— Evelyn est bonne, là, remarque Amanda.

— Ouais, marmonne Jessie. Elle est bonne. Mais elle ne sera jamais aussi bonne que toi.

– Bof, soupire Amanda, ça se pourrait quand même.

L'entraîneur se tourne de leur côté, et elles ferment leurs becs en vitesse. Il ne supporte pas qu'on bavarde sur le banc.

– Nom d'un chien, qu'est-ce qui se passe? aboie Jack Eagan en venant se planter devant elles. Bouge ton derrière de là, Jessie! Tu ne sortiras pas d'ici tant que je n'aurai pas vu une pirouette arrière parfaite.

Jessie lui lance un regard meurtrier et se lève pour aller faire son exercice.

– Il faut qu'elle replie ses jambes, dit Jack Eagan. Il s'assied à côté d'Amanda et pose son bloc entre eux deux. Tu crois qu'on a une chance contre Clarkson? lui demande-t-il.

Amanda commence par hausser les épaules, mais elle le regarde et se rend compte qu'il est sérieux. Il veut son opinion.

– Evelyn a vraiment une bonne chance de ramasser des points.

L'entraîneur approuve de la tête; Amanda aussi.

– Sue Sherman pourrait avoir une très bonne note au cheval d'arçons.

– Tu as peut-être raison, remarque Jack Eagan qui ajoute : J'ai quelque chose à te demander.

Et Amanda fait oui de la tête, sans rien dire.

– Si tu veux porter ce collier pendant la rencontre contre Clarkson, garde-le à l'intérieur de ton justaucorps. Je ne veux pas de mutinerie juste parce qu'il y a une fille qui a des bijoux. D'accord?

– D'accord, répond Amanda.

Jamais elle n'aurait imaginé qu'on l'autoriserait à participer, avec eux, à une compétition aussi loin d'ici. D'ailleurs, elle n'était même pas bien sûre de faire encore partie de l'équipe.

— Si tu en avais l'occasion, tu accepterais peut-être de dire à Jessie qu'elle doit rentrer ses jambes davantage? Elle ne m'écoute pas.

— Je le ferai, accepte Amanda.

— Magnifique! dit Jack. Je savais que je pouvais compter sur toi.

Polly attend Amanda à la fin de l'entraînement. Elle a garé la voiture en face de l'école dans un espace réservé aux bus. Amanda marche si doucement, ça déchire Polly; mais elle ne court pas l'aider, elle reste à sa place. Elle a laissé le moteur ronronner. Elle en est arrivée à un point où elle ne fait plus de différence entre sa colère et son chagrin. Elle a l'impression que c'est comme si sur la porte de sa maison on avait accroché un écriteau « Danger de contamination ». Quand elle rentre dans un magasin, ou même à la station-service pour faire le plein de la Blazer, les gens détournent le regard. Ce sont pourtant des gens qu'elle connaît depuis des années, des voisins avec qui, auparavant, elle prenait le café. Et il y a aussi les commerçants qui, avant, l'appelaient par son nom. Si Amanda avait un cancer ou une tumeur au cerveau, ils lui apporteraient des petits plats mijotés et des gâteaux. On lui ferait même le plein gratuitement.

De qui est-ce la faute? Qui faudrait-il battre, punir, traiter comme un chien, forcer à se traîner aux pieds des gens et à ramper dans la boue? Polly déteste ses voisins, mais c'est elle-même qu'elle blâme. Elle est coupable, jusque dans ses rêves. La nuit dernière, elle a rêvé qu'il y avait une caravane gris métallisé à la limite de la ville. Tout le monde le savait. On empêchait Polly d'entrer dans la caravane, mais elle ouvrait la porte métallique. A l'intérieur, la crasse s'amoncelait, il n'y avait rien à manger dans les placards de cuisine, il n'y avait pas l'eau courante, et une douzaine de chats blancs se cachaient sous les meubles.

Une fois la porte ouverte, la femme qui vivait dans la caravane avait essayé de se cacher. Elle n'avait plus que la peau sur les os, ses bras étaient couverts de zébrures de couleur violette. « Fermez la porte! criaient les gens à Polly. Fermez vite! »

Polly se tenait sur le pas de la porte, d'où elle maudissait tout le monde en ville. Des grenouilles sortaient de sa bouche, et ses paroles se changeaient en frelons. Elle faisait le vœu de trouver à cette femme un logement décent, même si tout le monde s'en fichait. Elle lui apporterait de la nourriture et de l'eau, de la chaleur et un lit avec des draps propres. La femme sortait en rampant de sa cachette. Elle avait le visage inondé de larmes. Elle embrassait les mains de Polly avec gratitude. Dans le rêve, Polly se mettait à avoir froid. Elle savait qu'à la minute où tout le monde tournerait le dos, elle trouverait un peu d'eau courante – et plus elle serait chaude, mieux ça vaudrait – et elle se laverait de ce baiser.

En se réveillant, Polly a la nausée. Elle s'en veut encore de ce rêve, elle se sent salie par ses frayeurs nocturnes. C'est comme si l'idée d'un fléau pouvait donner libre cours à une panique extrême, profonde, que personne ne pourrait arrêter, en tout cas pas avec des actions simples ni par des rêves. Plus que jamais, Polly est convaincue qu'elle n'a pas protégé son bébé. Elle n'a pas pu empêcher ce qui arrive à sa petite fille.

En montant dans la Blazer, Amanda est rayonnante. Quand elle a suggéré à Jessie de replier davantage ses jambes pour ses pirouettes, celle-ci l'a écoutée. Amanda revoit l'entraîneur en train de lui demander son aide. Elle a l'impression d'avoir beaucoup grandi, d'être devenue une espèce d'entraîneur assistant.

– Il faut que tu parles à papa, dit-elle à sa mère. Il faut que j'aille à la rencontre de Clarkson. L'entraîneur a besoin de moi.

– J'en parlerai avec lui, répond Polly, qui sait bien qu'Ivan n'appréciera pas cette idée.

– Il n'y a pas à discuter, insiste Amanda. Dis-lui simplement qu'il doit me laisser y aller.

– Je lui parlerai, reprend Polly.

Il y a presque une heure que Polly est garée en face de l'école. Aujourd'hui, à l'heure du déjeuner, elle a rencontré Laurel Smith au café de South Street, juste en face du magasin où elle travaille. Laurel portait une jupe écossaise et un épais tricot gris. Ses cheveux étaient tressés à la française. Polly a été frappée par son air de jeunesse. Elle se demande tout d'un coup si les femmes sans enfants ne vieillissent pas moins vite que les autres; elles ont eu toutes ces années en plus pendant lesquelles elles ont pu dormir des nuits entières.

Polly a commandé une salade d'épinards et du café, Laurel un hamburger, des frites et un milk-shake à la vanille. Ça n'a pas vraiment été un déjeuner avec une amie; c'était plutôt comme sortir une petite camarade de sa fille. A la fin du repas, Laurel a repoussé son assiette, elle s'est penchée vers Polly et a simplement dit :

– Amanda a fait un vœu.

Polly a reposé sa tasse de café. Elle ne voulait pas entendre parler de vœux – ni d'aucune de ces choses qu'Amanda n'aurait jamais.

– Elle veut qu'on lui enlève son appareil dentaire, avait dit Laurel Smith.

Elles s'étaient regardées fixement, et toutes les deux avaient éclaté de rire.

– Il ne s'agit pas d'avoir Bruce Springsteen à dîner? avait réussi à dire Polly. Ça n'était pas non plus un voyage à Hawaii ou à Disneyworld?

Et son rire était si aigu qu'elle craignit d'être devenue hystérique.

Elle s'était presque étranglée tellement elle avait ri. Laurel lui avait tendu un verre d'eau, et elle en avait avalé un peu.

– Oh! mon Dieu, avait repris Polly, c'est un si petit vœu.

Et maintenant, en rentrant à la maison en voiture avec Amanda, Polly essaie de se rappeler ce qu'avait bien pu être son dernier vœu entre onze et douze ans. Elle aurait sans doute souhaité qu'on l'emmène dans un night-club; elle aurait aimé avoir la permission de rester debout jusqu'à minuit et de boire du champagne rose avec des cerises qui flottent dans le verre. Et si elle avait eu le choix, elle aurait voulu, ce soir-là, avoir son père pour chevalier servant. Il aurait porté un smoking, de ceux qui ont une queue de pie, et elle une paire de chaussures à talons hauts en soie bleue.

– J'espère seulement que cette rencontre n'est

pas le même jour que le rendez-vous chez l'ortho-dontiste, dit Polly à un feu rouge dans Ash Street.

Elle se retourne et regarde Amanda qui la fixe d'un air ahuri.

— Tu ne pensais tout de même pas que tu allais garder cet appareil éternellement?

Amanda se penche en avant et entoure Polly de ses bras.

— Tu es la mère la plus formidable du monde!

Amanda hurle de joie.

Polly rit et repousse Amanda.

— Eh! je conduis! dit-elle en attrapant les mains de sa fille et en les serrant très fort.

— Ça ne peut pas être le même jour que la compé-tition. Il faut que ça soit avant, a réfléchi Amanda.

— Et si le Dr Crosbie est occupé? reprend Polly. Tu n'as jamais pensé à ça?

— Mais il n'y a qu'à prendre des pinces et tirer dessus! Ça pourrait peut-être même se faire aujour-d'hui?

Polly grimace et dit à sa fille que ça l'étonnerait. Mais sitôt de retour à la maison, elle appelle le cabinet de Crosbie. Et elle éprouve une grande déception en apprenant que tous ses rendez-vous sont pris pour les trois semaines à venir.

— Nous ne pouvons pas attendre trois semaines, dit Polly à la secrétaire. Ma fille est mourante, elle ne peut pas attendre trois semaines!

La secrétaire de Crosbie met Polly en attente : une bande de musique enregistrée se met auto-matiquement en route. En même temps, Polly ouvre le réfrigérateur et cherche une idée pour le dîner. Il y a assez de laitue et de concombres pour une salade. Il y a aussi un petit steak, qu'elle aimerait bien qu'Amanda mange. Mais ça ne suffit pas pour eux tous ; et puis elle ne veut pas qu'Amanda ait l'impression d'avoir un traitement spécial. Polly décide donc de lui faire un petit pain de viande. Elle est en train de mélanger de la mie de pain séchée, du parmesan et la viande hachée, quand la secrétaire la reprend finalement au téléphone pour lui répéter qu'il n'y a pas de rendez-vous disponible. Polly a arraché un essuie-tout du rouleau fixé au-dessus de l'évier, et elle s'essuie les mains.

– Il faut qu'il lui donne un rendez-vous, insiste-t-elle.

– Le Dr Crosbie ne peut pas voir Amanda, réplique la secrétaire avec fermeté.

– Mais bien sûr qu'il peut ! dit Polly. Il faut qu'il en prenne le temps. Pour elle.

– Le Dr Crosbie ne voit pas de malades atteints du SIDA, laisse tomber la secrétaire.

Polly raccroche et s'assoit. Elle ne comprendra jamais ça. Elle n'y arrive vraiment pas. Elle a encore quelques miettes de pain sur les mains. Elle entend Charlie au sous-sol. S'il passe tant de temps tout seul, se dit-elle, ça n'est peut-être pas parce qu'il en a envie, c'est peut-être plutôt parce qu'il a perdu Severin et que les enfants, à l'école, ne veulent pas plus avoir affaire à lui que le Dr Crosbie à Amanda. Polly descend au sous-sol, quatre à quatre. Charlie a mis ses quatre hamsters dans une seule cage pendant qu'il nettoie les deux autres. Les campagnols sont dans une vieille cage à oiseaux. Il leur a déjà donné à manger et il a rempli leur petit réservoir d'eau. Polly va vers lui et l'attrape. Charlie la regarde, effrayé.

– Est-ce que les enfants te disent quelque chose?
interroge Polly.

– Quels enfants? dit Charlie.

– Les enfants à l'école! continue Polly. Est-ce
qu'ils ont arrêté d'être tes amis à cause d'Amanda?

– C'est moi qui ne suis pas leur ami, corrige
Charlie. Tu me fais mal avec tes ongles, lance-t-il.

Polly lâche son bras.

– Avant l'assemblée générale, ils n'auraient pas
joué avec moi sur le terrain. Maintenant, ils sont
corrects, dit Charlie. Ce n'est pas important. Je
veux dire que j'ai besoin d'eux si je veux jouer au
foot, mais c'est tout.

Polly s'assoit sur un tabouret de bois. Charlie la
regarde. Il est en sueur. Ce qu'il a dit est presque
la vérité, mais il aurait dit n'importe quoi pour la
faire partir. Le Minolta est sur l'étagère, à côté de
la nourriture des hamsters. Et à côté de l'appareil,
il y a deux rouleaux de pellicule qui n'ont pas été
développés, et aussi un photomètre qu'il a chipé
dans la chambre noire et dont il espérait se servir
la prochaine fois qu'il irait à la mare.

– Les gens sont bêtes, dit Polly.

– Ouais, s'empresse d'approuver Charlie.

Il pense que si elle tourne le dos rien qu'un
instant il pourra jeter un sac en plastique sur l'appareil photo.

– Ils ont peur quand il n'y a pas de raison, et ils
n'ont pas peur quand il y a un réel motif.

– Je sais, approuve Charlie en remuant la tête.

C'est à ce moment-là que Polly voit le Minolta.

– Le gens sont bizarres, c'est sûr, continue
Charlie.

En juillet, ou même début août, Polly l'aurait

232

tué! Pourquoi diable n'avait-il pas demandé la permission d'abord? Et comment avait-il pu penser qu'elle le laisserait se servir du Minolta alors qu'il y avait un vieux Polaroïd qu'elle lui aurait éventuellement prêté? Mais on est en octobre, et il fait froid dans le sous-sol, et elle se fiche éperdument de son appareil photo. Pourtant, c'est clair, il y a quelqu'un qui ne s'en fiche pas : le Minolta est dans son étui, et les rouleaux de pellicule sont bien rangés.

– Est-ce que tu connais Barry Wagoner? Est-ce qu'il n'est pas dans ta classe? demande Polly.

– Barry est un pauvre type, lui dit Charlie, qui poursuit : Il faut que je finisse ces cages, maman. J'ai mis deux mâles ensemble, et si je ne les sépare pas rapidement, ils vont se battre.

Polly approuve d'un signe de tête et remonte l'escalier. Elle entend Amanda qui rembobine une cassette dans sa chambre. Elle entend aussi les bruits que fait Charlie en vidant la sciure sale d'une cage dans une poubelle. Polly cherche dans les pages jaunes de l'annuaire à la rubrique « Dentistes ». Elle appelle les trois orthodontistes du North Shore, mais aucun n'accepte de voir quelqu'un qui ne soit pas déjà de ses patients. Polly range l'annuaire.

Maintenant, il fait nuit de bonne heure. Polly regarde la lumière s'évanouir, et elle est toujours assise dans la cuisine quand Ivan rentre de l'institut. Dès qu'elle l'aperçoit, elle se met à sangloter. Il s'assied de l'autre côté de la table, en face d'elle, et la regarde pleurer.

– Tout va bien? demande-t-il quand elle s'arrête enfin.

Polly fait oui de la tête et raconte à Ivan le vœu

d'Amanda. Elle lui dit aussi qu'il ne sera jamais exaucé parce que aucun orthodontiste n'accepte de la toucher.

— Oh! mais si, ils le feront, répond-il.

Il se lève et va au téléphone.

— Crosbie refuse, lui dit Polly.

— Que Crosbie aille se faire foutre!

Il appelle Brian. Il doit attendre qu'Adèle lui apporte le téléphone dans sa chambre. Ivan explique à Brian ce dont ils ont besoin exactement, un orthodontiste qui accepte de toucher un patient atteint du SIDA. Brian lui dit qu'il doit d'abord se renseigner et qu'il le rappellera. Quand il raccroche, Ivan se rend compte que Polly ne l'a pas quitté des yeux pendant tout ce temps.

— C'est l'ami à qui tu as apporté des fleurs? demande-t-elle.

Ivan va prendre une bière dans le frigo.

— Et si on ne faisait pas la cuisine ce soir? propose-t-il.

Il sent une douleur aiguë tout le long de sa colonne vertébrale. Il ajoute :

— Allons chercher des pizzas.

— C'est celui qui est mourant? insiste Polly.

— C'est ça, répond Ivan sauvagement. Celui qui a vingt-huit ans.

Polly fait un signe de tête en direction de sa bière et dit :

— Je peux en avoir une?

Ivan apporte une autre bière sur la table.

— Est-ce qu'il est dentiste, ou quelque chose comme ça, ton ami? demande Polly.

Ivan ne peut pas s'empêcher de rire. Il explique :

– Il travaillait dans un réseau d'urgence pour le SIDA. Lui, il a des amis.

– Oh...! dit Polly, songeuse. C'est bien.

Ivan est sorti chercher des pizzas, et Amanda met la table, quand le téléphone sonne.

– C'est Brian, dit la voix à l'autre bout du fil.

– Brian, reprend Polly. Oh! Brian! Sa voix est si jeune, lointaine aussi. Ivan est sorti, il est allé chercher des pizzas.

– Ça va, dit Brian. Vous êtes la mère d'Amanda? Je peux vous donner le mot de passe. C'est Rothstein.

– Oh! mon Dieu, dit Polly. L'orthodontiste.

– Bernard Rothstein, reprend Brian. Il s'occupera d'elle.

Quand Ivan revient, Polly va à sa rencontre sous le porche. Ils sont là, debout, les pizzas entre eux. La chaleur monte de la boîte de carton.

– Il a appelé, dit Polly à Ivan.

Ivan s'approche d'elle et lui caresse la figure; elle a la joue froide et douce.

– Il a trouvé quelqu'un, ajoute Polly.

– C'est bien, répond Ivan. Vraiment très bien. J'étais prêt à tuer un pauvre dentiste innocent!

Polly rit malgré tout.

– Arrête, dit-elle.

– C'est pas de la blague, reprend Ivan. Imagine un pauvre imbécile en train de boucher une cavité. Et je serais entré avec un fusil de chasse!

Polly se tord de rire.

– Qu'est-ce qu'il y a? questionne Ivan, perplexe.

– Mais tu n'as pas de fusil! glousse Polly.

– Un arc et une flèche, dit Ivan. Une sarbacane! N'importe quoi!

235

La porte de derrière s'ouvre, Charlie glisse la tête dans l'entrebâillement.

— Maman? dit-il, étonné d'entendre Polly rire.

— Qui d'autre crois-tu que ce soit? Dracula?

— C'est maman? reprend Amanda.

Elle est derrière Charlie et passe la tête dehors, elle aussi. Polly se retourne en exécutant une danse grotesque. Les enfants la devinent à peine dans le noir. Ivan rit, de sa bonne voix de basse, comme avant.

— Ils sont fous, murmure Amanda à son frère.

— Ouais, approuve Charlie. Il n'y a pas de doute.

La veille du rendez-vous d'Amanda avec le Dr Rothstein, Polly téléphone à Ed Reardon pour lui dire qu'ils ne seront pas à la maison à l'heure où il passe habituellement. Ed a pris l'habitude de s'arrêter chez eux en rentrant le soir. Quelquefois, il prend une bière avec Polly; ils s'assoient alors à la table de cuisine et évoquent des vacances de rêve. Ce que Polly préférerait, c'est la France; mais Ed lui oppose toujours les mérites d'un mois passé à Edgartown. De toute façon, ni l'un ni l'autre ne visiteront jamais même la moitié des endroits dont ils parlent — ni chacun de son côté ni ensemble. Ed sait que leurs conversations sont moins celles d'amants que celles de deux personnes à une veillée funèbre. Et puis c'est un homme de devoir, même si ces temps-ci il s'est fait l'impression d'être un charlatan. Il est censé guérir ses patients, et il ne peut pas; mais, sans qu'il sache pourquoi, les gens continuent d'avoir confiance en lui. Ce soir il est l'invité spécial d'une séance du conseil de direction de l'école. Il est conforme à la politique du district scolaire d'organiser des séances de ce genre quand, par exemple, circule une pétition comme celle réclamant la démission de Linda Gleason. On a encore retiré deux enfants de Cheshire. Pourtant, l'émotion est un peu retombée, à moins qu'elle ne soit simplement refoulée. Certains des professeurs qui ont signé la pétition contre Linda Gleason ont eu à son égard des gestes amicaux : peut-être qu'ils sont gênés, peut-être aussi qu'ils ont simplement peur de perdre leur poste. Après la séance, Ed et Linda Gleason se dirigent ensemble vers leurs voitures. La nuit est humide, et l'air est chargé d'une odeur de feu de bois.

— Merci de me soutenir, dit Linda. Ils ne se doutent pas que je pense à m'en aller.

— Moi aussi, répond Ed.

Tous les deux sortent leurs clefs de voiture.

— Pourtant, nous ne le ferons sans doute pas, ajoute Linda.

Ils ont tous deux des enfants qui les attendent à la maison, et un dîner gardé au chaud.

— On pourrait monter en voiture et partir pour le Nouveau-Mexique! dit Ed. Ils mettraient des années à nous retrouver!

Linda le regarde. Il est difficile de dire s'il plaisante ou pas.

— Oubliez tout ça, au moins pour un soir, lui recommande-t-elle. Prenez deux aspirines et appelez-moi demain matin.

— Rien n'aura changé demain, répond Ed.

Bien sûr, il ne dit pas qu'il voudrait que Polly soit à côté de lui dans la voiture qui roulerait vers le Nouveau-Mexique. Ed sait que, s'il disait ça à

voix haute, il aurait l'air d'un désespéré. Il continue à assumer sa vie, ses responsabilités; il fait de
son mieux. Finalement, il rentre à la maison, se
glisse dans le lit à côté de sa femme, et le matin il
va chez les Farrell. Ivan a préparé des *pancakes*; il
porte toujours un tablier.

— Je suis en congé aujourd'hui, annonce-t-il en
faisant entrer Ed.

— Comme un certain nombre d'entre nous, plaisante Ed.

Mais il est choqué de les voir tous réunis pour
le petit déjeuner; il avait toujours pensé à eux
comme à des fragments de famille, pas comme à
une famille unie. Depuis le plan de travail, Polly
lui fait un petit signe de la main. Elle est en train
de verser de l'eau bouillante dans le filtre à café.
Elle porte un tailleur en lin, elle a des talons hauts.
Ed ne se rappelle pas l'avoir jamais vue aussi chic
auparavant. Il se sent ébloui. Il se sent aussi ébranlé,
à l'intérieur, quand Charlie et Amanda entament
une dispute pour savoir qui prendra le sirop
d'érable le premier.

— Juste à l'heure pour le petit déjeuner! lui lance
Polly.

Ed est debout derrière Amanda. Il pose doucement la main à la base de son cou. Il appuie légèrement, comme si c'était un geste affectueux, mais
aussi pour palper ses ganglions enflés. Amanda n'a
mangé que deux bouchées de pancake.

— Je n'ai pas le temps, dit Ed. J'ai à peu près trois
cents consultations aujourd'hui!

Il va remonter en voiture pour aller à son cabinet. Il va examiner des patients toute la matinée,
il commandera un sandwich au café de South Street

238

et il le mangera assis à son bureau. Un peu après
six heures, il rentrera chez lui en voiture. Il sait
ce qu'il va faire et quand il doit le faire. Il sait qu'il
ne va pas s'enfuir. Ni vers le Nouveau-Mexique, ni
à Martha's Vineyard, ni en France.

— Réserve-moi ton premier sourire sans appareil,
dit-il à Amanda.

— Pas question, répond Ivan, ce sera pour moi!

— Bonne chance, lance Ed à Amanda.

Mais c'est Polly qu'il regarde.

— Merci d'être passé, lui dit-elle du ton le plus
neutre qu'elle puisse trouver.

Et elle attend qu'il soit parti avant de se retourner.

Ils déposent Charlie à l'école. Puis ils se dirigent
vers le Sud, sur la I 93, en direction de Boston. Le
Dr Rothstein met plus de temps qu'ils ne l'auraient
cru pour enlever l'appareil. Polly et Ivan sont dans
la salle d'attente; ils se tiennent les mains. Ils
essaient de ne pas penser à la facture qu'ils vont
recevoir ni à ce que leur assurance couvrira ou ne
couvrira pas du reste du traitement d'Amanda. S'il
le faut, ils vendront la Blazer. Polly pourra toujours
recommencer à photographier des mariages et des
anniversaires. D'ailleurs, elle serait plus à l'aise
maintenant, parce qu'elle ne se sentirait pas aussi
impliquée.

Jusqu'à la toute dernière minute, jusqu'au
moment où le Dr Rothstein est venu les accueillir
dans la salle d'attente, Polly et Ivan se demandaient
s'il n'aurait pas changé d'avis. Mais il a serré la
main d'Amanda et l'a accompagnée le long du

couloir. Une fois qu'elle a été installée sur le fauteuil, il a enfilé deux paires de gants de caoutchouc et un masque chirurgical, puis il s'est mis au travail. Il a surtout parlé à Amanda de ses chiens; c'est un fanatique des West Highland terriers. Il les mène dans des expositions dans toute la Nouvelle-Angleterre, et il va monter un élevage. Alors, si Amanda connaît quelqu'un qui veuille un chiot avec un beau pedigree... Amanda a la bouche ouverte depuis déjà un moment, et ça lui fait mal, mais, après toutes ses visites chez le Dr Crosbie, elle a l'habitude. Autrefois, le Dr Rothstein avait des colleys, mais il ne supportait pas tout ce poil qu'ils perdaient. En revanche, il peut parfaitement caser ses deux petits terriers dans un cabas, et il les trimbale en douce dans les avions et dans les trains. Ils sont si bien élevés qu'ils ne font jamais le moindre bruit.

Quand il prend la roulette pour couper les fils métalliques, Amanda ferme les yeux. Elle se sent traversée par le bruit. Elle s'accroche aux bras du fauteuil, car l'extraction de l'appareil est aussi douloureuse que l'avait été sa pose. Le Dr Rothstein porte des lunettes de protection. Il ne lui parle pas de sa maladie. Il est très gentil avec elle. Il lui explique qu'il ne faut surtout pas habituer un chien à faire ses besoins sur du papier, parce que ça ne fait que lui donner encore une habitude dont il faudra le débarrasser. Amanda remue légèrement la tête en signe d'approbation. Il dépose quelque chose en métal dans un récipient métallique, et le bruit donne à Amanda des frissons tout le long du dos.

— Pense à mes chiots, dit le Dr Rothstein. Je te donnerai le plus beau de la portée.

Quand il a fini, Amanda se rince la bouche et crache dans le petit lavabo. Elle se passe la langue sur les dents. L'émail mis à nu lui semble froid. Le Dr Rothstein enlève ses lunettes, son masque et ses gants. Il se désinfecte les mains. Puis il prend un miroir et se met en face d'Amanda.

— Prête? lui demande-t-il.

Amanda acquiesce. Enfin, elle n'est pas sûre. Et si elle était plus vilaine qu'avant? Et si ses dents étaient toujours autant de travers?

— Tu es sûre? interroge l'orthodontiste.

— Je suis sûre, répond Amanda.

Il lui présente le miroir et Amanda prend une grande respiration, qu'elle ne relâche pas avant de voir apparaître son visage devant elle. Elle se penche en avant. Hésitante, elle ouvre la bouche. Puis elle sourit. Oh! elle essaie quand même de garder la bouche fermée, mais elle sourit encore en revenant dans la salle d'attente, parce que, maintenant, elle sait. Elle aurait été belle.

15.

Le soir d'Halloween, personne ne se présente à leur porte. Dehors, ils entendent les éclats de rire des enfants qui se bousculent sur les trottoirs, sonnant de porte en porte et agitant bruyamment leurs sacs de bonbons. Dans l'entrée de devant, il y a un récipient avec des Milky Way et un verre plein de menue monnaie pour l'UNICEF. Charlie, qui a bien prévenu tout le monde qu'il était trop vieux pour ce genre de plaisanterie, a allumé la télé. Un peu après huit heures, Ivan vient s'asseoir à côté de lui sur le canapé en lui agitant un Milky Way sous le nez. Autant qu'ils les mangent, eux, puisque personne n'en voudra.

– C'est quoi, le programme? dit Ivan en dépiautant un bâton de chocolat.

Amanda, qui a très mal à la gorge, est couchée dans sa chambre. Sa mère joue au Scrabble avec elle. Et à tout moment, Polly vient chercher en bas un sirop contre la toux ou du thé.

– *Halloween III,* répond Charlie à son père d'un ton inexpressif.

Sur l'écran, il y a un type avec un grand couteau et plein d'adolescentes terrifiées.

– Je ne crois pas que ce soit de ton âge, dit Ivan.

– Je l'ai déjà vu, répond Charlie. A la fin, c'est vraiment dur.

– Et si on allait faire des blagues ou se faire gâter, tous les deux, qu'est-ce que tu en dis? suggère Ivan.

– Papa, répond Charlie d'un ton las. Ça ne me dit rien, vraiment.

On a sonné à la porte. Charlie et Ivan se regardent.

– Enfin des farceurs! dit Ivan, triomphal.

Il prend deux bâtons de chocolat et va à la porte. C'est une grande sorcière, avec une cape noire et un grand chapeau, noir aussi. Ivan la regarde bien; il tient solidement ses Milky Way.

– Ça va..., dit Laurel Smith Je suis une sorcière bienfaisante!

Ivan ouvre la porte en riant. Un courant d'air froid rentre avec Laurel – mais c'est doux, quelquefois, un courant d'air froid. Elle a des feuilles jaunes collées aux semelles de ses bottes noires. Ses paupières sont comme ourlées d'une ombre argentée.

– C'est une sorcière! crie Ivan à Charlie. Et ça, qu'est-ce que c'est? ajoute-t-il quand il remarque le panier d'osier accroché au bras de Laurel.

– Des gâteries, dit Laurel.

– Vous vous trompez, reprend Ivan. C'est à nous de vous donner quelque chose.

Charlie est sur le pas de la porte du salon, la bouche ouverte. Il est pieds nus et porte un T-shirt trop petit qui laisse voir son ventre. Ses poignets semblent fragiles. Laurel Smith sort de son panier d'osier un sac de papier marqué à son nom; dedans, il y a des chocolats et un Yo-Yo qui brille dans le noir.

– C'est pour toi, lui dit Laurel.

– Ça va, répond-il d'une voix voilée. Il n'a pas bougé. Je n'ai besoin de rien.

Ivan prend le sac.

– Je le lui garderai, dit-il à Laurel. Au cas où il changerait d'avis...

Charlie recule. Laurel passe devant lui et monte à l'étage. Même tout en noir, elle est vraiment jolie. Charlie veut bien ce qu'elle lui a apporté. Mais il aurait bien voulu, aussi, aller faire des blagues et chercher des cadeaux chez les autres. Lui et Severin, ils avaient projeté de chiper de la crème à raser à leurs pères et de bomber toutes les voitures stationnées dans la rue. Charlie revient au salon et se jette sur le canapé. Il monte le son de la télé, jusqu'à ce qu'il n'entende plus les pas de Laurel, là-haut, sur le palier.

Laurel frappe deux fois et elle ouvre la porte de la chambre. Elle avait annoncé sa visite surprise à Polly, qui fait mine d'être aussi étonnée qu'Amanda quand elle voit Laurel tournoyer dans la chambre.

– Une blague ou un cadeau! dit Laurel en faisant des grimaces.

– Oh! mon dieu, une sorcière! crie Polly.

Amanda sort si vivement de sous ses couvertures qu'elle envoie valser le Scrabble, dont les lettres se répandent partout sur le sol.

– Qu'est-ce que tu es belle! murmure-t-elle d'une voix rauque.

– Euh, merci! répond Laurel. Rien que pour ça, j'ai un panier plein de cadeaux pour toi!

Polly se lève.

244

— Je vais faire du thé, leur dit-elle. Ne mangez pas tout avant que je revienne!

Laurel s'assied à côté d'Amanda, sur le lit. Elle a le panier d'osier sur les genoux. La chemise de nuit d'Amanda est trop grande pour elle. Elle a les cheveux attachés. Elle se rapproche de Laurel.

— Il y a beaucoup d'enfants dehors, à faire des blagues et la chasse aux cadeaux? demande Amanda.

Laurel Smith fait oui de la tête.

— J'ai peur, dit Amanda.

— Je sais, répond Laurel.

Laurel se penche et pose son panier par terre. Dedans, il y a des tartelettes au chocolat et des rangées de perles en plastique, comme des rubis et des vraies perles. Il y a aussi des chocolats fabriqués en Hollande, en forme de pommes et d'oranges, et un serre-tête doré avec des parcelles de strass. Quand Laurel est venue en voiture, ce soir, le long du marais, la lune était pleine, énorme, si parfaite et si blanche – comme si c'était un enfant qui l'avait dessinée.

— J'ai vraiment peur, murmure Amanda d'une voix rauque.

Laurel entoure la petite fille de ses bras. Sa cape bruisse. Elles se serrent fort toutes les deux, en se berçant. Et elles restent comme ça un long moment. Elles savent bien que ça ne changera rien; mais, pour le moment, elles ne veulent rien perdre l'une de l'autre.

La température d'Amanda commence à monter vers minuit. Et puis ça n'arrête plus, jusqu'au lendemain après-midi, jusqu'à 39. Et c'est le jour de la rencontre avec Clarkson! Amanda a horriblement mal aux articulations, surtout aux poignets et aux genoux. Quand elle respire, ça lui fait mal; quand elle se retourne, ça la fait pleurer. L'idée de manquer la compétition l'obsède. Elle refuse de boire et de manger. Polly a peur qu'elle ne se déshydrate; elle lui apporte des verres d'eau et de limonade.

— Il faut que tu boives, dit Polly à Amanda, la voix brisée.

Mais Amanda ne peut vraiment pas avaler.

Pendant toute la nuit, Ivan et Polly se sont relayés au chevet d'Amanda. Ils l'ont obligée à avaler de petites gorgées d'eau et ils l'ont portée dans leurs bras chaque fois qu'elle a voulu aller aux toilettes, parce que ses jambes lui faisaient trop mal pour marcher. Dehors, il commence à pleuvoir; une pluie froide qui fouette les vitres et fait tomber les rares feuilles encore sur les arbres. A cinq heures et demie du matin, Polly ne tient plus. Elle téléphone chez Ed Reardon et dit à sa femme qu'elle a besoin de le voir immédiatement. Il est chez eux avant six heures. Il fait à Amanda une piqûre d'antibiotiques, et il arrive à la persuader de prendre un peu d'eau. Puis il écoute ses poumons. Polly ne lui a pas parlé de difficultés respiratoires, mais les poumons d'Amanda sont pleins de liquide.

— Tu as du mal à respirer, dit Ed.

— Non, pas du tout, répète Amanda avec entêtement.

— Bien, lui dit Ed.

Il sait qu'elle est une fois de plus au bord de la pneumocystose — la forme de pneumonie qu'elle a déjà eue. C'est ce qu'il craignait depuis un moment et ça a fini par arriver.

— Essaie de dormir, dit-il à Amanda.

— Vous pouvez m'envoyer Charlie? lui demande-t-elle. Rien qu'une minute.

— Bien sûr! lui dit Ed.

Il descend à la cuisine où l'attendent Polly et Ivan. Charlie est assis à table. Il mange un muffin avec du beurre de cacahuètes. Il est encore en pyjama, et il a l'air endormi.

— Elle veut te voir une minute, mon vieux Charlie, lui dit Ed.

— Moi? interroge Charlie, surpris et légèrement effrayé.

— Vas-y, lui dit Ed.

Charlie regarde son père, qui lui fait oui de la tête. Dès qu'il est sorti, Ed dit :

— Il faut que vous trouviez quelqu'un pour garder Charlie. Il est possible qu'on doive la réhospitaliser demain, peut-être même ce soir.

— Non, réplique Polly. Pas cette fois.

Tant qu'Amanda est à la maison, ça n'est qu'une petite fille malade, comme des centaines d'autres qui ont la grippe, des milliers d'autres petites filles malades.

— Nous savions tous que ça pouvait arriver, dit Ed.

Ivan se tourne vers le mur, qu'il frappe du poing. Des éclats de plâtre, de la poussière blanche tombent par terre. Ivan pleure en silence; il tremble de la tête aux pieds. C'est terrible à voir, et sa colère paralyse Polly. Ed s'avance vers Ivan et lui met une main sur l'épaule, mais Ivan se dégage violemment. Il finit par se retourner vers Ed. Il a la figure toute mouillée.

– C'est ma fille! dit Ivan. Elle a onze ans.

En haut, Charlie est sur le seuil de la chambre d'Amanda. Il tape une fois à la porte, pourtant ouverte.

– Entre, dit Amanda en le voyant. Dépêche-toi!

Charlie a la gorge qui se serre. Il entre.

– Je veux que tu ailles voir l'entraîneur. Il faut que tu lui dises pourquoi je ne suis pas venue hier.

La voix d'Amanda est fiévreuse et rauque. Elle semble obsédée, à la folie.

– D'accord, répond Charlie.

– Il faut que tu lui expliques, insiste-t-elle.

– Ça va. Ce sera fait.

– Tu n'oublieras pas? reprend Amanda.

Charlie secoue la tête. Elle a l'air d'une petite vieille, couchée dans son lit. Elle est trop blanche.

– Tu te renseigneras pour moi? Je veux savoir le score.

– Je rentrerai à la maison tout de suite après l'école, lui promet Charlie.

Et tout le long du chemin de l'école, il est en proie à la terreur. Il pédale sec. En arrivant en classe, il est en nage. Toute la matinée, il regarde la pendule. Il est question de la guerre de Sécession mais Charlie est bien incapable d'écouter. A onze heures, ils se mettent en rang pour aller dans la salle d'art. Ils ont un cours d'art tous les vendredis, et Charlie a beaucoup travaillé sur un brontosaure en papier mâché, dont la tête dégringole tout le temps. Il attend un peu, il veut être le dernier de la file. Dans le hall, il reste en arrière; et quand les autres se mettent en marche vers la classe d'art, il se faufile dans les toilettes des garçons. Il reste tapi dans un cabinet fermé, le cœur battant, jusqu'à ce que le calme règne à nouveau dans le hall. Puis il revient sur ses pas et file vers le gymnase. Il passe devant un professeur de septième, mais il fait comme s'il avait le droit d'être dans le hall. D'ailleurs, le professeur ne prend pas la peine de lui demander où il va.

En arrivant au gymnase, Charlie a encore plus peur. C'est comme ça depuis ce matin; il ne peut pas s'en empêcher. Il y a une classe dans le gymnase, mais il ouvre quand même la porte et se glisse à l'intérieur. Les élèves de septième sont là pour leur cours de gym, et Charlie reconnaît certains des garçons qui ont l'habitude de malmener les élèves de huitième et de neuvième. Il y a des garçons qui s'entraînent aux anneaux, et une rangée de filles et de garçons font des pirouettes chacun à leur tour. Charlie ne voit pas Eagan, parce qu'il est tout derrière, occupé à tenir l'extrémité de la corde sur laquelle un garçon grimpe vers le plafond.

— Hé, toi! crie l'entraîneur depuis l'autre côté du gymnase.

Charlie se tourne vers lui, très raide.

— Oui, toi! Tu n'as rien à faire là!

Les septième se mettent à glousser.

— Eh bien, file! Dehors!

Charlie ne bouge pas.

L'entraîneur passe la corde à un garçon, un grand, et se dirige vers Charlie.

— Écoute, mon garçon..., commence-t-il.

— C'est Amanda qui m'envoie vous parler, dit Charlie.

Maintenant, il regrette de ne pas avoir fait pipi pendant qu'il était dans les toilettes des garçons.

Eagan observe Charlie attentivement. Il ne connaît pas les enfants des petites classes. D'habitude, c'est Rose qui leur fait leurs cours de gym.

– Je suis son frère, dit Charlie dont la voix se brise. Elle n'a pas pu venir à la compétition parce qu'elle était malade. Elle voulait juste que je vous le dise.

L'entraîneur hoche la tête. Il reste à côté de Charlie. Il pose une main sur sa tête. Sa main est lourde. Charlie jurerait qu'elle pèse cinq kilos!

– C'est une fille super, dit Jack Eagan.

– Oui, monsieur, acquiesce Charlie en vitesse.

Il ne sait pas s'il a jamais appelé quelqu'un monsieur avant. Il regarde droit devant lui, il a peur de bouger. De l'autre côté du gymnase, un garçon vacille aux anneaux.

– Ça a été ma meilleure spécialité, dit Jack Eagan quand il s'aperçoit que Charlie a le regard rivé sur les anneaux.

Il enlève sa main de sur la tête de Charlie et lui demande :

– Tu n'as jamais essayé?

– Non, monsieur, répond Charlie.

– Viens, lui dit l'entraîneur.

Mais Charlie reste rivé là où il est. Jack s'en aperçoit et répète :

– Viens...

Quand ils arrivent aux anneaux, l'entraîneur dit :

– Simpson, en bas!

Simpson, le garçon qui est en difficulté, saute sur ses pieds.

– Allons-y, monte! dit l'entraîneur à Charlie.

Charlie le regarde comme s'il était fou. Et puis, pris de panique, il saute aussi haut qu'il en est capable et attrape les anneaux.

— Bon, dit l'entraîneur, maintenant tire-toi vers le haut!

En se hissant, Charlie sent tous les muscles de son corps.

— Garde les jambes bien droites devant toi, reprend l'entraîneur.

Charlie obéit; il a quand même les jambes qui tremblent. Ce qui est bizarre, c'est qu'il pourrait jurer qu'il se sent devenir plus fort. Ses jambes cessent de trembler. Finalement, il se laisse aller et saute sur ses pieds.

— Pas mal, dit l'entraîneur. Tu n'as jamais pensé à la gymnastique?

— Non, monsieur. Je déteste le sport. Sauf le foot.

Jack Eagan hoche la tête, déçu. Pour ce qui le concerne, le foot, ça n'est même pas un sport américain.

— En quelle classe es-tu?

— Huitième, monsieur.

— Eh bien, préviens-moi si tu changes d'avis d'ici la septième, lui dit l'entraîneur.

— D'accord, répond Charlie.

L'entraîneur prend son bloc et écrit un mot pour Charlie.

— Donne ça à ta maîtresse si elle te demande où tu étais, lui dit-il.

— Amanda voulait savoir le score d'hier, insiste Charlie.

— Dis-lui qu'on a gagné, répond Jack Eagan.

Charlie rentre à la maison peu après deux heures. Son père est là. Ses grands-parents sont déjà arrivés.

Pourtant, on n'est que vendredi. Charlie sait que ça va mal : la maison est trop calme. Et puis, quand il veut monter au premier, son père l'arrête.

– Il ne faut faire aucun bruit en haut, lui dit Ivan.

– Je dois lui dire quelque chose, insiste Charlie.

– Ça peut attendre, réplique Ivan.

– Non, s'obstine Charlie.

Et il commence à monter l'escalier, mais son père le suit et l'attrape par le bras; Charlie se dégage et frappe Ivan. Il le frappe un grand coup et puis, terrifié par ce qu'il vient de faire, il recule. Il a la respiration rauque, et sa poitrine lui fait mal. Il ne peut pas regarder son père, mais il l'entend respirer lui aussi bruyamment.

– Je regrette, dit Charlie.

Ivan s'assied en bas de l'escalier. Il a l'air fatigué et vieux. Ça met Charlie encore plus mal à l'aise.

– Qu'est-ce que tu as à lui dire de si important? demande Ivan.

– Elle m'a demandé de me renseigner pour savoir si son équipe a gagné, dit Charlie. Hier soir, précise-t-il.

– Eh bien? questionne Ivan.

– Eh bien, elles ont gagné! dit Charlie. Il a chaud au visage, et il a l'impression qu'il va pleurer. C'est tout, ajoute-t-il.

– Je vais lui dire, reprend Ivan. Aujourd'hui, tu vas faire tes devoirs en bas.

– Pourquoi? demande Charlie, inquiet.

– Parce que je te le demande.

Il se lève et commence à monter l'escalier. Il redescend et dit :

– Parce que Amanda est très malade.

– Assez malade pour mourir? demande Charlie.

– Oui, dit Ivan, assez malade pour mourir.

Ivan reste là, dans l'escalier. Il pleure.

– D'accord, dit Charlie au bout d'un moment. Je ferai mes devoirs en bas.

Ivan s'essuie les yeux et hoche la tête.

– Tu es un bon garçon, dit-il.

En haut, Polly et Claire s'évertuent à faire tomber la température d'Amanda. La petite fille a refusé que son père et son grand-père restent dans la chambre pendant qu'elle était déshabillée, et dès qu'elle aperçoit Ivan, elle essaie de se cacher en tirant sur le drap.

– Charlie a un message pour toi, dit Ivan à Amanda. Vous avez gagné hier soir.

Amanda sourit et tient le drap un peu plus fort.

– Dehors, dit Claire à Ivan. Pas d'homme ici, n'est-ce pas? dit-elle en se tournant vers Amanda.

Amanda hoche la tête, et Ivan sort de la pièce.

– Ça aide toujours, dit Claire en trempant un torchon dans une cuvette d'eau, puis en essuyant les bras nus d'Amanda.

Amanda gémit. Elle tremble sans arrêt.

Claire et Polly se regardent par-dessus le lit. Claire n'a pas eu le temps d'emballer ses affaires comme d'habitude, et elle a emprunté à Polly une robe qui tire-bouchonne à l'endroit des boutons. Dès qu'elles ont fini de l'éponger, Polly et Claire se dépêchent de recouvrir Amanda. Polly tient le coup, jusqu'à ce qu'elle se rappelle cette fois, il y a très longtemps, quand elle avait eu de la fièvre et que sa mère avait passé un après-midi à l'éponger – elle n'avait pas quitté la pièce une seule fois, sauf pour aller chercher de l'eau froide.

– Va t'étendre un instant, dit Claire à Polly.

Polly hoche la tête et va dans sa chambre, mais elle ne s'allonge pas. Quand Ivan vient voir, elle est encore assise au bord du lit. Ivan s'assied à côté d'elle et lui passe la main le long du dos. Polly le regarde comme si elle ne le connaissait pas.

– Viens en bas, dit Ivan. Ta mère a fait du café. Ton père prétend toujours qu'elle fait le meilleur café du monde.

Polly hoche la tête, elle se lève et va vers le placard. Elle fouille sur les étagères, derrière les chaussures, jusqu'à ce qu'elle trouve ce qu'elle cherchait, son vieux Polaroïd. Il y a deux boîtes de pellicule à côté.

– Polly, dit Ivan.

Elle ne fait pas attention à lui. Elle ouvre le flash brutalement.

– La dernière bonne photo que j'ai faite d'elle, c'était avant l'été. Je n'ai pas le temps de la développer. Comme ça, j'aurai la photo tout de suite. Et si ça arrivait et que je n'avais pas une photo d'elle?

– C'est en train d'arriver, dit Ivan.

– Je n'ai pas pris de photo d'elle sans son appareil, mais tu t'en fous! dit Polly. Tout le monde s'en fout!

Elle arrache l'emballage de la pellicule et l'introduit dans le Polaroïd.

– Arrête de me regarder, dit Polly à Ivan, je ne suis pas folle!

Ivan essaie de rire, mais sa voix se brise. Il se lève et marche vers Polly.

– Reste là où tu es! rétorque-t-elle.

Ivan est au milieu de la pièce. Il a les bras bal-

lants, comme si c'était voulu par l'attraction ter-
restre. Il porte une chemise bleue, un pantalon de
velours brun, un vieux tricot avec des pièces en
cuir aux coudes. Polly lève son appareil et le photographie.

— Te voilà, lui dit-elle.

Elle s'avance vers lui et lui donne sa photo. Pendant que l'image se forme, Polly tient Ivan très
fort. Il sent bon, il a l'air bon aussi, comme toujours. Ça pourrait être il y a des années, quand ils
se sont rencontrés pour la première fois. Elle ne
l'a jamais dit à personne, mais dès qu'elle l'a vu,
elle a su qu'elle se marierait avec Ivan. Au début
ça n'a pas été vraiment de l'amour mais plutôt la
conviction profonde que c'était lui l'homme dont
elle tomberait amoureuse un jour.

Polly sort sur le palier avec son appareil photo.
Elle s'arrête devant la chambre d'Amanda et y jette
un œil. Al est assis sur une chaise à côté du lit. Il
lisait des BD à Amanda, mais elle s'est endormie
et il a le *Globe* ouvert sur les genoux.

— Hé! petite, dit-il doucement à Polly quand il la
voit.

Les cheveux d'Amanda sont étalés sur l'oreiller.
Elle est recroquevillée, les genoux contre la poitrine; sa respiration est lourde et épaisse. Elle a
une pneumonie. Dès qu'elle aura quitté la chambre,
Polly va téléphoner à Ed Reardon pour lui demander de venir les retrouver à l'hôpital. Mais pour
l'instant, elle lève son Polaroïd et prend une photo
de sa fille. La nuit de la naissance d'Amanda, il y
avait des éclairs. Polly sentait la pression atmos-
phérique peser à l'intérieur de son corps. Quand
la poche des eaux avait crevé, elle avait pensé aus-

sitôt : « Oh non! Je ne veux pas perdre ce bébé. » Parce que c'était l'impression qu'elle avait. Donner le jour, avoir son enfant qui s'arrache à son corps, ça lui semblait être une perte terrible. Et puis ils avaient pris Amanda, et quand Polly l'avait vue pour la première fois, elle avait fondu en larmes. Et malgré toutes les années passées depuis, elle se rappelle ce qu'elle a ressenti dans ce moment, elle se rappelle même les éclairs dans le ciel.

Polly est debout à côté de son père, la main sur son épaule. Amanda ouvre les yeux.

— Mmm, dit Amanda qui s'aperçoit qu'ils la regardent.

— On va à l'hôpital, dit Polly.

Amanda hoche la tête et se redresse légèrement.

— Je veux juste une chose, dit-elle. Je veux faire un testament.

— Il n'en est pas question, répond Polly aussitôt. C'est ridicule!

Amanda regarde son grand-père. Elle le voit faire oui de la tête; elle se sent soulagée.

— Papa! dit Polly quand il se lève et va au bureau d'Amanda.

Al prend un bloc et un bic. Il revient vers Polly et pose une main sur son visage.

— Laisse-la faire ça, dit Al doucement, si doucement qu'Amanda n'entend pas.

Polly se mord la lèvre et hoche la tête. Elle est obligée de se retourner quand Al s'assied et ouvre le cahier. Mais elle ne sort pas.

— Je veux que Jessie ait tous mes bijoux, dit Amanda. Ils sont presque tous dans ma boîte à bijoux, sauf ceux que j'ai cachés dans mon tiroir

256

du haut. Je veux que toi et grand-mère vous ayez mon carton à dessin.

– Ah! dit Al, un carton à dessin.

Il doit écrire les mots, sans y penser. Tout ce qu'il y a à faire, c'est s'empêcher de pleurer.

– Je veux que Laurel ait toutes mes cassettes et mon magnétophone.

– Laurie? demande Al.

Il sait combien il est important de ne pas se tromper.

– Laurel, corrige Amanda. Je n'ai pas beaucoup de choses que Charlie voudrait, mais il peut avoir mon sac de gym pour y mettre les spécimens qu'il ramasse. Je veux que ma maman et mon papa aient tout le reste.

– J'ai tout écrit, dit Al en reposant le stylo.

– Je crois que je dois aussi signer mon nom, dit Amanda.

– Tu as raison, dit Al.

Il vient à côté du lit avec le cahier et met le stylo dans la main d'Amanda pour qu'elle signe. A ce moment-là, Polly se retourne. Elle se rappellera toujours Amanda maintenant, qui fait cet effort terrible pour signer le don de tout ce qu'elle possède, pour trouver encore quelque chose à donner.

Charlie, Al et Claire restent longtemps dans le jardin de devant. De l'autre côté de la rue, il y a encore des citrouilles sous les porches et des chats noirs en papier collés aux fenêtres. On a porté Amanda dans la Blazer, elle a regardé par la vitre et leur a fait signe de la main. Charlie ne peut pas s'empêcher d'y penser tout le temps, à cette petite main qui bougeait comme un morceau de papier blanc.

— Il fait froid, dit Claire.

— Oui, approuve Al.

Ils se dirigent vers la maison et s'arrêtent.

— Charlie? dit Al.

— Je ne rentre pas, répond-il.

Il a encore les yeux fixés à l'endroit de l'allée où était stationnée la Blazer.

— Charlie, dit Claire.

— Laisse-le, intervient Al.

Charlie reste sur la pelouse. Ses grands-parents sont rentrés. Un petit moment après, la porte s'ouvre de nouveau, et Charlie se crispe. Il ne veut parler à personne, mais ce n'est pas sa grand-mère, c'est seulement Al. Al le rejoint et reste là, dehors, avec lui.

— Amanda t'a laissé quelque chose, dit Al.

Charlie ne répond pas.

— Tu m'as entendu?

— Je t'ai entendu, dit Charlie.

— Je crois qu'elle voudrait que tu l'aies maintenant.

Charlie se tourne vers Al, et quand il voit le sac de gymnastique de sa sœur, il le prend et rentre dans la maison. Il descend au sous-sol; il prend le Minolta, le photomètre, le flash et une pellicule neuve; il met tout ça dans le sac et remonte l'escalier.

— Je sais ce qu'on va faire, dit sa grand-mère en le voyant. On va jouer à la canasta.

— Je vais faire un tour à vélo, répond Charlie.

— Ta mère te le permettrait? lui demande Claire, ennuyée.

– Bien sûr! dit Al, qui ajoute à l'intention de Claire : Laisse donc ce garçon respirer!

– Je veux que tu sois rentré dans une heure, dit Claire à Charlie.

Al presse l'épaule de Charlie, puis il le laisse aller. Charlie court dehors, prend sa bicyclette. Il pédale de toutes ses forces. Il roule longtemps. Il dépasse le marais et il prend la route qui va à la plage où il n'a pas le droit d'aller. L'air salé pique les yeux; ça fait mal aux poumons quand on respire profondément. Quand Charlie arrive à la mare, il y a déjà plus d'une heure qu'il est sorti, mais il s'en fiche. Le chemin est couvert de feuilles jaunes mouillées; la pluie d'hier soir l'a rendu glissant et c'est dangereux, mais Charlie accélère encore. C'est l'époque de l'année où on a le plus de chances de voir des biches, et aussi des traces de balles sur les panneaux signalant le passage de gibier.

Charlie descend de vélo. Qu'est-ce que ça peut bien faire? Il y aura toujours deux enfants dans leur famille. Même si on jette tout ce qu'elle avait, même si ses placards sont vides, sa chambre sera toujours à elle et chaque fois qu'on lui demandera – à l'école, ou bien des inconnus qu'il rencontrerait –, il dira toujours : « J'ai une sœur, Amanda », parce que ce sera toujours sa sœur. Il l'aura encore, longtemps après la vieillesse de ses parents et leur mort. Et si jamais il a des enfants à lui, il leur racontera tout sur Amanda, sa musique préférée, les petits noms dont elle l'appelait, tout. Comme ça ils se rappelleront, eux aussi.

Il reste assis là, à côté de sa bicyclette, plus d'une heure. Il se fiche bien de ce que ses grands-parents peuvent penser. Il ne rentrera pas. Il finit par se relever et il s'approche de la mare. Ses baskets sont pleines de boue! Dans le sac de gym, il a son matériel photo. Il s'assoit. Il n'en a rien à faire si son jean est dégueulasse. Mais il fait attention au sac de gym et le pose sur des aiguilles de pin. Une libellule solitaire, aux ailes bleues, voltige à la surface de l'eau. Une grosse grenouille verte, qui disparaîtra bientôt pour la durée de l'hiver – quand la mare commencera à geler –, est là, sous les derniers rayons de soleil. Au milieu de la mare, il y a quelque chose qui bouge, quelque chose de plus gros qu'une grenouille. Avec précaution, Charlie se rapproche. Il ouvre le sac de gym d'une main, il en sort le Minolta; il regarde dans le viseur. Il entend un sifflement, mais il n'en discerne pas tout de suite l'origine. C'est le bruit d'une bicyclette qui roule sur des feuilles mouillées. Charlie pose l'appareil photo, il se retourne et voit Severin qui laisse tomber son vélo à côté du sien. Charlie retourne en vitesse à la mare et brandit de nouveau son appareil. La chose qui bougeait est immobile maintenant.

— Ta grand-mère téléphone à tes amis; elle te cherche, dit Severin. J'ai pensé que tu serais ici.

— Bien pensé, répond Charlie.

— Ouais, admet Severin en riant. Qu'est-ce que tu prends en photo?

Severin s'approche un peu plus de la mare, mais il perd presque l'équilibre en glissant sur les feuilles.

— Est-ce que ta mère sait que tu es là? demande Charlie.

— Non, dit Severin, sur la défensive. Tes parents non plus. En tout cas, pas ta grand-mère.

— Ce n'est pas pareil, dit Charlie.

Severin s'assied, légèrement à l'écart.

— A ma nouvelle école, les mômes, c'est tous des débiles, dit Severin. Y en a un qui a un attaché-case pour amener ses devoirs à l'école.

— Ah ouais? interroge Charlie.

Il fixe son regard sur le centre de la mare. Si Amanda était là, elle voudrait sans doute aller nager. Ça ne l'a jamais gênée, l'eau froide. La nuit tombe vite, et Charlie cherche le photomètre dans le sac.

— Mais c'est celui d'Amanda! dit Severin.

Charlie se retourne brusquement vers lui et lui lance un regard de défi :

— Et après? lance-t-il.

Il a peur que Severin dise quelque chose parce que le sac est rose.

— Chouette badge de dinosaure! dit Severin.

Charlie se retourne et recommence sa mise au point. Il reconnaît le petit bruit que fait Severin en tapant doucement du pied quand il est trop nerveux.

— Écoute, je m'en fiche si tu me détestes, lance Severin. Tu es toujours mon meilleur ami.

A travers le viseur de l'appareil photo, les choses ont l'air plus jaunes qu'en réalité. Les ombres semblent plus foncées, plus permanentes. Si Charlie est capable de se rappeler toujours Amanda, alors il saura quelque chose du courage. C'est pour ça qu'il ne se permettra jamais d'oublier. Pas une fois en un million d'années.

— Passe-moi le flash, dit Charlie.

Severin se précipite sur le sac de gym et y prend le flash pour Charlie.

— Tu ferais peut-être mieux de rentrer, dit Charlie. Ta mère va se faire du souci. Tu perds ton temps. Cette tortue, je ne l'ai pas vue depuis la dernière fois où nous étions ici ensemble.

Severin réfléchit à ce que Charlie vient de dire.

— Ça va, répond-il. Si quelqu'un doit la voir, la tortue, ça sera nous deux!

CET OUVRAGE A ÉTÉ COMPOSÉ
ET ACHEVÉ D'IMPRIMER POUR
LES ÉDITIONS ROBERT LAFFONT
A PARIS PAR L'IMPRIMERIE FLOCH
À MAYENNE EN AOÛT 1988

DÉPÔT LÉGAL : SEPTEMBRE 1988
N° D'ÉDITEUR : 31266
(26821)